Gott und die Staatlichen Eisenbahnen

ECON Unterhaltung

Zum Buch:

Mit weiser Ironie und entwaffnendem Charme nimmt Peter Ustinov in diesen unverwechselbaren Erzählungen menschliche Eigenarten aufs Korn, ohne dabei den tadelnden Zeigefinger zu erheben. Mit heiterer Skurrilität bringt er Menschliches auf den Punkt. Ein amüsantes, intelligentes Lesevergnügen, das bei aller Heiterkeit auch nachdenklich stimmt.

Der Autor:

Peter Ustinov ist russisch-französisch-deutsch-italienisch-äthiopischer Abstammung, wurde in Leningrad gezeugt, in London geboren und in Schwäbisch-Gmünd mit Jordanwasser getauft.
Er lebt als Schauspieler, Regisseur und Schriftsteller in der Schweiz.

Peter Ustinov

Gott und die Staatlichen Eisenbahnen

Deutsch von
Thomas Lindquist

ECON Taschenbuch Verlag

Ökologisch handeln:
Dieses Buch ist gedruckt auf 100% Recyclingpapier,
chlorfrei gebleicht

3. Auflage 1994
Lizenzausgabe

Veröffentlicht im ECON Taschenbuch Verlag GmbH,
Düsseldorf und Wien, 1994

Titel des englischen Originals: The Frontiers of the Sea

Aus dem Englischen übersetzt von Thomas Lindquist
Titelzeichnung: Peter Ustinov
Druck und Bindearbeiten: Ebner Ulm
Printed in Germany
ISBN 3-612-27065-6

Inhalt

Die Grenzen des Meeres

Alte Männer sitzen auf Mauern und beobachten das Meer; junge Männer tun's ebenso, aber aus Pflichtgefühl. Zwischen Netzen und grünen Glaskugeln tun sie es, scheinen den Himmel zu lesen wie eine Zeitung. An allen vier Ecken des Kompaß sitzen sie auf Mauern, als wäre das Meer eine weite Arena voll Schauspiel und Pomp und Bedeutung, was es für sie auch ist. Der Duft von Teer und brackigem Wasser, dick wie Blut für die Riechnerven, schwebt um die Ränder dieser Arena, und die alten Männer bemerken ihn nicht mehr. Sie sind weit hinaus über so banale Beobachtungen, auf die eine Landratte in den Ferien begeistert fliegen mag; sie sind über Dichtung und Wahrheit hinaus, in jenem Reich letzter Einfachheit, das sie vom Leben so sicher trennt, wie das Glück und die Seemannskunst sie stets vom Tod geschieden haben. Sie verbringen ihre Tage in einem wortlosen Limbus des Begreifens. Sie denken an nichts und verstehen.

Festgepflanzt wie Bäume oder eher wie Masten und auf den besten Plätzen, starren sie mit der leuchtenden Geduld alter Hunde auf das weite Jagdrevier. Sie sind Teil der Meereslandschaft, und oft scheint es, daß sie – Asche zu Asche und Staub zu Staub – langsam in die Natur zurückkehren, ohne Erstaunen und ohne Angst vor dem Tod. Die Muscheln am Strand sehen aus wie abgeworfene Fußnägel dieser alten Männer, und sie sind schöner als an den Zehen, dort zwischen all den anderen Überresten der Vergängnis, den zerbrochenen Ankerflügeln, den sandverklebten Krabben, den Silberfischen mit ihren überraschten Augen, dem einsamen Damenschuh, dem verrosteten Spielzeug. Gereinigt durch Salz und durch Jod, sterilisiert im großen Spital des Meeres, sind Verfall und Auflösung dort an der Küste genauso beziehungsreich wie die geborstenen Säulen und nasenverletzten Götter im Binnenland, und sie sind noch älter. Hier gibt es keinen Kompromiß. Unnötig, sich die Fernsehantennen wegzudenken, die als Silhouetten vor dem pfirsichfarbenen Himmel über dem Kolosseum stehen; unnötig, halb die Augen zu schließen, um diese Autostrada auszulöschen, die sich um bröckelnde Tempel und starre Palisaden schwingt. Die See ist, was sie immer war, und wenn ein Flugzeug für ein Weilchen darüber hinpfeift und -heult, wischt sie es weg, wie ein Pferd eine Fliege verscheucht. Der Landmensch hat noch kein Mittel gefunden, vom Meer Besitz zu ergreifen, es zu zähmen und es dem eiskalten Willen der Mechanik zu unterwerfen, während der Seemann etwas Besseres weiß, als dies zu versuchen.

Mit großer Nachsicht und ohne Kritik beobachten die alten Männer die Urlauber: diese krampfadrigen Säulen weißen Fleisches, die wie geäderte Marmorbrocken unter den Baldachinen geraffter Röcke im seichten Wasser stehen; diese fülligen Bäuche, die sanft zum Krater des Nabels ansteigen; diese kleinen Kinder (die einzig Vernünftigen, nach unausgesprochener Meinung der alten Männer), die sich vor Wut und Angst das Herz aus dem Leibe schreien, während ihre lachenden Eltern (diese Idioten) mit Gewalt versuchen, sie Schwimmen zu lehren; diese gebräunten Damen, im Fettglanz stinkender Salben, die mit der gleichen tiefen Hingabe die Sonne anbeten, wie ihre Vorfahrinnen sie einst Gott vorbehielten, und nur ein sündhaft teures Taschentüchlein zwischen sich selbst und einem Skandal.

Dort fahren die Kabinen-Yachten; ihre Besitzer tragen flotte Mützen mit Ankern und Flechtkordeln über dem Schirm – und kein Fünkchen, kein blasser Dunst von Himmelsnavigation bei ihnen allen. Und dort die Playboys und Freizeitmäd-

chen; kreischend flitzen sie auf parallelen Holzplanken vorbei, stehen erst auf dem einen Bein, dann auf dem anderen und versinken dann zwischen den Kämmen der Dünung.
All dies war ein hochsommerlicher Wahnsinn, eine Art Hitzekrankheit. Die Leute von jenseits der Berge haben Köpfe wie leere Eierschalen, und der erste Sonnenstrahl, die erste Brise Seeluft stürzen sie in einen geisteskranken Flirt mit dem seichten Wasser. Die alten Männer überblicken dies alles mit dem Gestus großer Liebender, die eine lebenslange Leidenschaft für eine anspruchsvolle Geliebte hinter sich haben. Sie sind in die Tiefen der Trauer getaucht, haben sich auf die Gipfel der Wonne geschwungen, schweigend und einsam und für ein ganzes Leben. Geistesabwesend registrieren sie diese nichtigen kleinen Ekstasen, diese unwürdige, hinterngrapschende Verführung ihres Elements. Kaum hören sie die Saxophone und zischenden Schlagzeugbesen, wenn belangloser Lärm nächtelang aus den Kneipen blafft. Geduldig warten sie auf den Herbst.

In dem Dorf San Jorge de Bayona war einer dieser alten Männer Vicente Mendendez Balestreros, und für einen Mann mit so klangvollem Namen war es vielleicht verwunderlich, daß er weder lesen noch schreiben konnte. In Wahrheit brauchte er's nicht zu können, denn er bekam nur Briefe von den Behörden, und solche Briefe waren keiner Antwort wert. Er sprach nicht viel, doch seine Gedanken, wenn auch selten, waren geheimnisvoll und abstrakt. Er hatte keine Frau, denn er besaß wenig genug, auch ohne es teilen zu müssen. Geld hatte ihn nie gekümmert, doch er bewahrte sich eifersüchtig die stille Kathedrale seines Geistes.
Der Sommer war jetzt vorbei, Dank sei Gott, dem Schöpfer aller Jahreszeiten. Die Kneipen hatten geschlossen oder waren gedemütigt durch die Anwesenheit der Einheimischen. Die kleinen Boutiquen, mit Namen wie Eros oder Conchita, waren verriegelt, ihre winzigen Schaufenster leer. Die zwei

modernen Touristenhotels, El Fandango und die Hacienda Goya, hatten die Rolläden heruntergelassen, und es gab keine Bikinis auf den Balkons aufzuhängen. Die Nächte waren wieder geräuschlos, abgesehen vom tiefen Atmen der See.

Vicente, ohne eine Frau, die ihn gescholten hätte, und ohne großen Appetit, saß länger als die anderen alten Männer auf der Mauer. Nie sagten sie gute Nacht, wenn sie ihn verließen, so neidisch waren sie auf seine Freiheit. Irgendwie hatte er sich im hohen Alter seine Jugend bewahrt, während sie voluminöse Gattinnen hatten, die in ihren Zweizimmerhütten auf sie warteten, ehrwürdige Vetteln mit Haaren am Kinn, wie die Borsten, die aus überreifen Sofas hervorstechen, und mit Brüsten, die wie Traglasten eines Esels herabhingen. Sie hatten auch lithographierte Heiligenbilder überall an den Wänden. Die Religion kommt mit den Frauen ins Haus. Der Priester kleidet sich sogar wie eine Frau, um zu missionieren.

Vicente war Katholik, aber er glaubte nicht an Gott, falls man den Glauben ans Meer nicht als Form eines Glaubens an Gott auffassen wollte. Wohl murmelte er und machte Handzeichen und kniete und küßte wie alle anderen, weil er nach dieser Art erzogen worden war, doch was den Glauben betraf, konnte er sich nur der Führung der Vernunft unterwerfen, gemildert stets durch die herben Paradoxien der Erfahrung. Priester waren für ihn nicht Männer mit einer göttlichen Berufung, sondern Männer, die sorgfältig jede Arbeit mieden. Die Orgel schmerzte ihn in den Ohren, und je besser sie gespielt wurde, desto heftiger litt er. Gleichzeitig hatte er keine Geduld mit Angehörigen anderer Religionen, sofern sie nicht Seeleute waren, in welchem Fall sie Besseres zu tun hatten, als sich um Dogmen zu kümmern.

Eines Abends – es war weit nach zehn, der Mond stand voll, und schwarze Wolken jagten in geordneten Formationen über den Himmel – war Vicente noch immer auf seiner Mauer, und allein. Plötzlich zitterte er, und die Zehen seiner nackten Füße krümmten sich auf wie in höchster Bedrängnis. Ein kühler

Wind seufzte aus unerwarteter Richtung, und Geräusche wie von einem fernen Kavallerieangriff drangen in unregelmäßigen Abständen vom Horizont herüber. Ein Laken an einer Wäscheleine flatterte wie ein Segel, wenn das Schiff seine Richtung ändert. Er stand auf. Sein Gesicht legte sich in Falten, während seine haselbraunen Augen in die Ferne blickten, wo die letzten Farben des Tages jetzt nur noch angedeutet waren in einer Spur Grün, einer malvenfarbenen Nuance und einem Schildpattflecken Schwarz und Orange.
Er humpelte zur nächsten Hütte und pochte an die Tür. Eine der kolossalen Frauen öffnete und fragte, was er wolle. Zu dieser nächtlichen Stunde, beinah zu jeder Stunde, gab es eine Schranke zwischen jedem Mann und der Außenwelt. Vicente verriet nicht, was er wollte. Er deutete nur mit dem Kinn zum Horizont. Schließlich erschien der Mann. Es war Paco Miranda Ramirez.
»Was siehst du dort?« fragte er.
Nachdem Vicente sich nicht dazu bewegen ließ, es zu sagen, marschierte Paco in Unterhosen hinaus, schob das Gekreisch seiner Frau beiseite und warf selbst einen gemessenen Blick zum Horizont.
»Es ist zu dunkel, um etwas zu sehen«, sagte Paco.
Vicente schüttelte kurz den Kopf, um zu widersprechen.
»Was siehst du?«
»Komm herein!« schrie die Frau.
»Still, Frau!« überschrie sie der Mann, der in Gegenwart eines anderen Mannes immer mutig war.
»Ein Schiff?« fragte er Vicente.
Vicente nickte.
»In Not?«
Vicente machte eine Gebärde, eine müde, alles umfassende Armbewegung, und warf den Kopf zurück, um anzudeuten, wie ungeheuer die Not sei.
Paco stolperte barfuß davon und weckte mit seinem Gerede von Schiffbruch eine Anzahl anderer Männer. Der Grund,

warum die Männer seinem Ruf so bereitwillig folgten, war dieser: Vor beinah zwanzig Jahren hatten sie eine belgische Yacht in Sicherheit geschleppt und waren mit der Hälfte ihres Kaufpreises belohnt worden, was einem Gesetz der Seefahrt entspricht. Dieses Prisengeld hatte viel Glück ins Dorf gebracht, und einer der Männer, ein gewisser Diego Liñares Montoya, konnte sich aufgrund dieser Gabe vom Himmel sogar seinen lebenslangen Traum erfüllen, an Leberzirrhose zu sterben. Auch damals hatte Vicente, in jener Zeit neu auf der Mauer am Strand, in den pechschwarzen Himmel gespäht und ein Unglück vorausgeahnt. Er war in der ganzen Gegend berühmt für die Schärfe seiner Sinne, denn die anderen erkannten, nicht ohne Verbitterung, daß er den Mut gehabt hatte, Junggeselle zu bleiben, und daß, wie zur Belohnung, sein Auge und Ohr, vor allem aber sein telepathisches Gefühl klar und ungeschwächt blieben.

»Ich möchte wetten, diesmal hat er sich geirrt«, brummte José Machado Jaen, der mithalf, das schwere Boot ins Wasser zu schieben.

»Und wenn du deine zehntausend Peseta hast, will ich zuschauen, wie du an deinen Worten erstickst«, sagte Paco.

Die Frauen standen als wimmernde Phalanx am Rande des Wassers, ihre Taschentücher an den Mund gedrückt, nach Tragödie gierend und Gebete murmelnd. Wie ein Odysseus stand Vicente im Heck, die Ruderpinne umklammernd, und steuerte das Boot hinaus in die Zone des jähen Windes. Die Frauen sahen ihre Männer verschwinden, wieder auftauchen, verschwinden, noch einmal auftauchen und schließlich im Dunkel verschwinden. Nur der Rhythmus der Ruder war noch ein Weilchen zu hören, dann wurde auch er verschluckt vom anschwellenden Sturm.

Die Wellen türmten sich hoch wie Berge, aber die Männer achteten kaum darauf. Erst als Vicente die Hand hob und sie zu rudern aufhörten, wurden sie sich bewußt, welch ein Wahnsinn dies alles war. Jetzt regnete es, und Brecher stürzten

auf sie herein und tauchten ihre Füße bis über die Waden in Springfluten hysterischen Wassers.
»Wir werden alle ertrinken, es wird ein prächtiges Begräbnis geben!« brüllte José Machado Jaen.
»Der Alte weiß, was er tut!« schrie Paco.
Vicentes Miene blieb ungerührt, als er sich umsah – sein hageres Gesicht feucht von der Gischt. Er gab mit der Hand ein Zeichen, und die Männer stellten das Boot quer zu den Wellen, wobei es fast kenterte. Da war nichts zu sehen von Mast oder Rumpf, kein Laut zu hören, nur das fröhliche Toben der See. Die Männer blickten ängstlich auf Vicente, und plötzlich straffte sich seine Gestalt. Sie folgten seinem starren Blick, und plötzlich tauchte ein dunkler Gegenstand auf, nur um gleich wieder in einem tiefen Wellental zu versinken. So sehr sie sich anstrengten, es schien unmöglich, ihn zu erreichen. Das Meer zerstört jedes Gefühl für Entfernung. Mal trieb der dunkle Gegenstand davon, mal war er neben ihnen, wie festgesaugt an der Seite des Bootes. Es war ein Mensch.
Die Füße der spanischen Fischer waren geschickt, sie waren gewandt wie Affenfüße, und jetzt hängten sich die Männer gefährlich weit über die Bordwand, und auch wenn eine elementare Angst sie zuweilen erfaßte, hielten sie ihn fest, den armen Kerl, und endlich gelang es ihnen, ihn in das Boot zu ziehen. Niemand konnte Vicente zum Vorwurf machen, daß es diesmal kein Prisengeld gab. Seine Sinne waren so scharf gewesen wie eh und je, und es war klar, daß er das Werk Gottes verrichtete, das, wenngleich weniger lukrativ als manches Menschenwerk, das Gewissen im voraus für die nächste Todsünde salvieren konnte. Die Besatzung fühlte sich demütig und tugendhaft, während sie mit kräftigem Ruderschlag zum Dorf zurückkehrte. Sie durften sicher sein, daß es ihnen vergönnt war, an einem Wunder mitzuwirken.

Der Gerettete war mehr tot als lebendig, als sie ihn an Land schleppten. Er trug eine weiße Hose aus grober Leinwand,

aber sein Oberkörper war nackt und entsetzlich mager. Seine Haut war dunkel, doch man sah, es war ein Fremder. Seine ergrauten Augenbrauen stießen über dem Rücken seiner Adlernase zusammen, und seine vollen Lippen zeigten jene sinnliche Arroganz, die Menschen vom östlichen Mittelmeer oft mit ihren Kamelen gemein haben.
Die Männer waren so stark vom Gefühl eines biblischen Wunders ergriffen, daß es sich auch auf die Frauen übertrug, und so wetteiferten die Paare, dem halbtoten Mann ihre Gastfreundschaft anzutragen – fast kam es zu Prügeleien im Kampf um ein Visum zum Himmel. Schließlich beschloß man, daß die Ehre, diesem triefenden Häuflein Mensch das eigene Sofa zu opfern, einem gewissen Antonio Martinez Mariscal zuteil werden solle; er war der älteste unter den Rettern und würde, wahrscheinlich früher als alle anderen, ein Plus auf der Habenseite des Seelenkontos benötigen. Der nächste Arzt wohnte in Maere de las Victorias, einer Kleinstadt, vielleicht achtzehn Kilometer landeinwärts. Paco Miranda Ramirez strampelte los, auf einem rostigen Fahrrad ohne Beleuchtung, um ihn zu holen. Da ihm die eine Chance für eine gute Tat entgangen war, riß er sich um eine andere, wenn auch anstrengendere und schwierigere. Eusebio Sanchez Marin war bereit, zu Fuß nach Santa Maria de la Immaculada Conception zu laufen, um aus dem Nachbardorf den Priester zu holen: Die gute Tat sollte doch von der richtigen Autorität registriert werden. Die übrigen Dorfbewohner schauten den beiden Freiwilligen nach – eifersüchtig wie Flagellanten in der Karwoche, die feststellen müssen, daß es nicht genügend Geißeln für alle gibt.
Es war schon fast vier Uhr früh, und am Horizont breitete sich federförmig ein schwacher Lichtschimmer aus, als Dr. Valdes in seinem rachitischen Auto eintraf. Auf dem Trittbrett stand Paco Miranda und hielt sein Fahrrad auf dem Wagendach fest. Einer der schwächlichen Scheinwerfer am Auto des Doktors blinzelte unentwegt zweideutig, wie ein alter Lüstling am

hinteren Bühneneingang. Der Arzt und sein Wagen glichen sich, waren sich ähnlich geworden wie Herr und Hund.
»Laßt mal dieses Wunder sehen«, schnaufte er, während er Antonios Hütte betrat. Vicente zeigte mit einem Kopfnicken auf den Fremden. Die Frauen machten ehrfürchtig Platz, und der Doktor sah einen verängstigten kleinen Mann in einem um etliche Nummern zu großen Hemd auf Antonios Bett liegen – wie das Modell einer Rembrandtschen Anatomievorlesung. Der ängstliche Ausdruck in seinem Gesicht war zweifellos bedingt durch diese Runde gigantischer Frauen, die über Nacht bei ihm gewacht hatten, murmelnd, ihren Rosenkranz betend und sein Gesicht nach einem überirdischen Zeichen absuchend. Alles in allem war das sicherlich nervenaufreibender gewesen als ein Schiffbruch.
»Er ist kein Spanier«, verkündete Pacos Gemahlin mit finsterem Blick – und dies bedeutete, daß ihm der Segen des wahren Kreuzes vielleicht verwehrt bleiben müsse. Die anderen Gattinnen wollten in ihren Vermutungen nicht so weit gehen, sie hielten ihn für einen Basken, einen Portugiesen aus einer fernen Provinz, vielleicht gar einen Südamerikaner. Der Arzt erkundigte sich, wie der Mann sich fühle. Er grinste ausdruckslos; anscheinend merkte er am Tonfall der Stimme, daß er angesprochen wurde, schien aber nicht fähig oder willens, eine Antwort zu geben.
»Meiner Meinung nach«, sagte der Arzt, »ist er ein Spanier wie jeder andere hier im Raum, aber geistig zurückgeblieben; oder er steht unter einem traumatischen Schock, der ihm die Sprache geraubt hat.«
»Ist er ein Spanier, Vicente?« fragte Paco.
Vicente schüttelte den Kopf.
»Was, zum Teufel, weiß denn der Alte?« ereiferte sich der Arzt. »Kann weder lesen noch schreiben, und plötzlich maßt er sich die Entscheidung an, ob jemand Spanier ist oder nicht!«
Vicente zuckte mit den Schultern – wie ein Kind, dem es ganz schnuppe ist, ob es bestraft wird.

Als Pater Ignacio, der Priester, eintraf, konnte Pacos Frau ihn in Kenntnis setzen, daß Gott ein Wunder an einem Narren gewirkt habe, der von vernünftigen Leuten aus tobender See gerettet worden sei. Dies habe, so deutete sie an, einen Ruch von christlicher Nächstenliebe, gewürzt mit einer Prise himmlischen Wohlgefallens.

Pater Ignacio, einer der Armen im Geiste, wie auch an Leib und Gliedern, war bestens bewandert in jenem Niemandsland skeptischer Erwartungen, wo manche Dorfpriester ihre Gedanken zur Weide führen. Kurz, er wußte, daß Wunder zu anderen Zeiten, an anderen Orten geschehen waren, und hatte dennoch die traurige Gewißheit, daß ihm selbst niemals etwas Außerordentliches widerfahren würde. Und falls doch, so hätte er sicher nicht gewußt, wie er sich verhalten sollte.
Plötzlich sprach der kleine Mann, er sagte etwas, das sich anhörte wie »Shkipra«.
»Shkipra, Shkipra«, wiederholte er beharrlich, als man ihn um eine Erklärung bat.
Die Frauen äußerten wilde Spekulationen über den Sinn dieses undefinierbaren Wortes, und endlich einigten sie sich, es müsse dem Wahnsinn entspringen. Doktor Valdes zerbrach sich den Kopf, ob es eine Krankheit dieses Namens gäbe – doch er hatte vor sehr langer Zeit sein Examen gemacht, und von seinen Patienten erwartete er, daß sie an wenigen, wohldefinierten Leiden erkrankten. Shkipra war da nicht vorgesehen.
Plötzlich reckte sich Pater Ignacio auf und sagte aus heiterem Himmel: »Senatus Populusque Romanus.«
Die Frauen blickten ihn fragend an.
»Was sagte der hochwürdige Vater?« fragte Pacos Frau.
»S.P.Q.R.«
»Shkipra«, bejahte der kleine Mann und deutete aufgeregt auf seine Brust.
»Der Mann ist zweifellos Römer«, erklärte Pater Ignacio, und

seine Augen funkelten durch den Blechrahmen seiner Brille. »Das ist's, was er uns sagen will.«
»Ein Römer?« stammelte Doktor Valdes. »Wie haben Sie das herausgefunden?«
»Senatus Populusque Romanus«, antwortete Pater Ignacio, »der Senat und das Volk von Rom ... Ich erinnere mich, diese Worte auf jeder Mülltonne der Ewigen Stadt gesehen zu haben.«
»Rom ist die Heimat unserer Mutter Kirche«, besann sich Pacos Gattin, mit einem blassen Anflug von Heiligkeit. »Die Heimstatt aller Wunder.«
»Was wollen Sie damit sagen, verdammt?« polterte Doktor Valdes. Er hatte einst in der Todesschwadron des Caudillo gedient und überlebt. »Spanien hat mehr Wunder hervorgebracht als jedes andere Land der Erde, und ohne Hilfe des Auslands. Die weinende Jungfrau von Fuenteleal, die blutspendende Quelle von San Leandro, der kopfnickende Christus vom Dornbusch ...«
Pater Ignacio hob eine nachsichtige, doch gebieterische Hand.
»Es schickt sich nicht, weltlichen Streit zu führen über die Größe unserer Wunder, verglichen mit jenen anderer Völker, zumal unser Reichtum an solchen göttlichen Erscheinungen uns Toleranz befiehlt gegen alle, die weniger reich gesegnet sind. Dennoch bleibt die Tatsache bestehen, daß dieser einfache römische Bauer sein Leben einer himmlischen Macht verdankt: Sie hat unseren guten Vicente heimgesucht und sein Auge auf einen bestimmten Punkt in den tosenden Wellen gelenkt. Also mag es genügen, daß dieser arme Bauer den einen wahren Glauben mit uns teile. Es ist eine vollkommene Legende – ihre Moral ist so klar und so schön wie eine Blume. *Deo gratias*.«
»Amen«, murmelten die Frauen.
Die Tür wurde aufgestoßen, und dort stand Sergeant Cuenca Loyola, auf dem Kopf die unheilverkündende Mütze der

Guardia Civil, in deren Plastikschirm sich das zitternde Kerzenlicht spiegelte. Hinter ihm stand Baez, sein Assistent.
»Was ist hier passiert?« knurrte Sergeant Loyola.
»Ein Wunder!« kreischten die Frauen.
»Ein Wunder? Ich bin sehr überrascht. Überrascht und empört über euch alle – Pater Ignacio, Doktor Valdes, Paco, Vicente... Wißt ihr denn nicht, Männer, daß ihr mich sofort von der Ankunft eines Fremden benachrichtigen müßtet? Ich könnte euch verhaften für diesen Versuch des Menschenschmuggels nach Spanien.«
»Wäre ich nicht gerufen worden, dann wär's ein Leichenschmuggel«, zischte Dr. Valdes.
»Man hätte mich gleichzeitig benachrichtigen müssen!« Zu diesem Zugeständnis fand sich Sergeant Cuenca Loyola bereit. »Jetzt aber an die Arbeit!« rief er, und Baez zog ein Notizbuch und einen Bleistift hervor.
»Ich frage mich, zum Teufel, was Sie eigentlich auf Ihren Block schreiben wollen«, kicherte Dr. Valdes.
»Was wir auf unseren Block schreiben, ist eine Amtshandlung, und ich verbitte mir jeglichen Kommentar«, verkündete der Sergeant.
»Ich habe in der Todesschwadron gedient!« protestierte Dr. Valdes. »Ich kenne die amtlichen Vorschriften, und ich respektiere sie. Aber selbst General Millan-Astray, der ein Genie war – seine Seele ruhe in Frieden –, hätte das Schweigen des Kameraden hier nicht zu deuten vermocht.«
»Wir werden ihn zum Sprechen bringen!« rief der Sergeant. Er war überzeugt, daß auch ein Unwissender absichtlich versucht, seine Unwissenheit zu verheimlichen. »Nun also, Sie heißen?«
Der Fremde nickte und lächelte.
Dr. Valdes stieß ein asthmatisches Kichern aus.
»Sie sehen, er gibt Ihnen recht, Sergeant.«
»Ruhe! Ich frage Sie nach Ihrem Namen!«
»Shkipra.«

»Er ist Analphabet«, erklärte der Sergeant. »Baez, halten Sie den Namen in Lautschrift fest. Nun, in welcher Provinz sind Sie geboren?«
»Shkipra.«
»Geburtsdatum?«
»Shkipra.«
Der Sergeant explodierte. »Und Ihr Vater, Ihr Beruf, Ihre militärische Einheit – sie heißen wahrscheinlich allesamt Shkipra!«
»Shkipra.«

Später am Morgen bremste eine prächtige Limousine vor dem Polizeiposten von San Jorge de Bayona, der drei Offiziere der Guardia entstiegen. Sergeant Cuenca Loyola hatte sie in dringender dienstlicher Sache herbeigerufen. Als sie den weißgekalkten Raum betraten, wo Stille herrschte – bis auf das böse Summen der inhaftierten Fliegen –, sprang der Sergeant auf und bedeutete Shkipra, es ihm gleichzutun. Der arme Shkipra, der die Unmöglichkeit einer Kommunikation allmählich bedrückend empfand, saß einfach da und schwieg geduldig und starrte auf den Boden, als sähe er dort irgendwelche faszinierenden Schauspiele.
»Schon gut, schon gut«, lächelte Major Gallego y Gallego wohlwollend. Er setzte sich auf eine hölzerne Bank und winkte seine Kollegen zu sich heran.
»Nun, Sergeant, wo liegt die Schwierigkeit?«
Der Sergeant hob den Kopf. Er kam aber nicht dazu, das Wort zu ergreifen, denn plötzlich war das ganze Dorf vor dem kleinen vergitterten Fenster zusammengeströmt – ganz zu schweigen von Vicente, der in der offenen Tür lehnte, mürrisch und geistesabwesend an einem Ort, wo er nichts zu suchen hatte.
»Weg da! Weg vom Fenster! Hinaus, hinaus!« brüllte der Sergeant.
»Ruhe«, sagte der Major. »Wir wollen doch Haltung bewah-

ren, ich muß sehr bitten. Also, Sergeant, erstatten Sie uns Bericht.«

Dem Sergeanten war peinlich bewußt, daß er sein Gesicht verloren hatte. Er verfluchte die dienstlichen Vorschriften, die einen Mann manchmal zwangen, höhere Mächte zu Hilfe zu rufen. Er räusperte sich.

»Diese Person, Señor, hat gestern abend, zwischen dreiundzwanzig und vierundzwanzig Uhr, auf ungesetzliche Art und Weise spanischen Boden betreten.«

Der Major lächelte.

»Hat der Mann sich bei der Polizei gemeldet?« fragte Hauptmann Zuñiga.

»Hatte er Waren zu verzollen?« fragte Leutnant Quiroga, der Kommandant der örtlichen Zollbehörde.

Der Major hob die Hand und bat um Ruhe.

»Was verstehen Sie unter ungesetzlicher Art und Weise?« erkundigte er sich.

Der Sergeant zögerte.

»Eine Art und Weise, die nicht mit der üblichen gesetzlichen Art und Weise der Einreise ins Land übereinstimmt«, sagte er.

»Falls ein Engel vom Himmel plötzlich auf Ihrem Dach landen sollte – würden Sie dies als ungesetzliche Art und Weise der Einreise ins Land bezeichnen?«

»Nein, Señor.«

»Warum nicht?«

Der Sergeant spähte nervös nach dem Priester, der, weil er mit dem ganzen Dorf vor dem geschlossenen Fenster stand, von dem Wortwechsel nichts gehört haben konnte.

»Nun ja, Señor. Äh, ich würde dies als ungesetzlich betrachten, falls ich keine diesbezügliche Dienstanweisung erhalten hätte.«

»Von wem?«

»Von Ihnen, Señor.«

Der Sergeant fuhr sich mit einem Tuch über die Stirn.

»Warum von mir?«
»Von Ihnen oder von Pater Ignacio.«
»Sehr gut.« Der Major grinste.
»Wären Sie nun bereit, Sergeant, mir den genauen Hergang zu schildern, wie diese Invasion die spanische Grenze verletzte?«
»Diese Invasion?«
»Nun, dieser Mann.«
»Er wurde von den Dorfbewohnern an Land geholt. In einem Boot.«
»In einem Boot? – Mit anderen Worten, er stand im Begriff, in spanischen Hoheitsgewässern zu ertrinken?«
Der Sergeant verabscheute den Ton des Majors, ohne ihn ganz zu verstehen.
»Er ertrank, jawohl, oder zumindest schwamm er im Wasser.«
»Auch eine Art, die Kosten alltäglicherer Verkehrsmittel einzusparen. Obwohl es anstrengend sein könnte, wenn man viel Gepäck hat.«
Der Major wandte sich an Quiroga, den Herrn der Zölle. »Wir dürfen doch mit hoher Wahrscheinlichkeit annehmen, Quiroga, daß dieser Mann bei der Einreise nur sehr wenig zu verzollen hatte. – Wie war er bekleidet, Sergeant?«
»Mit einer Hose, Señor.«
»Einer Hose – war das alles?«
»Nur eine Hose, Señor.«
»Falls er irgend etwas zu verzollen hatte, Quiroga, dürfte es dasjenige Teil gewesen sein, das jedes Mitglied des männlichen Geschlechts schamhafterweise verbirgt.« Er lachte über seine eigene Frivolität, dann sagte er mit gespielter Besorgnis: »Der Priester kann, hoffe ich, nicht am Fenster lauschen?«
»Nein, Señor.«
»Was aber, Sergeant, gab dieser Mann zu Protokoll, nachdem er sich einigermaßen erholt und die Sprache wiedergefunden hatte?«

»Nichts, Señor. Er weigerte sich hartnäckig, etwas zu sagen.«
»Er weigerte sich? Kamen Sie nicht auf die Idee, er könnte unfähig sein, etwas zu sagen?«
»Doch, er sagte *ein* Wort, Señor.«
»Ein *Wort*, Sergeant? Folglich hat er nicht *nichts* gesagt, wie Sie behaupten.«
Wieder fuhr sich der Sergeant über die Stirn.
»Wie lautet dieses Wort, Sergeant?«
»Shkipra.«
»Und was bedeutet es?«
»Ich weiß nicht, Señor.«
Der Major seufzte.
»Auf welche Frage antwortete er mit diesem Wort – wie hieß es doch gleich?«
»Shkipra, Señor. Auf alle Fragen, Señor.« Der Sergeant hielt zwei Blätter seines Formulars empor. »Ich weiß nicht, in welche Spalte ich die Antwort eintragen soll, Señor.«
Der Major wandte sich an den Fremden.
»Wie heißen Sie?«
»Shkipra.«
»Wie gefällt es Ihnen in Spanien?«
»Shkipra.«
»Verstehe, was Sie sagen wollen.«
Der Major zog ein Päckchen Bisontes aus der Tasche und bot dem Mann eine an.
»Zigarette!« rief der Mann erfreut und nahm sich eine.
»Er spricht zumindest *zwei* Wörter, Sergeant«, drohte der Major. »›Shkipra‹ und ›Zigarette‹.«
»Zigarette«, pflichtete der Mann eifrig bei.
»Nun, ich weiß, was wir tun werden«, sagte der Major. »Olá, Sie da«, rief er dem in der Tür lehnenden Vicente zu. »Laufen Sie rasch ins Schulhaus, und holen Sie einen Weltatlas.«
»Es ist sinnlos«, seufzte der Sergeant. »Er kann weder lesen noch schreiben.«
»Haben Sie verstanden?«

Vicente ersparte sich eine Antwort, setzte sich aber gemächlich in Bewegung.

Die Dorfbewohner staunten nicht wenig, als sie Vicente bald darauf mit einem Globus daherkommen sahen, den er wie eine Speckseite hoch über dem Kopf trug.
»Ist nicht gerade das, was ich meinte«, sagte der Major. »Aber es muß genügen.« Er wandte sich an den Fremden. »Shkipra?« fragte er.
Der Fremde runzelte angestrengt die Stirn. Er hatte Probleme mit der merkwürdigen Form dieser Landkarte, fuhr aber mit einem tastenden Finger auf ihr herum. Plötzlich stoppte er den kreisenden Globus und zeigte auf ein kleines Land, wobei er aufgeregt rief: »Shkipra! Shkipra!«
Der Major setzte seine Brille auf und musterte das angegebene Territorium.
»Albanien«, verkündete er.
»Albanien«, hallte das Echo durch den Raum.
»Unmöglich«, sagte Zuñiga.
»Tirana?« fragte der Major.
»Tirana«, erwiderte der Fremde. »Dürres, Elbasan, Shkoder.«
»Also, es ist Albanien«, erklärte der Major und klappte seine Brille zusammen.
»Aber, dies ist ein kommunistisches Land«, wandte Quiroga ein.
»Es ist auch ziemlich weit für einen einsamen Schwimmer«, grübelte der Major.
»Was tun wir jetzt?«
Der Major überlegte einen Moment, dann sagte er: »Dies ist ein Fall für Madrid.«
»Einstweilen werde ich den Mann in Haft nehmen«, meldete sich der Sergeant erneut zu Wort.
Der Major musterte seinen Mann.
»Oh, ich denke, das wird kaum nötig sein, Sergeant. Geben

Sie ihm etwas zu tun. Ich vermute, er ist keine große Gefahr für unsere Sicherheit.«

Bevor der Sergeant protestieren konnte, ließ Vicente ein Zungenschnalzen hören, das ihm die Aufmerksamkeit aller Anwesenden eintrug. Mit einem Wink seiner Augen forderte er den Fremden auf, ihm zu folgen. Der Fremde sprang auf, ohne zu fragen und ohne jemanden um Erlaubnis zu bitten, und ging mit Vicente fort.

»Wer ist das?« fragte der Major bewundernd. Selten hatte er eine so eindrucksvolle Haltung der Autorität erlebt, wie Vicente sie zur Schau trug.

»Ach, ein armer Ignorant«, erwiderte der Sergeant mit schlecht verhohlenem Haß. »Er war es, der El Albanes gerettet hat.«

»Dann ist es gut, daß sie Freunde werden«, sagte der Major. »Kommen Sie, wir müssen unseren Bericht für Madrid aufsetzen.«

Mit einer nachsichtigen Abschiedsgebärde, die bewies, daß der Major gar kein so furchterregender Mann war, erklärte er dem Sergeanten, daß es nicht nötig sei, das Formular auszufüllen. Der Sergeant aber konnte in solcher Milde nichts anderes als eine Kränkung sehen, denn in seinen Augen war ein Sergeant ohne ein ausgefülltes Formular nur ein halber Sergeant.

Tag für Tag, manchmal bis spät in die Nacht, saßen nunmehr zwei Gestalten auf der Mauer am Meer. Sie sprachen nie miteinander – es gab nichts zu sagen und keine gemeinsame Sprache, in der etwas gesagt werden konnte. Ihre Augen richteten sie unverwandt auf diese mächtige Winterlandschaft mit ihren kreischenden Möwen und ihren großen Ungewißheiten. Manchmal drehten sie sich eine Zigarette; manchmal knüpften sie nutzlose Knoten in herumliegende Fetzen alter Fischernetze und lösten sie dann wieder auf. Hin und wieder weckte irgend etwas ihre Aufmerksamkeit; sie hoben den Kopf, nah-

men Kenntnis oder lächelten sogar. Das Äußerste, was sie im Sinn eines normalen Gesprächs je erreichten, geschah, wenn einer fragend eine Wolke betrachtete und der andere bedächtig nickte oder halb die Schulter hochzog. Die Dorfbewohner hüteten sich, in dieses große Schweigen einzudringen; es war für sie ein Quell der Ruhe geworden, ein guter Einfluß auf alle, die dafür empfänglich waren – und die Vorgeschichte kannten. Gelegentlich kam Pacos Frau oder eine andere dieser stattlichen Damen mit einem Leckerbissen, der übriggeblieben oder extra für die zwei Alten gekocht worden war. Und jeden Morgen befragten die Fischer Vicente nach dem Wetter, und er antwortete mit einer bejahenden oder verneinenden Gebärde. Der Albaner, der solche Fragen mühelos verstand, antwortete schweigend und auf die gleiche Art wie Vicente – aber mit freundlicheren und weniger knappen Gebärden als sein Freund: Gebärden, die einer schmeichelnden Choreographie entsprangen.
Lärmende Kinder verstummten für einen Moment, wenn sie auf dem Schulweg oder zurück an der Mauer am Meer vorbeikamen; räudige Hunde, verwildert und scheu, die jedem Menschen in weitem und mißtrauischem Bogen auswichen, verdächtig zitternd und ängstliche Blicke aus gelben Augen werfend, trabten zutraulich zu den beiden Alten hin, wedelten mit dürrem Schwanz und blickten wachsam. Manchmal täuschte sie der Albaner, indem er so tat, als schleudere er einen Stein. Die Hunde wirbelten herum, lauerten auf das Geräusch des fallenden Kiesels, und wenn es ausblieb, wandten sie langsam den Kopf – mit dem geduldigen Blick von Genasführten. Manchmal pfiff dennoch ein Steinchen durch die Luft, hüpfte fröhlich über andere Steine, während die Hunde ihm jaulend nachjagten und verblüfft vor einem Meer von Kieseln stehenblieben, ohne den einen entdecken zu können, der durch die Luft geflogen war und jetzt so reglos dalag wie alle anderen. Dann mochte irgendein harmloser Dorfbewohner vorbeikommen, und wieder ließen die Hunde die

Köpfe hängen, fletschten ihre ungesunden Zähne und trippelten, wie auf Zehenspitzen, in scheinbar ziellosen und haßerfüllten Kreisen um den Eindringling herum.

Eines Tages fuhr Major Gallego y Gallego wieder in seinem blauen Auto vor, und El Albanes wurde fortgebracht. Vicente lehnte sich gegen die Tür des Wagens, und der Major mußte ihn auffordern zurückzutreten. Er weigerte sich. Der Wagen fuhr los, und Vicente stolperte hinter ihm auf die Straße. Fast einen Kilometer weit lief er hinter dem Auto her – dann blieb er stehen, mitten in dieser kahlen spanischen Landschaft. So weit vom Meer entfernt, fühlte er sich verloren. Die Straße führte nirgendwohin. Nur Staub und Trockenheit gab es hier. Die Bäume schienen abgestorben, die Büsche waren grau vor Wassermangel. Sogar das erregte Zirpen der Zikaden war für Vicentes Ohren ein fleischloser Ton, ein Aneinanderschaben bleicher Knochen, fast ein Signal des Todes. Bedrückt wandte er sich ab und kehrte zum Meer zurück, zu den Grenzen seines Begreifens. Sein Gesicht war voll Trauer – ein Gefühl, soviel schlimmer als Schmerz, weil es beharrlicher war.

Zurückgekehrt, legte er sich an den Strand und schlief ein. Als es dämmerte, wachte er auf, wollte aber nicht aufstehen. Die Dorfbewohner waren beunruhigt, als sie ihn dort liegen sahen; noch beunruhigter waren sie, ihn nicht auf der Mauer sitzen zu sehen. Pacos Frau kochte etwas für ihn, aber er weigerte sich, es anzurühren. Die Besorgnis der Dorfbewohner verwandelte sich in Wut.

»Warum durfte El Albanes nicht hierbleiben?« kreischte die Gattin des José Machado Jaen. »Was hatte er denen getan?«

Die Männer waren weniger sentimental. Sie waren tolerant gegen Formulare und Fragebogen und Soldatendienst und Krieg. Auch wenn sie diese Dinge nicht völlig verstanden, waren es immerhin Schranken, die der Einfluß einer Frau nicht zu durchdringen vermochte. Die Regionen maskulinen Schwachsinns sind gut bewacht.

Erst nachdem allen klar wurde, daß Vicente sterben wollte,

vereinigten sich die Männer mit dem Chor der Klageweiber.
Pater Ignacio kam, über seine Soutane stolpernd, herunter zum Strand. Er versuchte Vicente zu überzeugen, daß Selbstmord eine Todsünde sei. Doch alle Hinweise auf Feuer und Schwefel der Hölle verhießen nur Erlösung vom sinnlosen Schmerz dieser Welt.
Auch Dr. Valdes stattete dem Strand einen Besuch ab, auf Bitten des Paco Miranda Ramirez, der wieder auf seinem Fahrrad nach Maera de las Victorias gestrampelt war.
»Wenn Sie nicht essen wollen«, keuchte Dr. Valdes, »lasse ich Sie fortschaffen. Und im Krankenhaus von Maera wird eine schreckliche und verschrumpelte alte Nonne etwas mit Ihnen machen, was man als intravenöse Ernährung bezeichnet. Wissen Sie, Don Vicente, was das ist? Man wird Ihnen ein fingerdickes Loch in den Arm stoßen und Fleischbrühe hineinpumpen, bis sie Ihnen aus den Augen fließt. Ich kannte mal eine Frau, der, immer wenn sie weinte, Fleischbrühe über die Wangen floß. Jeder sah ihre Schande, und statt Mitleid mit ihrem Kummer zu haben, sagten die Leute: ›Aha, sie war bei den guten Schwestern im Hospital von Maera, sie wurde intravenös ernährt, die verworfene Seele.‹«
Es war vergeblich. Immer wenn Dr. Valdes Vicente den Puls fühlen oder ihm ins Gesicht sehen wollte, wälzte sich dieser auf die andere Seite. Schließlich gab der Arzt sein Bemühen auf und fragte nur noch, wer sein Honorar zu bezahlen gedächte.
In letzter Not baten die Dorfbewohner den Sergeanten, Cuenca Loyola, an den Strand zu kommen. Es gab wenig Hoffnung, daß er Erfolg haben würde, wo andere vor ihm gescheitert waren. Dennoch machte er einen tapferen Versuch.
»Hör mich mal an, *hombre*«, sagte er und versuchte, sich in den Sand zu knien, ohne seine Uniform zu beschmutzen. »Du hast keinen Grund, traurig zu sein. El Albanes wird nach Hause fahren, hörst du, nach Albanien, oder wo immer diese

Leute wohnen, diese Shkipras. Wie würdest du es finden, in einem Land zu leben, wo du die Sprache nicht verstehst?«
Vicente sah ihn müde an. Doch sein Gesicht verriet, daß er es wunderbar finden würde.
»Und jetzt sieh zu, daß du etwas in den Bauch bekommst. Sei doch kein Narr. Ich kann dir nicht befehlen, etwas zu essen. Ich kann dich nur bitten, weißt du, was ich hiermit tue. Du hast gute Arbeit geleistet mit El Albanes, jetzt mach nicht alles kaputt. Ich habe einen Bericht geschrieben, und du bist darin erwähnt. Einen Bericht an die Behörden in Madrid. Dein Name liegt also zur Stunde auf einem Schreibtisch in Madrid!«

Das Rettungswerk an Vicente hielt alle in Atem. Tagsüber gab es kaum einen Moment, in dem nicht irgend jemand bei ihm war, sogar Journalisten aus der nächsten Stadt. Und der erste, der morgens aufstand, erzählte den anderen, daß Vicente noch am Leben sei.
»Was sollen wir machen?« fragte Major Gallego y Gallego, den man in seiner dienstlichen Funktion hinzugezogen hatte. Wie immer war er fasziniert von den Launen des Schicksals und von der unergründlichen Dummheit der Menschen. »Einen Mann, der sterben will, kann man nicht am Sterben hindern«, sagte er. »Vielleicht würde solch ein Versuch sogar die Würde und Freiheit des Individuums verletzen, egal, was Mutter Kirche sagen mag. Aber welchen Grund hat dieser Mann, sterben zu wollen? Jedem aufgeklärten und gebildeten Menschen mag es lächerlich vorkommen, und dennoch: Hat die Schlichtheit und Reinheit dieses Wunsches nicht etwas Erhabenes? Erinnert er nicht an die junge Liebe zweier Schulkinder oder gar an die bedingungslose, stumme Anhänglichkeit eines Hundes? Ja, eines Hundes! Dies ist kein entwürdigender Vergleich: Denn sosehr ich meine Frau und meine Kinder liebe, ist mein Hund doch das einzige Wesen auf dieser Welt, dem ich immer vertrauen kann – gerade weil er stumm

ist. Wörter betrügen nur, sie machen alles so kompliziert. Ich weiß nicht, wie ich ohne sie leben könnte; aber gelobt seien diejenigen, die es können.«

»Ach, können wir ihm denn gar nichts sagen, was ihn aufheitern würde?« fragte Pater Ignacio, der bei jedem auch nur entfernt Voltairianischen Gedanken schamhaft errötete und vermeiden wollte, sich in einen Disput mit dem Major verwickeln zu lassen – hauptsächlich aus Angst vor Ansteckung durch den Zweifel.

»Ich bin überzeugt, es wäre ein Trost für unseren armen Freund, wenn wir ihm sagen könnten, daß El Albanes wohlbehalten seine Heimat erreicht hat; daß er wieder glücklich mit seiner Familie vereint ist.«

»Wir könnten es ihm sagen, aber es wäre eine Lüge.«

»Lügen dürfen wir nicht. Nein, das dürfen wir nicht«, erwiderte Pater Ignacio. »Aber gibt es denn keinen fröhlichen Aspekt der Wahrheit, den wir noch etwas fröhlicher ausschmücken könnten?«

»Noch nicht. Man hat ihn nach Madrid gebracht. Zur Zeit gibt es nur zwei albanische Flüchtlinge in Spanien, und beide werden von der Polizei als politisch unzuverlässig eingestuft. Was die Frage betrifft, wieso der Albaner in unseren Hoheitsgewässern schwamm, tappen wir noch immer völlig im dunkeln. Wir haben keine diplomatischen Beziehungen mit Albanien, darum sind wir auf die Schweiz angewiesen, um ihn dorthin zu bringen, woher er gekommen ist. Außerdem gab es leider eine Verzögerung. Die Amerikaner haben Wind von der Sache bekommen und wollten den Mann verhören, denn sie befürchten, daß albanische und sogar chinesische Unterseeboote in diesen von einer amerikanischen Flotte befahrenen Gewässern operieren. Ein Admiral, ein Vizeadmiral und drei Konteradmirale haben ihn drei Stunden lang verhört.«

»Was hat er gesagt?« fragte Zuñiga.

Der Major lächelte.

»Shkipra«, sagte er.

Eines Morgens, man hatte schon alle Hoffnung aufgegeben – der Fall dieses Mannes am Strand beschäftigte die ganze spanische Presse und sogar die internationalen Nachrichtenagenturen, und die Polizei hatte beschlossen, Vicente mit Gewalt in ein Krankenhaus zu bringen –, bat der Alte mit schwacher Stimme Pacos Frau um ein Stück Brot. Er aß ein paar Brocken, trank einen Schluck Fleischbrühe, und nach einer Weile stolperte er unsicher, Schritt für Schritt, bis zur Mauer, wo er sich hinsetzte, tief durchatmete und zufrieden aufs Meer blickte. Manche, wie Dr. Valdes, äußerten ihr Bedauern, daß er nicht gestorben sei: Es wäre ihm eine Lehre gewesen. Pater Ignacio ahnte ein neues Wunder und ließ aus Dankbarkeit die Kirchenglocken läuten. Der Sergeant hätte Vicente lieber im Hospital gesehen, »wo solche armen Irren hingehören«. Nur Paco und die Fischer wußten, daß Vicentes plötzliche Rückkehr auf die Mauer mehr mit Vernunft zu tun hatte als mit Verzweiflung.

»Die Angst vor dem Sterben hätte nicht ausgereicht, ihn zur Besinnung zu bringen«, erklärte Paco mit einem Blick nach der wunderlichen kleinen Gestalt, die wieder auf ihrem alten Platz saß.

In Wahrheit aber hatte es für Vicente nichts Rätselhaftes, wenn ein Albaner vor den Küsten Spaniens im Wasser schwamm. Er wäre auch nicht überrascht gewesen, hätte der Mann sich als Pygmäe oder als Kopfjäger aus Borneo herausgestellt. Das Meer ist das Meer, ein Ort ohne Grenzen und ohne Überraschungen. Seine Gesetze sind älter und unerbittlicher als das Gesetz der Menschen. Ein Mann, der über Bord gefallen ist, wird gerettet, gleichgültig welcher Rasse und welchen Glaubens er ist. Zumindest versucht man, ihn zu retten, und äußerstenfalls kann nur Heldenmut, nichts Geringeres, dem alten Gesetz gehorchen. Ein Kriegsschiff könnte einer offenen Stadt einen Freundschaftsbesuch abstatten; aber wer hätte je davon gehört, daß eine Infanterieeinheit in freundlicher Absicht eine Stadt besetzte?

Das Land ist's, wo die Schwierigkeiten beginnen. Diese Straßen, die nirgendwohin führen, Staub und Sand und verdurstende Bäume, und all diese Menschen, zusammengepfercht auf einen wimmelnden Haufen, diese Kasernen und Kirchen, und diese schmutzigen Fluten der üblen Nachrede, des Gerüchts und der Denunziation.

All dies dachte Vicente nicht. Er brauchte keine solchen Gedanken, um zu wissen, daß er seinen eigenen, bescheidenen Einsichten folgen sollte. Und diese waren hell und klar. Seine Ahnungen waren unfehlbar, sein Begreifen so tief, daß es selbst für einen Dichter unaussprechlich gewesen wäre.

Wenn er also beschlossen hatte, auf seine Mauer am Strand zurückzukehren, so deshalb, weil etwas in ihm – vielleicht seine Zehen, seine Augen, sein inneres Ohr oder eine Regung des Herzens – ihm sagte, daß irgendwo, an einer anderen Stelle dieser weiten Arena, ein Freund wieder an seinen Platz auf der Tribüne zurückgekehrt war – und dort wohl auf einer anderen Mauer saß, vor einem anderen Haufen von Kieseln am Strand, seine Sinne auf einen anderen Horizont gerichtet, der nicht derselbe, aber dennoch in etwa der gleiche war.

Die Schweizer Uhr

Wie zahlreiche andere Italienerinnen, die die Ehe an sich hatten vorüberziehen lassen, war Pia Chiantella in die Fremde gezogen, um dem realen oder eingebildeten Leid ihrer Heimat zu entfliehen und ihr Brot anderswo zu verdienen. Zu gefühlvoll, um verbittert zu sein, verdingte sie sich in Paris als Dienstmagd bei Monsieur Petiton, einem französischen Bankier, der die meisten ihrer guten Eigenschaften ignorierte – er hatte einfach keine Zeit, sie aufzuspüren –, jedoch ihre Ehrlichkeit schätzte; eine Tugend, für die ein Bankier außerordentlich empfänglich ist, vor allem dann, wenn sie sich im Bereich kleinerer Summen und belangloser Vertrauensgesten äußert.

Als Weihnachten nahte, bereiteten die Petitons sich vor auf den alljährlichen Umzug in ihr Chalet in der Schweiz – ein neues und ziemlich gewöhnliches Bauwerk, entsprungen der vielseitigen Phantasie Monsieur Petitons, der wie so mancher Selfmademan überzeugt war, von Architektur mehr zu verstehen als diejenigen, die das Handwerk gelernt haben. Das Chalet stand an einem schattigen Hang, mit Blick auf ein sonniges Tal, und hatte in all seiner Arroganz und Feindseligkeit etwas Mittelalterlich-Strenges, aufgelockert nur durch den verschwenderischen Prunk modernen Gitterwerks vor dem Hintergrund mediterran-pinkfarbener Stuckarbeiten und alpenländischen Arvenholzes – sowie durch die scheußlichen Zwerge aus buntem Gips und die geschmacklosen steinernen Hasen und Eichhörnchen, die im Garten verstreut standen.

Madame Petiton hatte den Vorschlag gemacht, man könne doch Pia auf diese Reise mitnehmen, sowohl zur Belohnung für ihre Dienste wie auch zu dem Zweck, sie tüchtig mitarbeiten zu lassen bei der Betreuung von vier aufsässigen Kindern, die der Bankier zwischen all seinen weitgestreuten Aktivitäten wie nebenbei gezeugt hatte. Monsieur Petiton war einverstanden. Kurz vor Weihnachten brach die Karawane auf aus Paris – die Familie im Schnellzug, Monsieur und Madame Petiton in ihrem Cadillac mit Chauffeur.
An dem ersten Tag oben in den Bergen hatte Pia die Kinder ganz für sich allein. Unterstützung fand sie nur in Madame Demoruz, einer Einheimischen, die das Chalet das runde Jahr hindurch zwei Stunden täglich putzte. Etwas wie Freundschaft entstand zwischen diesen beiden, die nichts Gemeinsames hatten. Doch immerhin werden Freundschaften überall auf der Welt aus keinem besonderen Grund geschlossen, außer aus Einsamkeit, insbesondere wenn auch noch jener Kitt beiderseitig vermuteten Unglücks hinzutritt, der dem taktvollen Schweigen etwas Pikantes verleiht.
Der Cadillac war, hundert Kilometer vom Ziel entfernt, elend in einer Schneewächte steckengeblieben, und Monsieur und Madame Petiton hatten keine andere Wahl, als ihre erste Urlaubsnacht in einem Hotel an den Gestaden des Genfer Sees zu verbringen. Der holländische Chauffeur, der sich möglicherweise als Held bewährt hätte, wo es den mächtigen Wagen aus Deichbruch und Sturmflut zu bergen galt, war völlig hilflos gegenüber den Bedingungen in den Bergen, die er noch nie gesehen hatte. Übrigens war es typisch für Monsieur Petiton, lieber ausländischem Personal sein Vertrauen zu schenken. Gegenüber Mitgliedern der eigenen Nation fühlte er sich etwas unbehaglich, da er ihre Kritik zu spüren meinte. Und er lebte diesen Komplex auch aus, indem er verkündete, daß die Franzosen seiner Wertschätzung nicht mehr würdig wären.
Genau an jenem ersten Abend, allein in einer überheizten

Küche, bekam Pia etwas von der obszönen Einsamkeit aller großen amtlichen Feiertage zu spüren. Diese Feste haben eine gewisse Art, Menschen zusammenzuführen und jene doch auszuschließen, die allein stehen und niemanden haben, zu dem sie gehen könnten. Die Kinder waren im Bett. Sie tobten dort oben mit wildem Geschrei, aber offiziell waren sie im Bett. Es waren nicht Pias Kinder, und ihre Eltern waren nicht da. Im Dorf stand ein Weihnachtsbaum, beleuchtet von bunten Lampen. Es schneite. Ein Kloß bildete sich in Pias Kehle. Sie war einverstanden gewesen, in die Schweiz mitzukommen, sie hatte sich willig und gar begeistert gezeigt, aber dies war nur ihre instinktive Treue zu Menschen, die freundlich zu ihr waren. Für sie bedeutete es, ihren Mann in Paris zurückzulassen. Ihr Mann (*il mio uomo*, so nannte sie ihn) war ein Verschwender und unverbesserlicher Taugenichts, ein italienischer Kellner, den es nie in einer Stellung hielt. Es gab wenig Verbindendes zwischen ihnen beiden, außer dem Geld, wovon sie immer ein bißchen und er nichts besaß; aber sie sprachen Italienisch, und bei ihm fühlte sie eine gewisse Sicherheit, sogar Geborgenheit.

Ihre Liebe hatte etwas von jener rätselhaften Beziehung zwischen Hure und Zuhälter, und jetzt fragte sie sich, was er ohne sie in Paris wohl anstellen würde. Wahrscheinlich würde er sich betrinken und in seinem fröhlichen Rausch ein anderes Mädchen finden, das er beschützen konnte.

In wachsender Wut über solche nagenden Zweifel schaltete sie ihr kleines Transistorradio an. Der Italienische Rundfunk übertrug »Cavalleria Rusticana« – in voller Länge – direkt aus der Scala. Das machte die Sache nicht besser. Bei jener herzergreifenden Szene, als Turiddu von seiner Mutter Abschied nimmt, brach Pia zusammen und weinte. Nachdem sie geweint hatte, betete sie. Nachdem das Gebet sie ein wenig getröstet hatte, begann sie nachzudenken, und zwar im Banne dieses ganz und gar unwirklichen Opern-*Verismo*.

Sie dachte an ihre Schwester Margherita, die ihr stets eine gute

Freundin gewesen war – bis zu ihrer Verheiratung. Danach aber hatte sie eine herablassende Haltung gegenüber ihrer unverheirateten Schwester eingenommen und jeden – noch so förmlichen – Kontakt zwischen ihren Söhnen und der »Tante in dienender Stellung« abgelehnt. Sie waren zwei prächtige Burschen, Giorgio und Manlio, achtundzwanzig und sechsundzwanzig, auch wenn sie sich noch immer für keinen Beruf entschieden hatten. Manlio konnte man seine Faulheit leichter verzeihen, denn er war sehr schön, Giorgio dagegen bodenlos häßlich, aber dies änderte nichts an der Tatsache, daß beide am liebsten in der Sonne lagen, mit kleinen goldenen Medaillons auf der behaarten Brust, und darauf warteten, daß irgend etwas passierte. Und während sie warteten, träumten sie vom Auswandern nach Australien, träumten von der Eröffnung einer Snackbar in Rom, träumten davon, auf ihren Fahrrädern den »Giro d'Italia« zu gewinnen. Aber keiner von beiden hatte die Energie, mit dem Rad bis zur nächsten Straßenecke zu strampeln, ohne sich unterwegs lang hinzustrecken und von etwas anderem zu träumen – manchmal sogar vom Elend im tiefen Süden Italiens, mit seinen alten Rivalitäten und seiner noch älteren *indifferenza,* seinem widerlich blauen Himmel und seinem Meer unter sengender Sonne. Armes Italien, arme Menschen, wir alle! Und doch schien es ihnen – wie den meisten Taugenichtsen – nie an Taschengeld zu mangeln, auch wenn niemand sagen konnte, woher es kam und wieviel es war.

Jetzt, unter dem Einfluß von Mascagnis berauschender Musik, entflammte Pia in wilder und törichter Liebe zu diesen beiden Burschen, mit denen sie durch Blutsbande verwandt war und die gewiß ihr eigen gewesen wären, hätte ein launischer Gott es nicht anders gewollt. Auch entbrannte sie in loderndem Haß auf den Schnee, dieses glitschige Kostüm der Erde in alpinen Regionen, das seine Bosheit hinter scheinbarer Harmlosigkeit verbarg. Sie wurde von Sehnsucht gepackt – Sehnsucht nach heißer, rissiger Erde, die unter nackten Füßen brannte, nach

dem Duft sonnendurchglühter Pinien, nach dem herben Geruch getrockneter Fische und Kräuter in den Läden.
Als die Oper zu Ende war, ging sie zu Bett und versank in zornige und rührselige Träume.
Am anderen Morgen, als Madame Demoruz gekommen war, nutzte sie die Gelegenheit zu einem Ausflug ins Dorf. Dort gab es, am anderen Ende, ein kleines Geschäft, in dem beinah alles zu haben war – von Kleiderhaken in Form von Hirschgeweihen bis hin zu Skistiefeln, von schlichteren Schweizer Uhren bis zu holzgeschnitzten Souvenirs. Dort kaufte Pia für einhundertachtzig Franken und all ihre Liebe ein Weihnachtsgeschenk für Manlio. Für Giorgio kaufte sie keines, und zwar aus mehreren Gründen: Zum einen war er häßlich, und notfalls hätte sie ihn – selbst in der Phantasie – mit Freuden ihrer Schwester überlassen; zum anderen konnte sie sich, wenn sie auch Giorgio bedenken wollte, kein wahrhaft schönes Geschenk für Manlio leisten. Und letzten Endes war Giorgio der ältere und konnte gut für sich selber sorgen.
Beraten von Monsieur Knüsperli, dem Inhaber des Geschäfts, wählte sie eine oktagonale Armbanduhr, die nicht nur das Datum anzeigte, sondern auch einen Wecker hatte. Er packte die Uhr in eine hübsche Schachtel, verziert mit einem endlos fortlaufenden Weihnachtsmotiv; und sie brachte sie zur Post, adressiert an ihren Neffen.
Das Ehepaar Petiton traf Stunden später ein, und das Leben verfiel in eine behäbige Routine. Monsieur Petiton machte lange Spaziergänge von wenigen hundert Metern, bewaffnet mit einem Alpenstock und behütet von einem grünen, mit Talismanen und Rasierpinsel verzierten Trenkerfilz. Madame Petiton, jünger als ihr Gemahl, frönte in Dauerbegleitung eines berühmten Bergführers dem Skisport. Die Kinder tobten am Idiotenhügel, während Pia, verloren in ihrer städtischen Kleidung, unten wartete – in der einen Hand einen Rodelschlitten, über dem anderen Arm ein Bündel Wolldecken.
Die Ferientage vergingen wie im Flug, und bald war es wieder

Zeit für die Schule. Pia sollte die Kinder zurück nach Paris begleiten, wo Miss Frazer, das schottische Kindermädchen, nach ihrem weihnachtlichen Heimaturlaub ihrer harrte. Das Ehepaar Petiton wollte noch ein Weilchen bleiben – Madame, weil der große Bergführer ihr versprochen hatte, sie auf entlegene Gipfel zu führen und ihr neue Tricks beizubringen; Monsieur, weil er eine dem Skilauf ebenso abgeneigte Gefährtin aus einem Nachbar-Chalet gefunden hatte. Der Cadillac wartete inzwischen im Unterland auf neue Taten, so daß Pia die kreischende Bagage mit dem Nachtzug in die Obhut von Miss Frazers strengen Augen und harter Hand zurücktransportieren mußte. Sie erreichte Paris im Zustand seelischer und körperlicher Erschöpfung, nur um dort ein Päckchen vorzufinden, das an sie adressiert war. Es war eine Uhr, an sie zurückgesandt mit einem verlegenen Entschuldigungsbrief von Manlio, der sie bat, sie womöglich gegen ein anderes Modell umzutauschen – ohne Wecker! Denn diese Uhr habe ihn einmal in einer heiklen Situation geweckt – mit bedenklichen Folgen für sein Herz.

Der Brief war kurz, wie man es von einem Menschen mit so geringer Ausdauer erwarten konnte, und enthielt kein Dankeswort für das Geschenk der Tante. Sie verübelte es dem Neffen nicht, denn Männer haben Wichtigeres zu tun, als sich an Dankesschulden zu erinnern. Aber es machte ihr Kopfzerbrechen, wie oder wo sie die Uhr wohl umtauschen könnte.

Schließlich steckte sie sie in einen Briefumschlag, den sie an Madame Demoruz adressierte – die einzige Menschenseele, mit der sie im Dorf Bekanntschaft geschlossen hatte. Freundlich bat sie Madame Demoruz, diese Uhr in Monsieur Knüsperlis Laden zurückzutragen und gegen eine andere umzutauschen – ohne Wecker. Sie wäre bereit, wie sie sagte, jede allfällige Preisdifferenz zu begleichen, meinte jedoch, daß eine Uhr ohne Wecker logischerweise weniger kosten müsse als eine mit. Den Inhalt des Umschlags deklarierte sie als »Muster ohne Wert«, wie sie es in Italien gelernt hatte.

Nachdem Madame Demoruz die Uhr erhalten hatte, übergab sie diese ihrem Gatten, der sich um die Sache kümmern sollte. Er war ein Mann, der den offiziellen Berufstitel eines Bauern führte, aber keine Mühe gescheut hatte, um niemals in den Besitz eines Bauernhofs zu gelangen. Darum hatte er mehr freie Zeit als seine Frau, die sich wie ein Maultier plagte und vier bis fünf Chalets täglich putzte, um ihre Familie über Wasser zu halten.

Monsieur Demoruz richtete seine großen, schwarzen Augen begehrlich auf die Uhr und lauschte auf ihr Ticken. Er stellte den Wecker und war sichtlich erfreut, ihn klingeln zu hören. Nachdem er dies Spiel eine halbe Stunde lang wiederholt hatte, nahm Madame Demoruz sich das Recht heraus, ihn zu warnen, er könnte das Uhrwerk kaputtmachen.

»Halt's Maul«, sagte Monsieur Demoruz und kippte noch ein Glas Lie hinunter, einen weißen, aus dem Trester der Trauben gebrannten Schnaps. Solcherart geistig gestärkt, streifte er seine klobigen Bauernstiefel über und marschierte ins Dorf, um Monsieur Knüsperli einen Besuch abzustatten. Die beiden Herren hatten nicht viel für einander übrig. Es war weniger eine Frage des Temperaments als vielmehr der Tradition. Seit Jahrhunderten bevölkerten die Familien Knüsperli und Demoruz dieses Alpental mit seinem unergründlichen, speziellen Menschenschlag, eingekreist von deutschen, französischen und italienischen Welten und untermischt mit den Resten versprengter römischer Legionen. Sie hatten untereinander geheiratet, einander betrogen und dennoch, absurderweise, im Verein mit ein paar anderen Familien, ihre eigene, stolze Identität bewahrt. Im Telefonbuch dominierten sechs Namen – der Rest waren Fremde oder Zuwanderer.

Monsieur Knüsperli blickte mit unverhohlener Mißbilligung von seiner Ladentheke auf, als jetzt ein Demoruz – egal, welcher – das Geschäft betrat.

»Was wünschen Sie?« fragte er, oder vielmehr, sein Unbehagen unterstreichend: »Was willst du?«

»Es geht um diese Uhr«, antwortete Monsieur Demoruz.
»Welche Uhr?«
»Diese hier«, sagte Monsieur Demoruz und öffnete das Päckchen. »Sie wurde hier gekauft – von einem italienischen Dienstmädchen, das beim Bankier oben arbeitet.«
»Ja?«
»Das ist nicht die Uhr, die sie wollte.«
»Wie weißt du das?«
»Sie hat meiner Frau geschrieben. Sie will eine ohne Wecker. Unter uns gesagt, ich finde, sie spinnt. Es ist doch eine schöne Uhr. Ich hätte nichts dagegen, solch eine Uhr zu besitzen.«
»Solch eine Uhr könntest du dir niemals leisten!«
Da war irgend etwas in Knüsperlis Tonfall, was Demoruz wütend machte, doch dies war nicht neu für ihn.
»Was ich mir leisten kann und was nicht, geht dich überhaupt nichts an«, erwiderte er. »Und sei versichert, falls du eines Tages eine solche Uhr an meinem Handgelenk siehst, wird sie nicht bei dir gekauft sein.«
»Was will die Italienerin von mir?«
»Habe ich doch gesagt. Bist du taub, oder wie? Sie will die Uhr umtauschen, gegen eine ohne Wecker.«
»Eine billigere?«
»Sie will die Differenz bezahlen, sagt sie in ihrem Brief. Aber sie meint, eine ohne Wecker müsse weniger kosten.«
»Das ist nicht unbedingt der Fall«, sagte Knüsperli kopfschüttelnd. »Ganz und gar nicht. Diese weißgoldene Vacherin hier, zum Beispiel, flach wie ein Keks, hat keinen Wecker, nicht mal ein Datum, und doch kostet sie etwa das Zwanzigfache dessen, was eine Zona Wakemaster kosten würde. Das ist eine ganz andere Klasse von Uhr.«
»Ich will dir nicht widersprechen«, meinte Demoruz verschmitzt. »Aber ein italienisches Dienstmädchen wird sich nicht so in Unkosten stürzen wollen, oder wie? Und außerdem«, fügte er mit großzügiger Bosheit hinzu, »hast du die wirklich guten Uhren gar nicht am Lager, oder wie?«

»Ich brauche nur ein Telegramm an eine der großen Fabriken zu schicken, und sofort habe ich jede Uhr, die hier im Katalog steht, schon morgen früh«, bellte Knüsperli wütend.
»Ich will dir ja gerne glauben«, antwortete Demoruz mit spöttischem Lächeln. »Aber du hast sie gewiß nicht am Lager, oder wie? Das italienische Dienstmädchen könnte doch nicht, weißt du, hier in den Laden kommen und sagen: ›Geben Sie mir diese Vacherin, diese Piaget aus dem Fenster dort.‹ Könnte sie doch nicht, oder wie?«
»Doch, das könnte sie, wenn ich ihr die Kataloge vorlege. Doch, das könnte sie.«
»Aber sie hat es nicht getan, oder wie? Ich meine, du hast es nicht getan, oder hast du doch? Ihr die Kataloge gezeigt, meine ich.«
»Worauf willst du hinaus?« fragte Knüsperli kühl.
Ein wilder Ausdruck verletzter Unschuld loderte auf Demoruz' Gesicht.
»Ich? Worauf ich hinauswill? Ich mache einfach Konversation!«
Knüsperli runzelte die Stirn, und es entstand eine lange Pause.
»Weißt du, was sie gemacht hat?« fragte Demoruz plötzlich in kleinlichem und moralisierendem Ton.
»Wer?«
»Das italienische Dienstmädchen.«
»Nein.«
»Sie hat die Uhr in einem gewöhnlichen Briefumschlag geschickt – ohne Einschreiben, meine ich – und darauf geschrieben: ›Muster ohne Wert‹.«
Ungläubig pfiff Knüsperli durch die Zähne.
»Hier habe ich den Umschlag! Ich habe ihn mitgebracht«, rief Demoruz und zog das Beweisstück aus der Tasche.
Knüsperli strich den Umschlag glatt, dann blickte er auf – mit einem ebenso kleinlichen und säuerlichen Gesichtsausdruck wie vorhin Demoruz.

»Ha, das ist ein Versuch, den Schweizer Zoll zu beschwindeln«, sagte er.
»Das ist ein Kriminaldelikt!«
»Wäre das Päckchen geöffnet worden, meine ich, dann hätte es mindestens eine Beschlagnahmung gesetzt.«
»Oder eine Buße«, fügte Demoruz hinzu, »oder sogar Gefängnis. Die Behörden sind streng heutzutage. Vielleicht sogar alle drei Strafen gleichzeitig. So etwas ist Edith passiert, der Schwester meiner Frau. Sie kriegte alle drei gleichzeitig aufgebrummt. War überhaupt das erste Mal, daß jemand im Kanton alle drei Strafen gleichzeitig kriegte. Und sie ist immerhin eine Frau, da kann man nie wissen. Außerdem steht hier dein Name auf dem Umschlag, siehst du? So wurde auch die Schwester meiner Frau ertappt. Sie hat Sachen geklaut, aus den Geschäften. Ertappt wurde sie durch den Namen eines Geschäfts auf der Einkaufstüte. Solche Dinge sprechen sich doch herum. Ich meine, sie werden aufgebauscht. Es fängt damit an, daß jemand eine Uhr schmuggelt, die in deinem Geschäft gekauft wurde – und am Ende, bis das Gerücht die Runde gemacht hat, bist *du* es, der die Uhren in *deinen* Laden schmuggelt.«
»Ich werde dir etwas sagen«, meinte Knüsperli, nachdem er ein Weilchen über diese traurigen Wahrheiten nachgedacht hatte. »Ich nehme die Uhr nicht zurück. Sie kommt aus dem Ausland und ist mit einer falschen Zolldeklaration in die Schweiz eingeführt worden. Ich werde mir nicht die Hände schmutzig machen.«
»Richtig!« pflichtete Demoruz bei. »Trotzdem, es ist eine wunderbare Uhr.« Er zog sie aus der Tasche und streichelte sie. »Obwohl sie hier eine Delle hat... Da, schau her.«
»Nein«, sagte Knüsperli. »Das gehört zum Design. Auf der anderen Seite hat sie auch eine Delle, siehst du?«
»Hm, das ist wahr. Aber diese Delle hier ist ein klein bißchen größer, oder wie? Je länger man hinschaut, desto größer wird diese Delle hier...«

Die beiden Männer schauten einander tief in die Seele.
»Kannst du vierzig Franken ausgeben?« fragte Knüsperli.
»Ob ich vierzig Franken ausgeben kann?« lachte Demoruz.
»Mach mir nichts vor. Ich kenne dich und weiß, was du bist: ein Säufer ... ein liederlicher Mensch ... eine Schande für das ganze Tal.«
»Ich kann soviel ausgeben, wie ich will und wann ich will und wofür ich will«, kreischte Demoruz. »Die Frage ist, *ob* ich vierzig Franken ausgeben will!«
»Na, willst du?«
»Für diese Uhr? – Ja, ich will.«
»Gut, nimm sie mit. Aber unter einer Bedingung.«
»Und die wäre?«
»Das hier, das ist eine Uhr für vierzig Franken. Eine Pomona Ever-Go, in stoßfestem Chromgehäuse. Gute Ware, für diesen Preis. Die schickst du der Frau und sagst ihr, du habest sie selber ausgesucht und sie koste genausoviel wie die andere, die sie zurückgeschickt hat. Auf deine Verantwortung!«
»Abgemacht«, flüsterte Demoruz und zählte vierzig Franken auf die Theke – in Münzen, die zum Schluß immer kleiner wurden.
Knüsperli zählte das Geld zweimal nach und warf es in seine Kasse.
»Nur noch eines«, sagte Demoruz.
»Ja?«
»Wer bezahlt das Porto?«
Knüsperli überlegte rasch. Er hatte ein gutes Geschäft gemacht und wollte sich großzügig zeigen.
»Das Porto teilen wir uns.«
Die beiden Männer schüttelten sich die Hand.

Drei Tage später empfing Pia in Paris die umgetauschte Uhr. Sie war im selben Umschlag gekommen, zurück an den Absender adressiert. Die Behauptung, es handele sich um ein Muster ohne Wert, stand noch immer in Pias Handschrift auf dem Umschlag. Die neue Uhr kam ihr verdächtig schäbig vor, und als sie sie aufziehen wollte, fiel die Krone heraus. Sie brachte die Uhr gleich zum Uhrmacher, der ihr sagte, daß es kaum die Mühe lohne, sie zu reparieren, denn die Reparaturen – und es werde nicht bei der einen bleiben – würden teurer sein als der ganze Kaufpreis der Uhr. Pia bat ihn, ihren Wert zu schätzen, aber der Uhrmacher meinte, mit Waren dieser Preisklasse habe er keine Erfahrung. Auf weiteres Drängen sagte er, zwanzig Franken wären bereits übertrieben hoch.

Aufgebracht lief Pia nach Hause, und in ihrer Verzweiflung schrieb sie Monsieur Petiton einen ausführlichen Brief, in dem sie ihm die Art des Betrugs erklärte, dem sie zum Opfer gefallen war. Monsieur Petiton las den Brief beim Frühstück – leicht belustigt am Anfang, dann aber mit willkommener Empörung. Um die Wahrheit zu sagen, langweilte sich Petiton dort in den Bergen. Er haßte den Schnee. Was die Sache erträglich machte, war die Art, wie die Frauen sich kleideten, um dem schlüpfrigen Element entgegenzutreten. Monsieur Petiton liebte die flotten Windjacken, in denen das schöne Geschlecht paradierte, und insbesondere die hautengen Après-Skihosen, welche die weibliche Figur im Sitzen auf so zarte, in Bewegung aber auf so handgreifliche Weise nachzeichneten. Er war einer jener Voyeure, die sich niemals vor einem Schlüsselloch bücken würden. Aber selbst dieser harmlose Zeitvertreib hatte für ihn allmählich seinen Reiz verloren. Telephon und Fernschreiber genügten nicht mehr, um seine Aufmerksamkeit zu fesseln oder seinen Scharfsinn zu fordern. Andererseits hatte sein Beruf ihn wachsam gemacht gegen jede Art von Betrug: Tatsächlich glaubte er oft, Verdachtsmomente zu entdecken, wo gar keine vorlagen. Pias Brief kam ihm also wie gerufen, wie einem schläfrigen Hund ein unerwarteter Knochen. Er beschloß, sich des Problems anzunehmen, und mobilisierte all seine vielseitige und bittere Erfahrung mit menschlicher Falschheit, um sich dieses delikaten Auftrags zu entledigen.

Gegen Mittag betrat er den Kaufladen, wo Madame Knüsperli ihrem Gatten zur Hand ging.
Knüsperli ließ ein paar andere Kunden stehen und dienerte lächelnd vor seinem prominenten Gast.
»Nicht oft haben wir die Ehre, Sie persönlich zu begrüßen, Monsieur Petiton«, sagte er. »Es gibt doch hoffentlich keine Klagen wegen der Skistiefel für Ihren Herrn Sohn?«
»Ich weiß nicht einmal, ob sie überhaupt hier gekauft wurden«, antwortete Petiton.
»Oh, gewiß, wir haben die ganze Familie ausgerüstet. Madame war erst gestern hier – mit ihrem Trainer –, um ein paar anspruchsvollere Ski auszusuchen. Ich habe die Marke ›Einsamer Adler‹ empfohlen – die Marke des Weltmeisters...«
Petiton fixierte ihn scharf.
»Ich habe nicht die Absicht, hier Einkäufe zu tätigen«, sagte er. »Im Gegenteil, ich verlange Geld von Ihnen zurück.«
»Von mir?« Knüsperli erbleichte.
»Es handelt sich um eine Uhr«, fügte Petiton auf seine ruhige, selbstbewußte Art hinzu.
»Eine Uhr? Ich kann mich anscheinend nicht erinnern –«
»Ganz im Gegenteil! Ich muß vermuten, daß Sie genau Bescheid wissen. Mein Dienstmädchen hat hier eine Uhr erworben...«
»Eine Italienerin? O ja, gewiß –« Knüsperlis geheuchelte Unschuld zwang ihn, sich möglichst dienstbeflissen zu geben.
»Richtig. Eine Italienerin. Sie hat für einhundertachtzig Franken eine Uhr gekauft.«
»Tatsächlich kostete die Uhr einhundertachtundneunzig Franken, Monsieur, aber ich machte der Dame einen Sonderpreis.«
»Sehr großzügig von Ihnen, davon bin ich überzeugt. Aber ich frage mich, ob ihre weiteren Handlungsweisen von der gleichen Großzügigkeit inspiriert waren. Soweit ich weiß, erwies die betreffende Uhr sich als ungeeignet. Darum sandte die

Dame sie Ihnen zurück, mit der Bitte, sie umzutauschen – eine Usance, die in allen besseren Fachgeschäften üblich ist.«

»Völlig einverstanden, Monsieur.«

»Sehr erfreut, dies zu hören. Und Sie haben Ihre Korrektheit weiter unter Beweis gestellt, indem Sie der Dame im Austausch eine Uhr schickten, die vielleicht zwanzig französische Franken wert ist... zum gegenwärtigen Wechselkurs etwa achtzehn Schweizer Franken.«

»O nein, Monsieur. Ich protestiere! Wer hat überhaupt den Wert der Uhr geschätzt?«

Monsieur Petiton konsultierte einen Zettel, auf dem er den Sachverhalt zusammengefaßt hatte.

»Firma Augier, Dupont et Fils, 118 Boulevard de la Victoire in Paris – die offizielle Niederlassung von wenigstens drei renommierten Schweizer Uhrenherstellern.«

»Aber Monsieur, diese Uhr ist eine Pomona Ever-Go!«

»Eine solche Firma ist mir unbekannt«, erklärte Monsieur Petiton. »Und ich habe geschäftliche Verbindungen zu den großen Herstellern in Genf und La Chaux-de-Fonds. Immerhin will ich einräumen, daß meine Kenntnisse lückenhaft sein könnten. In diesem Fall brauchen Sie nur den Katalog der Firma Pomona vorzulegen, und wir werden gemeinsam feststellen, wieviel Sie meinem Dienstmädchen schulden.«

Knüsperli wurde unsicher, besonders jetzt, da seine Frau zugegen war.

»Die Firma Pomona bringt keinen Katalog heraus«, sagte er.

»Warum nicht? Ist das nicht eine allgemeine Praxis im Geschäftsleben?«

»Ich weiß nicht, warum, Monsieur. Es ist – in mancher Hinsicht – eine eigenartige Firma.«

»Das glaube ich gern. Vielleicht können Sie mir Adresse und Telefonnummer geben, damit wir der Sache nachgehen.«

»Die Adresse habe ich zufällig nicht zur Hand.«

»Und wie kommen Sie dann in den Besitz der Uhren?« fragte

Monsieur Petiton. »Sie produzieren sie doch nicht etwa selbst?«

»Ich will ehrlich zu Ihnen sein, Monsieur Petiton.«

»Na endlich.«

»Was gibt es, Heinrich?« fragte Madame Knüsperli.

»Ah, nichts. Nein, gar nichts.« Knüsperli beugte sich vor. »In Ihren Diensten steht eine gewisse Madame Demoruz, die in Ihrer Abwesenheit Ihr Chalet reinigt.«

»Sehr richtig.«

»Als Ihr Dienstmädchen diese Uhr für einhundertachtzig Franken aussuchte –«

»Und bezahlte!«

»Ich will nicht behaupten, sie hätte nicht bezahlt. Das habe ich nicht behauptet. Niemals, Monsieur!«

»Schon gut, fahren Sie fort.«

»Sie – ich meine, das Dienstmädchen – schickte die Uhr nach Italien, soviel ich weiß, als Geschenk. Es erwies sich als ungeeignet, wie sich zeigte. Statt nun die Uhr an mich zurückzusenden, wie sich's gehört hätte, sandte die Dame sie an Madame Demoruz, die sie ihrem Gatten aushändigte, einem gewissen Monsieur Demoruz.«

»Klingt ganz logisch.«

»Dieser Monsieur Demoruz kam nun in mein Geschäft und weigerte sich strikt, die Uhr herauszugeben. Er behauptete, die Uhr sei nicht mehr fabrikneu, da er sie am Handgelenk trug. Und er behauptete ferner, sie sei beim Transport beschädigt worden. Was blieb mir also übrig? Ich kann mir nicht leisten, Geld zu verschenken. Ich sagte ihm also, er solle dem Dienstmädchen eine andere Uhr aussuchen und sich mit ihr einigen. Immerhin hatte sie die Uhr an seine Adresse geschickt. Monsieur Demoruz wählte eine Pomona Ever-Go, genau das richtige für die Dame, wie er meinte. Er bezahlte sie auch. Beide Uhren wurden korrekt bezahlt, und für mich ist damit dieses Kapitel abgeschlossen. Hier kommen dauernd Leute in mein Geschäft und kaufen Sachen – und solange sie bezahlen, geht es mich nichts an, was mit den Waren geschieht, sobald sie den Laden verlassen haben. Ich bin doch kein Wohltätigkeitsverein!«

»Sehr schön«, sagte Moniseur Petiton mit ruhiger Stimme. »Das ist Ihre Auffassung. Was *mich* betrifft, so kann ich nur sagen, daß irgend jemand den Differenzbetrag zwischen achtzehn und einhundertachtzig Franken bezahlen muß. Wenn wir uns das nächste Mal sehen, werde ich in Begleitung des Gendarmen kommen.«

»Die Uhr kostete vierzig Franken, Monsieur, nicht achtzehn!«

»Ich halte mich lieber an das Urteil eines renommierten Uhrmachers, vor allem, da Sie anscheinend nicht in der Lage sind, sich den offiziellen Pomona-Katalog zu verschaffen. *Bon appétit*!«

»Oh, verfluchter Demoruz!« brüllte Knüsperli, nachdem Petiton gegangen war. Doch sein Wutausbruch rettete ihn nicht vor der höchst demütigenden Moralpredigt seiner Gattin.

Petiton speiste im Skiklub zu Mittag und beobachtete die eleganten Frauen, die an ihm vorbeidefilierten. Nach dem Essen kehrte er in sein Chalet zurück, da er wußte, daß Madame Demoruz dort mit dem Putzlappen am Werk war.

»Der Herr Gemahl besitzt eine schöne neue Uhr, wie ich höre?« sagte er, scheinbar ins Studium des »Figaro« vertieft.

»Eine neue Uhr, Monsieur? Wirklich, ich habe gar nicht bemerkt.«

»Ah, kommen Sie, Madame Demoruz. Gewiß haben Sie es bemerkt. So sorgfältig, wie Sie jedes Stäubchen in diesem Chalet aufwischen, bin ich mir sicher, daß Ihnen nichts entgeht.«

»Mag sein, daß er eine Uhr hat. Aber sie ist nicht neu«, beharrte Madame Demoruz.

»Nicht neu? Wie alt ist sie denn? Zum Beispiel ein paar Wochen?«

»Worauf wollen Sie hinaus, Monsieur?«
»Nur auf dies, Madame Demoruz«, antwortete er und schaute ihr direkt und beinah freundlich in die Augen. »Pia hat Ihnen eine Uhr geschickt, die sie für ihren Neffen kaufte und die, wie sich zeigte, ungeeignet war. Ist das nicht richtig?«
»Ja, das stimmt.«
»Vielleicht wären Sie so freundlich, den Rest der Geschichte selbst zu erzählen?«
»Wieso? Was ist denn passiert?«
»Das will ich Ihnen gerne erzählen, wenn Sie mit Ihrer Geschichte fertig sind.«
Madame Demoruz zuckte mit den Schultern. Gewiß, sie benahm sich weniger verdächtig als Monsieur Knüsperli. Aber immerhin war sie eine Frau, überlegte Monsieur Petiton. Und wenn es schon nicht genügend Schönheit gab auf der Welt, um sie auf alle Töchter Evas gerecht zu verteilen, so war die Kunst des Lügens doch ein unerschöpflich sprudelnder Quell.
»Als Pia mir die Uhr sandte«, berichtete Madame Demoruz, »übergab ich sie selbstverständlich meinem Mann. Ich habe keine Zeit für etwas anderes als meine Arbeit. Am Abend sah ich, daß mein Mann diese Uhr am Handgelenk trug, und stellte ihn zur Rede. ›Ach‹, sagte mein Mann, ›Knüsperli hat sich geweigert, die Uhr zurückzunehmen.‹ – ›Oh‹, sagte ich, ›er hat sie dir geschenkt?‹ – ›Nein‹, sagte er, ›sie ist ja bezahlt. Knüsperli weiß nichts damit anzufangen, weil er sie ja nicht zurücknehmen will. Also muß irgend jemand sie behalten.‹ – ›Na ja‹, sagte ich, ›Pia hat die Uhr doch bezahlt, darum sollte sie sie behalten.‹ – ›Aber sie will sie nicht haben‹, sagte mein Mann. ›So steht es doch in ihrem Brief.‹ – ›Richtig‹, sagte ich, ›aber sie wollte eine andere Uhr haben.‹ – ›Ich weiß‹, sagte mein Mann, ›und ich in meiner Herzensgüte habe ihr eine gekauft. Hat mich nur vierzig Franken gekostet.‹ – ›Vierzig Franken?‹ sagte ich. – ›Nun ja, dreißig‹, sagte er.– ›Es gibt keine anständige Uhr für dreißig Franken!‹ sagte ich. – ›Nun ja,

vierzig‹, sagte er. Also, Monsieur, er hätte doch gar nicht nötig gehabt, für Pia etwas zu kaufen. Er tat es, wie gesagt, aus reiner Herzensgüte. Er wollte nicht, daß sie mit leeren Händen dasteht, wo sie doch Ausländerin ist, Monsieur, und keine Schweizerin.«

»Kurz, Sie behaupten, Madame Demoruz, daß Monsieur Knüsperli sich weigerte, die Uhr zurückzunehmen?«

»Richtig, so hat mein Mann es mir erzählt«, sagte Madame Demoruz, und ihre Unterlippe zitterte in vorschnellem Zorn.

»Monsieur Knüsperli aber behauptet, daß Ihr Mann sich weigerte, die Uhr herzugeben.«

»Oh, oh«, zeterte Madame Demoruz, wobei sie nach einer Tonlage suchte, die der Ungeheuerlichkeit des Vorwurfs angemessen wäre.

»Ich will niemanden als Lügner bezichtigen«, sagte Monsieur Petiton gelassen. »Mir geht es nur um die Rückerstattung einer Summe, die ich auf einhundertzweiundsechzig Franken veranschlage. Heute nachmittag gehe ich auf die Gendarmerie.«

Monsieur Demoruz befand sich bei Monsieur Knüsperli, als Monsieur Petiton den Laden betrat – zusammen mit Broglio, dem Gendarm. Er war ein Cousin von Knüsperli und ein Neffe von Demoruz und hatte allen Grund, beiden zu mißtrauen. Madame Demoruz war sofort nach Hause gelaufen und hatte ihrem Mann berichtet, was Monsieur Petiton gesagt hatte. Monsieur Demoruz, der werktags immer zu Hause anzutreffen war, raffte sich auf und stürmte, brüllend vor Wut, ins Tal. Er und Knüsperli, auf dem Gipfelpunkt ihres Zanks, erstarrten jetzt zu Statuen: Beide begrüßten den Gendarmen mit einem mürrischen »*Adieu*, Jules«. Der Gendarm nahm sein Käppi ab, um den Familienzwist zu schlichten.

»Soll ich anfangen?« fragte Monsieur Petiton.

»Ich habe die Fakten zur Kenntnis genommen, Monsieur«, sagte der Gendarm.

»Sie kennen zwei unterschiedliche Versionen, Monsieur le gendarme. Unsere Aufgabe – Ihre Aufgabe – ist es, die Fakten zu entwirren«, korrigierte ihn Monsieur Petiton.

»Ganz wie Sie meinen, Monsieur«, sagte der Gendarm, immer bemüht, seine Begriffsstutzigkeit hinter gespielter Langeweile zu verbergen. Umständlich kramte er seinen Block hervor, benetzte den Finger und fand, nach ausgiebiger Suche, die richtige Stelle auf einem leeren Blatt.

»Wo befindet sich die Uhr?« fragte er.

»Welche Uhr?« fragte Knüsperli.

»Soweit ich weiß, handelt es sich bei dieser Auseinandersetzung um eine Uhr«, sagte der Gendarm.

»Um zwei Uhren.«

»Zwei Uhren«, pflichtete Monsieur Demoruz eifrig bei.

»Zwei Uhren?« – Der Gendarm musterte Monsieur Petiton, als habe dieser die Unwahrheit gesprochen. »Wenn es zwei Uhren sind, könnte eine höhere Dienststelle zuständig sein«, erklärte er.

»Ich habe Ihnen die ganze Geschichte erzählt, auf Ihrem Revier«, sagte Monsieur Petiton mit ausgesuchter Geduld.

»Ich weiß, Monsieur. Ich bin nicht schwer von Begriff, wissen Sie.«

»Gewiß nicht.«

»Sie erklärten, daß eine Italienerin, Chiantella Pia, in Ihren Diensten und wohnhaft unter der Adresse 91, Avenue Foch, Paris, Departement Seine, Frankreich, eine Uhr erworben habe – und zwar *eine* Uhr [betonte er] – im Geschäft des Herrn Knüsperli, Heinrich, für den Preis von einhundertachtzig Franken –«

»Schweizer Franken«, unterbrach Monsieur Petiton.

»Da wir uns auf Schweizer Boden befinden, Monsieur, gelten Franken als Schweizer Franken, sofern nicht ausdrücklich französische Franken gemeint sind. Nach Empfang dieser Uhr beschloß besagte Chiantella Pia, daß diese nicht geeignet sei, und übersandte sie an Madame Demoruz, Irène, wohnhaft allhier im Chalet Souriante Colline, mit der Bitte, die Uhr an sich zu nehmen und sie gegen eine andere Uhr gleichen oder geringeren Wertes – und ohne Weckvorrichtung – umzutauschen. Wie ferner verlautete, erhielt besagte Chiantella Pia auf dem Tauschwege eine Uhr mit Chromgehäuse, angeblich eine Pomona Ever-Go, die von der Firma Augier, Dupont et Fils, 118, Boulevard de la Victoire in Paris, auf einen Wert von ungefähr zwanzig französischen Franken geschätzt wurde, ohne eine Rückerstattung der Preisdifferenz. Besagte Uhr erwies sich beim Aufziehen des Uhrwerks als defekt, und die Krone fiel zu Boden. Ist das korrekt?«

»Das ist korrekt«, bestätigte Monsieur Petiton.

»Folglich handelt es sich nur um eine Uhr«, sagte der Gendarm. »Denn es entsprach nicht der Absicht von Mademoiselle Chiantella Pia, mehr als eine Uhr zu erwerben.«

»Sie konnte nicht damit rechnen, eine Uhr um den Preis einer anderen, teureren Uhr zu erhalten. Daher handelt es sich in diesem Fall um zwei Uhren«, widersprach Monsieur Petiton.

»Rechnete sie damit, zwei Uhren zu erhalten?« erkundigte sich der Gendarm.

»Natürlich nicht.«

»Folglich handelt es sich in diesem Falle um *eine* Uhr«, beharrte er. »Und Sie verlangen, Monsieur, daß die Chiantella Pia den korrekten Betrag für die Pomona Ever-Go bezahlt?«

»Ja gewiß.«

»Dann ist dies die Uhr, die uns hier betrifft.«

»Aber sie hat bereits eine teurere Uhr bezahlt!« schrie Monsieur Petiton, die Geduld verlierend.

Der Gendarm seufzte. »Wer führt hier die Ermittlung, Monsieur. Sie – oder ich?«

»Sie«, gestand Monsieur Petiton mit offensichtlichem Bedauern.

»Gut. Nun, also.« Der Gendarm wandte sich an Knüsperli und Demoruz. »Als Demoruz, Albert, die Uhr zu dir brachte,

Knüsperli, Heinrich, hast du dich also geweigert, sie zurückzunehmen?«
»Habe ich nicht«, erklärte Knüsperli kategorisch.
»Das ist eine unverschämte Lüge!« brüllte Demoruz und knallte seine schwielige Hand auf die Glastheke.
»Das nimmst du zurück!« fauchte Knüsperli. »Oder du verläßt sofort meinen Laden.«
»Niemand verläßt den Laden, solange ich hier bin«, sagte der Gendarm. »Warst du bereit, die Uhr zurückzunehmen?«
»Wie Monsieur Petiton richtig feststellte, ist das eine normale Geschäftspraxis.«
»Warum hast du sie dann nicht zurückgenommen?«
»Demoruz weigerte sich, sie herauszugeben.«
»Gott sei mein Zeuge!« donnerte Demoruz und ließ seine Faust noch einmal herabsausen, wobei das Glas der Theke in Scherben ging. »Gott sei mein Zeuge, das ist eine schmutzige Lüge. Die Italienerin hat die Uhr in einem gewöhnlichen Briefumschlag geschickt, mit der Aufschrift ›Muster ohne Wert‹, in der offensichtlichen Absicht, den eidgenössischen Zoll zu beschwindeln.«
Die Augenbrauen des Gendarmen schnellten bis zum Haaransatz hoch. »Gibst du diese Aussage zu Protokoll?« fragte er.
»Jawohl!«
»Das müssen Sie beweisen!« schrie Petiton.
»Ich kann es beweisen und werde es tun!«
»Zeigen Sie den Briefumschlag vor!«
Bei Demoruz war plötzlich der Dampf aus dem Kessel. »O nein«, sagte er. »Ich habe den Umschlag benutzt, um die Uhr zurückzuschicken ...«
»Noch immer mit der Aufschrift: ›Muster ohne Wert‹?«
»Ich ... kann mich nicht erinnern.«
»Soviel zu den moralischen Grundsätzen dieser Leute«, wetterte Petiton.
»Wenigstens war es eine billigere Uhr!« kreischte Demoruz. »Eine viel billigere Uhr! Ja, ein Geschenk ohne Wert.«

»Aha, das geben Sie also zu?«
»Natürlich gebe ich's zu.«
»Wenigstens ein Geständnis«, meinte Petiton befriedigt.
»Ich habe niemals geleugnet, daß es eine billigere Uhr war«, betonte Monsieur Knüsperli.
»Sie sind immer ausgewichen, wenn ich Sie nach dem Wert der Uhr fragte«, klagte Monsieur Petiton.
»Vierzig Franken hat er mir abgeknöpft«, heulte Demoruz, »während Sie behaupten, Monsieur, daß die Uhr nur zwanzig wert war!«
»Und wer bezahlt die Beschädigung meiner Ladentheke?« krähte Knüsperli zurück.
»Meine Herren«, sagte der Gendarm mit der gequälten Würde eines Schullehrers, der seinen Schülern klarzumachen versucht, daß sie ihn enttäuscht haben. »Meine Herren, soweit ich sehe, stehen hier nicht ein paar Franken auf dem Spiel, sondern die Ehre der ganzen Talschaft.« Mit einem Instinkt, klüger als sein bewußtes Denken, steuerte er die Debatte auf die Ebene des Bürgerstolzes, weg von den Tatsachen, von denen er nichts verstand. Knüsperli war der schnellere der beiden Gegner, der begriff, daß ihm hier ein Fluchtweg eröffnet wurde.
»Ich bin doch kein Narr«, erklärte er, plötzlich Vernunft annehmend. »Ich schätze Monsieur Petiton als treuen Kunden, schätze ihn höher als diesen kleinen Extraprofit. Und noch wichtiger ist mir mein guter Ruf. Dieses Geschäft wurde im Jahre 1902 gegründet, von meinem Großvater –«
»Dem alten Gauner! Du schlägst ganz in seine Art«, sagte Demoruz.
Knüsperli überging die Kränkung mit melancholisch-nachsichtigem Lächeln. »Wir haben der Gemeinde stets treu gedient«, fuhr er fort, »und darum bin ich bereit, selbst die Preisdifferenz aus eigener Tasche zu erstatten, falls alle Beteiligten einverstanden sind. Die fragliche Summe beläuft sich auf einhundertvierzig Franken. Ist das allseits annehmbar?«

»Nie und nimmer!« schrie Demoruz. »Glaube nur nicht, daß ich dich nicht durchschaue, du Heuchler! Du versuchst mich ins Unrecht zu setzen.«
»Möchtest du vielleicht mit mir teilen? Wir steuern jeder siebzig Franken bei«, lächelte Knüsperli.
»Du willst mich für dumm verkaufen, oder wie?« knurrte Demoruz, der sich in die Enge getrieben fühlte. Er blickte die anderen an, dann wieder den verhaßten Knüsperli, der immer noch lächelte, ein leeres und starres, hirnerweichendes Lächeln. »Keinen Centime werde ich zahlen!« rief Demoruz empört. »Aber du irrst dich, wenn du glaubst, ich würde meine Hand noch länger mit dieser schmutzigen Uhr besudeln.« Er nahm sie ab und warf sie auf die Theke. »Da hast du!«
»Ich werde die Uhr nicht anfassen. Nimm sie mit, und schaffe sie mir aus den Augen. Ich will euch beide nie wieder sehen!«
Demoruz wußte nicht weiter. Er war in seiner Würde gekränkt. Plötzlich hielt er die Uhr – törichterweise – dem Gendarmen hin.
»Ist das ein Bestechungsversuch, Onkel Albert?« fragte der Gendarm herablassend. »Ich bin im Dienst, wie du weißt.«
Verzweifelt überreichte Demoruz die Uhr Monsieur Petiton, der sie ungeduldig beiseite schob. »Ich habe mehr Uhren, als ich gebrauchen kann«, sagte er. »Und bessere als diese hier.«
»Also gut!« donnerte Demoruz, der plötzlich Licht am Ende des Tunnels sah. »Ich werde euch etwas sagen. Ich schicke die Uhr der Italienerin zurück und deklariere auf dem Umschlag den korrekten Inhalt und Wert. Und im übrigen, verdammt, könnt ihr alle machen, was ihr wollt!«
»Sind Sie damit zufrieden, Monsieur?« fragte der Gendarm Monsieur Petiton.
Petiton war, ehrlich gesagt, etwas enttäuscht von solch einem unerwarteten Feuerwerk der Großzügigkeit. Er hatte es nicht vorausgesehen. Dergleichen kommt selten vor im Banken-

und Investitionsgeschäft. »Ich finde, es ist eine vernünftige Lösung«, meinte er, »auch wenn der augenfällige Versuch, ein Dienstmädchen zu betrügen, ungeahndet bleibt. Hätte ich mich nicht der Sache angenommen, dann stünden wir jetzt vor einem schweren Fall sozialer Ungerechtigkeit.«

»Wieviel bezahlen Sie der Italienerin?« fragte Demoruz, blanken Hohn in den Augen.

»Das geht Sie überhaupt nichts an!« erwiderte Petiton mit schneidender Stimme.

»Ich dachte, ich sollte es einmal zur Sprache bringen, wenn wir schon von sozialer Ungerechtigkeit reden«, beharrte Demoruz. »Hoffentlich ist es mehr als der elende Hungerlohn, den Sie meiner Frau bezahlen. Sechs Franken pro Stunde! Er ist stinkend reich, er wälzt sich im Geld und bezahlt die niedrigsten Löhne im ganzen Dorf. Außerdem geht es meiner Frau gar nicht gut in letzter Zeit. Vorsicht also, Monsieur, wenn Sie von sozialer Ungerechtigkeit reden. Vorsicht.«

Petiton wurde rot vor Zorn.

Knüsperli kam ihm zu Hilfe. »Sechs Franken pro Stunde? Dann mußte deine arme Irène sechseinhalb Stunden schuften, um dir diese Uhr zu kaufen. Auch du solltest vorsichtig sein, Albert, wenn du von sozialer Ungerechtigkeit redest.«

»Ich bring' dich um, wenn du mich beim Vornamen ansprichst! Für dich bin ich immer noch Monsieur Demoruz, du elender Hund!«

Der Gendarm trennte die beiden und führte Demoruz schwankend und stolpernd im Polizeigriff hinauf zu dessen Chalet. An diesem Abend soff Demoruz wirklich über den Durst. In seinem Herzen brodelte eine eiskalte Frustration. Er haßte alles und jeden, er prügelte seine Frau und trank Lie direkt aus der Flasche. Sein Hemd war in Schnaps gebadet, so oft hatte er mit dem Flaschenhals seinen Mund verfehlt. Als seine Frau ihm das Nachtmahl hinstellte, schleuderte er den Teller durchs Zimmer. Er brannte sich eine seiner scheußlichen Zigarren an, doch weil ihm übel wurde, warf er sie aus dem Fenster. Sie landete auf einem Haufen Stroh, der trotz der Kälte bald zu glimmen und dann zu lodern anfing. Madame Demoruz roch den Qualm. Sie lief mit einem Eimer voll Wasser hinaus, aber der Wind wehte brennende Strohhalme gegen die alten Holzplanken der Scheune, die sogleich Feuer fingen. Als die örtliche Feuerwehr – lauter Freiwillige – am Schauplatz auftauchte, war die Scheune nur noch ein hohles Balkengerüst. Die Feuerwehr kam bei solchen Gelegenheiten öfter zu spät, weil sie es sich nicht nehmen ließ, in vollständiger Uniform am Ort des Geschehens aufzumarschieren. Man konnte nichts anderes tun, als die Scheune ihrem Schicksal zu überlassen und Schnee an die Wände des Chalets zu werfen, für den Fall, daß sich die Windrichtung änderte.

Ein satanisches Grinsen auf dem Gesicht, stand Demoruz da und sah seine Scheune brennen. Er knurrte ein einziges Wort: »Knüsperli«, dann wischte er sich glimmende Funken vom Ärmel, holte die Axt aus dem Holzverschlag und wankte ins Dorf. Dort zertrümmerte er das Schaufenster von Knüsperlis Laden und leistete keinen Widerstand, als der Gendarm kam, um ihn zu verhaften.

Halbwegs nüchtern am anderen Morgen, weigerte er sich zu glauben, daß nicht Knüsperli seine Scheune angesteckt habe. »Er hatte es auf mich abgesehen, weil ich ihn entlarvt habe – als das, was er ist«, wiederholte er endlos.

Knüsperli konnte beweisen, daß er mit Verwandten im Café gesessen und Karten gespielt hatte, aber Demoruz beteuerte, diese Verwandten müßten Lügner sein, wenn sie Verwandte von Knüsperli wären. Er behauptete gar, er habe, während er sein Nachtmahl aß, verdächtige Typen im Zwielicht umherschleichen sehen, und wollte zu seiner Frau gesagt haben: »Komisch, nicht wahr? Die Leute, die da draußen in der Dunkelheit umherlaufen, sehen aus wie Knüsperlis Verwandte. Sie haben hier nichts zu suchen.«

Reichlich verschämt pflichtete Madame Demoruz allen Behauptungen ihres Mannes bei. Ihr blaues Auge erklärte sie damit, sie sei ausgeglitten und hingefallen, als sie Knüsperlis Verwandte in der Dunkelheit zu erkennen versuchte.

Der empörte Knüsperli ging vor Gericht, aber während diese rechtlichen Schritte ihren umständlichen Lauf nahmen, wurde Demoruz, der eines Abends mit einer leeren Lie-Flasche in der Hand vom Café heimkehrte, blutig zusammengeschlagen und liegengelassen. Bald darauf waren eines Morgens die Reifen an Knüsperlis Auto aufgeschlitzt. Der Gendarm erkannte, daß sich Fraktionen gebildet hatten und daß die alten Haßgefühle der Talschaft wiedererwacht waren. Statt den Zwischenfall nach Lausanne zu melden und die finsteren Vorgänge zur Schande des Dorfes an die Öffentlichkeit zu zerren, berief er den Rat der Ältesten ein.

Der *Doyen* der Gemeinde, Monsieur Willy Demoruz-Knüsperli, verwandt mit den Verwandten aller anderen Verwandten und neunzig Jahre alt, trug auf der Versammlung seine Meinung vor. Er erhob sich, seine spärlichen Haare standen ab wie ein Feld voll Ausrufezeichen auf roter, altersgefleckter Erde; seine Gebirgleraugen glichen blauen Sonnenuntergängen in Seen mit blutroten Ufern; ein Kristalltropfen zitterte im haarigen Bug seiner Nase, sein nachlässig rasierter Hals ragte in einer Reihe aufsteigender Furchen bis zum Kinn, sein zahnloser Gaumen kaute auf Erinnerungen herum – und er sprach:

»Wenn wir uns gegenseitig unser Hab und Gut zerstören, so ist dies ebenso blind und sinnlos, wie wenn wir uns selbst zerstörten. Es ist Gottes Wille, daß wir hier in Frieden miteinander leben. Wir Eidgenossen haben unsere Kriege am Anfang unserer Geschichte ausgefochten. Wir haben inzwischen gelernt, ohne sie auszukommen. Gott, in seiner unerschöpflichen Gnade, hat uns hohe Berge geschenkt, die uns schützen, gesunde Kühe, die wir melken, gutes Holz, aus dem wir unsere Häuser bauen. Und nicht genug damit, hat er uns sogar die Touristen geschickt, die wir ausbeuten. Wir haben alles, was wir brauchen, und noch viel mehr. Ich aber sage euch, wenn wir heute im Hader liegen, so deshalb, weil es unter uns zwei schlechte Gewissen gibt, aus denen alle Probleme entspringen. Ich will nicht entscheiden, wer recht und wer unrecht hat. Ich sage nur, daß es *zwei* schlechte Gewissen braucht, um solche Schwierigkeiten zu verursachen, wie wir sie heute haben. Eines genügt nicht. Mehr will ich nicht sagen – außer, daß uns nur recht geschieht, wenn der Allmächtige, dessen Ratschluß über allem Begreifen steht, uns die Touristen wieder wegnimmt. Dann bleibt uns keine andere Wahl, als uns gegenseitig auszubeuten, wie wir es taten, als wir noch Kriege hatten.«

»Warum sieht man Euch so selten in der Kirche?« fragte der Priester lächelnd, als die Versammlung auseinanderging.

»Keine Lust. Langweile mich. Schlafe besser zu Hause«, murmelte der Alte.

Pia in Paris war überrascht und dankbar, als sie nicht nur ihr Geld zurückbekam, sondern auch noch zwei Uhren in Empfang nehmen konnte. Die wertvollere schickte sie wieder an Manlio – in einem neuen Umschlag mit der Aufschrift: »Muster ohne Wert« –, und sie erklärte ihm, das Geschäft sei nicht bereit gewesen, die Uhr zurückzunehmen, sie habe viel Geld dafür bezahlt und er solle, immer wenn der Wecker klingelte, an die Liebe seiner Tante denken, die das Motiv zu diesem Geschenk gewesen sei. Die andere Uhr schickte sie Giorgio.

Im nächsten Sommer, als sie zu Hause in Italien war, konnte sie feststellen, daß die Jungen sich nicht verändert hatten. Giorgio war häßlich wie eh und je, Manlio sogar noch schöner. Nur die Fahrräder schienen gealtert.

»Nun, und was machen die Uhren?« fragte sie.

Die Jungen wechselten einen Blick.

»Meine ist schon kaputt angekommen«, sagte Giorgio.

»*Porca la miseria*«, seufzte Pia. »Man kann der Post nicht mehr trauen. In Paris war die Uhr noch heil.«

»Zannonelli sagt, es lohnt sich nicht, sie zu reparieren.«
»So schlimm?« stöhnte Pia. »*Madonna!* Und deine?« lächelte sie Manlio an.
»Meine? Die habe ich verloren.«
»Verloren? Du lügst!« sagte Pia anklagend.
Manlio zuckte gleichgültig mit den Schultern.
Wütend packte ihn Pia an seinen nackten Armen und rüttelte ihn. »Wo ist die Uhr?« kreischte sie.
»Ich habe sie verkauft«, sagte Manlio, halb entschuldigend. »Das Geld brauchte ich nötiger als die Uhr. Ich habe sie einem amerikanischen Seemann verkauft.«
»Für wieviel?« flüsterte Pia gespannt.
»Für tausend Lire.«
Pia gab ihm eine Ohrfeige – so schallend, daß es nur eine Geste der Liebe sein konnte. »*Mascalzone!*« schrie sie ihn an. »Du hast weniger verlangt, als ich dafür bezahlt habe.«
Manlio zuckte noch einmal die Schultern und räkelte sich in der Sonne.

Träumen von Papua

Willard C. Holm war noch nicht lange Präsident. Es war ganz unerwartet gekommen, als habe das Schicksal einen riesigen Finger aus den Wolken herabgereckt und auf eine bestimmte Ameise im Ameisenhaufen gezeigt. Immer wenn so etwas passiert, erholt sich das Opfer erstaunlich schnell von seiner Überraschung und beginnt den Mantel der Amtsgewalt mit jener aggressiven Bescheidenheit zu tragen, die Vertrauen einflößt in Ländern, die sich ihrer Freiheit schmeicheln.

Mr. Holm, wie er nun genannt wurde, oder Senator Holm, wie er hieß, bevor er die letzte Sprosse der Leiter erklommen hatte, war ein Mann von schlichten Vorlieben, der im Umgang mit seinen Mitmenschen eine listige und berechnende Klugheit erworben hatte. Instinktiv wußte er, daß seine Vorlieben nicht viel zählten, daß aber ihre Schlichtheit Respekt gebot. Durch das Fernsehen hatte der Wähler eine gewisse Raffiniertheit erlangt, und ein Politiker von allzu nüchterner Wesensart hätte vor den kritischen Linsen der Kameras leicht den Eindruck erweckt, als wolle er »frömmer als du« erscheinen. Folglich war Mr. Holm stets darauf bedacht, ausgiebig, aber mäßig mit harten Trinkern zu trinken, kräftig zu fluchen vor Liebhabern starker Flüche, jederzeit lauthals loszulachen in der Gesellschaft von Witzbolden und Komikern und sich in Gegenwart religiöser Würdenträger selbstverständlich feierlich zu geben. Er wirkte jung in der Begegnung mit Jugendlichen, demütig vor Hochbetagten mit reicher Lebenserfahrung und völlig vorurteilsfrei im Umgang

mit Menschen anderer Rassen und Hautfarben. Er war schwedischer Abstammung, was gewisse Vorteile hatte: Es erinnerte an Sauberkeit, Ehrlichkeit, Unabhängigkeit. Auch deutete es an, er sei frei von gefährlichen Inspirationen, plötzlichen Geistesblitzen und einem Sinn für das Paradoxe – lauter Todsünden für jene, die die Geschicke der Menschen lenken. Daß er sein Leben als Zeitungsjunge in Minnesota begonnen hatte, war ein so glücklicher Start, wie ein Präsident ihn sich nur wünschen kann. Die Tatsache, daß er ein schlechter Schüler gewesen war – pressewirksam ausgewalzt von seinen Reklamefachleuten –, war dazu angetan, ihm die Liebe und Wertschätzung von Millionen anderer Bürger einzutragen, die diese unvergleichliche Tugend mit ihm teilten.
Seine Eltern hatten nicht das Geld, ihn auf die Universität zu schicken, und er hatte nicht die Begabung, sich um ein Stipendium zu bewerben. Statt dessen bewarb er sich als Angestellter bei einer Füllfederhalterfabrik. Hier sicherte ihm seine nette Unauffälligkeit den Aufstieg vor unbequemeren Geistern. Er wurde zum professionellen Erfüllungsgehilfen – Anhänger aller Standpunkte fanden in ihm einen zurückhaltenden, aber aufmerksamen Verbündeten. Es war leicht, sich einem solchen Mann anzuvertrauen, denn er sprach wenig und schien stets bedacht auf Lösungen kniffliger Fragen.
Der eine entscheidende Schritt, den er in diesen langen, bildenden Jahren tat, war ein sehr wichtiger für einen künftig erfolgreichen Politiker. Er heiratete seine Jugendliebe, Grace Line Collins. Daher war es beinah selbstverständlich, daß er in einer Zeit heftiger politischer Rivalität zwischen zwei profilierten und glanzvollen Konkurrenten als Kompromißkandidat für den Senat aufgestellt und im Triumph nach Washington entsandt wurde.
Hier war er unermüdlich fleißig, und bald kannte er sich mit den Besonderheiten und Gepflogenheiten des Senats genauso gut aus wie einst in der Füllfederhalterfabrik. Wieder einmal brachten ihn seine Aufmerksamkeit und Zurückhaltung

in den Ruf eines ehrlichen und vertrauenswürdigen Maklers. Seine Abneigung, sich für eine Sache zu engagieren, verlieh ihm bald eine Aura von Macht, als sei er im Besitz irgendwelcher, nicht jedermann zugänglicher Kenntnisse, die auch die simpelsten Probleme geheimnisvoll und bedenklich erscheinen ließen.

Die Regierung Forsyth stand von Anfang an unter schlechten Sternen. Am Vorabend der Wahl erlag Senator Godfree, Kandidat für die Vizepräsidentschaft, einem Herzinfarkt. Die hektische Suche nach einem unumstrittenen und zuverlässigen Mitbewerber führte in letzter Sekunde zur Aufstellung Senator Holms. Präsident Forsyth, ein kraftvoller und dynamischer Mann, hatte keine hohe Meinung von Bill Holm, aber Bündnisse in der Chefetage sind keine Liebesheiraten. Es sind Versuche, die Mehrheit zufriedenzustelien. Forsyth war klug genug, um zu wissen, daß neben seiner profilierten, manchmal sprunghaften Persönlichkeit eine andere Qualität nötig war, um ihn vorteilhaft hervorzuheben. Das strahlende Bild brauchte einen unauffälligen Rahmen.

Der große Finger vom Himmel war aber keinswegs fertig mit Bill Holm; noch lange nicht. Unterwegs zu einer Kundgebung der Demokratischen Frauen Union, krachte die Präsidentenmaschine – mit Austin C. Forsyth an Bord – gegen die Felswand eines Berges, und in einer Flut nationaler Trauer zog Bill Holm beinah unbemerkt in das Weiße Haus ein.

Nach einer unvermeidlichen Anpassungsphase, in der Holm möglichst wenig tat und abwartete, bis die Wogen sich glätteten, entwickelte er plötzlich eine ganz andere Persönlichkeit als jene, für die er bekannt gewesen war. Mit einundsechzig ist es vielleicht etwas spät, um der Welt zu beweisen, daß man zum Führer berufen ist, besonders wenn man noch keine Zeit fand, es sich selbst zu beweisen. Aber Menschen verändern sich, sobald sie den Zwang verspüren, der Geschichte ihren Stempel aufzudrücken. Der Spiegel im stillen Kämmerchen wird freundlicher – und kritischer in der Öffentlichkeit.

Ohne Vorankündigung holte Bill Holm einen Investmentbanker aus Denver, Morland C. Crust, in das State Department. Und er traf weitere, folgenreiche Personalentscheidungen. In einem Kabinett von lauter Unbekannten war Präsident Holm bald das bekannteste Gesicht. So weit, so gut. Die außenpolitische Lage war genauso chaotisch wie die Lage im Inneren. Dies hatte den unbestreitbaren Vorteil, daß man von der einen zur anderen springen und das eine Chaos als Nebelwerfer für das andere benutzen konnte. In Birma waren die Kommunisten aktiv, der Vietnamkrieg schleppte sich ins fünfundzwanzigste Jahr, Nordlaos hatte sich von Südlaos abgespalten, auch wenn Präsident Ming-Tu-Phot das Gegenteil behauptete. Mindestens fünfzehn Botschafter der USA waren Generale, abkommandiert ins Außenamt. Statistiker schätzten, daß die Militärs, bei solchen Zuwachsraten, binnen eines halben Jahrhunderts die Zahl der Geschäftsleute im diplomatischen Dienst überflügeln würden.

Die Welt war gelähmt durch Paktsysteme, die wie Unkraut wucherten und immer längere Bindestrich-Kettenwörter auf das Zeitungspapier streuten. Ihre Interessen überschnitten sich, ihre Funktionen waren undurchschaubar, ihre Rivalitäten nahmen überhand. Überall auf der Welt wünschten sich Männer in Uniform anderswohin – aber nichts schien so gefährlich wie ein Vakuum, selbst dort, wo ein Vakuum seit unvordenklichen Zeiten friedlich und ungestört existiert hatte.

Eines Abends rief Bill Holm seinen Think-Tank zusammen. General Rutledge B. Hooker sollte über die Lage in Nordlaos berichten. Ein großer Bildschirm an der Wand flammte auf, um den Präsidenten zu unterrichten, wo Nordlaos zu finden sei.

»Wir haben Nachricht von Ming-Tu-Phot, daß die Lage sich dort unten verschlechtert hat, Sir.«

»Finde den Namen nicht auf der Landkarte, Rut«, warf der Präsident ein.

»Nein, Sir. Ming-Tu-Phot ist der Name des Präsidenten – des dortigen Präsidenten, sozusagen –, des Präsidenten von Südlaos.«
Mr. Holm lächelte nicht. Er musterte die übrigen Experten mit drohendem Blick.
»Ich wünsche mir, Männer, wenn ihr an der Reihe seid, sollt ihr mir klar und deutlich erklären, ob wir's mit einem Mann oder mit einem Land zu tun haben. Bei all diesen ausländischen Namen, verdammt, könnten wir uns eine Menge Zeit und Geduld sparen«, setzte er grimmig hinzu.
»Bedaure, Mister President. Dachte, Ming-Tu-Phot sei Ihnen bekannt«, sagte General Hooker.
»Rut, ich erinnere mich kaum an die Namen aller Männer hier im Saal«, lächelte der Präsident.
Dieser Beweis seiner Menschlichkeit wurde mit herzlichem Gelächter quittiert.
»Fahren Sie fort, Rut. Ich fürchte, ich habe Sie unterbrochen.«
»Nun, Sir, die Nordlaoten nutzen anscheinend das Territorium Nordvietnams, um Nordkambodscha zu infiltrieren und uns abzuschneiden.«
»Abschneiden – wovon?«
»Von Nordbirma, Sir.«
»Machen Sie mir mal eines klar«, seufzte der Präsident, mit einer müden Hand über seine Stirn fahrend, während die Leuchtbilder auf dem Schirm mit Blitzgeschwindigkeit wechselten. »Wo sind wir, und wo sind sie?«
General Hooker räusperte sich im Vorgefühl einer übermenschlichen Anstrengung.
»Allgemein kann man behaupten, Sir, daß immer dann, wenn vom Norden die Rede ist, ein Gebiet gemeint ist, wo sie stehen. Immer wenn vom Süden die Rede ist – nun, das ist, wo wir stehen. Obwohl dies oft nur die halbe Wahrheit bedeutet, da es ihnen gelungen ist, weite Teile des Südens zu infiltrieren, während wir in den Regionen Ky-Mang, Phing-Dot und Mien-Det-Sing – das sind Ländernamen, Sir – weit nach Nor-

den vorgedrungen sind. Die Situation wird zusätzlich durch die Tatsache kompliziert, daß Südlaos nördlich von Nordkambodscha gelegen ist.«
Der Präsident lächelte zögernd und ansteckend. Dann bog sich der Saal vor Lachen, und die Spannung verflog. Zwischendurch hörte man Professor Szasz, den weißhaarigen Ungarn und Vater der Eskalation, bewundernd ausrufen: »Nur in Amerika ist so etwas möglich!«
Wieder ernst, fragte der Präsident: »Was unternehmen wir in der Sache, Jungs?«
Der Außenminister meldete sich.
»Botschafter Glimpf schlägt vor, Ming-Tu-Phot durch Ming-Kam-Phot zu ersetzen – bedaure sehr, Sir: General Ming-Tu-Phot durch Marschall Ming-Kam-Phot zu ersetzen.«
»Warum?«
»Tja, sie sind Brüder. Aber sie hassen sich.«
»Ist noch lange kein Grund.«
Der Außenminister behielt einen bewundernswert kühlen Kopf.
»Ich weiß nicht, ob wir die Gründe aus der Ferne beurteilen können. Doch ich bin sicher, wenn Botschafter Glimpf einen solchen Wechsel empfiehlt, hat er gute –«
»Ich begreife nicht, wie eine demokratisch gewählte Regierung so oft wechseln kann – ohne das Mandat des Wählers zu verlieren«, sagte der Präsident, selbstgefällig und im Bewußtsein der höchsten Werte seiner Nation.
»Die Regierung wurde vor einundzwanzig Jahren demokratisch gewählt, Sir, und seither fanden keine Wahlen mehr statt – seit unserem Einmarsch, um die demokratischen Institutionen vor dem Kommunismus zu schützen.«
Der Präsident straffte sein Kinn, und in seinem Blick flammte ein kaltes missionarisches Leuchten auf.
»Diese Tatsachen sollten wir uns jeden Tag vor Augen halten, Freunde. Könnte genauso wichtig sein wie das tägliche Gebet. Damit wir nicht vergessen, warum wir dort unten stehen.«

Einen Moment herrschte Schweigen. Dann schob der Präsident die frommen Gedanken beiseite und stürzte sich wieder mit gewohntem Schwung ins Getümmel.
»Welche Partei, ich meine, Partei in unserem Sinne, hat dort unten die Macht?«
»Schwierige Frage«, murmelte General Hooker.
»Ungefähr, ungefähr«, drängte der Präsident.
»Offiziell, Sir, ist es eine Koalition zwischen der Volksbefreiungsbewegung, dem Neo Lao Hak Sat, den Gewerkschaften, der Friedensbewegung und den Demokraten.«
»Wie viele Demokraten?«
»Drei, Sir. Offiziell. Aber es sind keine Demokraten in unserem Sinn.«
»Nur drei Demokraten?« fragte der Präsident ungläubig. Und dann fragte er: »Warum sagen Sie dauernd ›offiziell‹, Rut?«
»Weil es in Wirklichkeit eine reine Militärregierung ist. Bestehend aus sechzehn Generälen, Sir, und vier Feldmarschällen. Sie vertreten keine Parteien, Sir.«
»Was ist mit dem Kongreß dort unten?«
»Tja, Sir, die Nationalversammlung. Dient heute als Neunzehntes Allgemeines Feldlazarett.«
Wieder umwölkte sich die Stirn des Präsidenten. »So weit kommt es mit der Demokratie, Männer, wenn die fundamentalen Freiheitsprinzipien vernachlässigt werden, wenn sie nicht mehr verteidigt werden. Könnt ihr euch vorstellen, daß unser Kongreß oder Senat in ein Feldlazarett verwandelt wird? Na, so etwas könnte passieren, wenn wir nicht immer bereit sind, für die elementaren Grundrechte zu kämpfen, die das Erbe dieser großen Nation sind.«
»Wir erleben die Geburt eines Staatsmannes«, murmelte Professor Szasz.
»Gut, Morland, geben wir dem neuen Mann eine Chance. Wenn er sich nicht bewährt, müssen wir uns etwas anderes einfallen lassen«, meinte der Präsident unbeschwert, mit einem Blick auf die Armbanduhr.

»Was steht noch auf der Tagesordnung?«
»Haiti, Mister President«, antwortete Mr. Crust voll Elan.
Der Präsident wandte den Kopf nach dem leuchtenden Bildschirm. Eine Landkarte von Haiti flammte auf.
»Was ist das – dort rechts? Das unschraffierte Gebiet?«
»Die Dominikanische Republik.«
»O nein! Nicht schon wieder! Aber sagen Sie, was hört man eigentlich von der Organisation Amerikanischer Staaten?«
»Die Peruaner sagen, sie wollen nicht in alle Ewigkeit für ihre zehn Mann Infanterie bezahlen, Sir.«
»Es ist nicht für alle Ewigkeit, das muß mal gesagt sein!« schrie der Präsident. »Es ist nur so lange, wie wir dort unten keine stabile Regierung haben.«
»Es sind schon zwölf Jahre«, beharrte der Außenminister.
»Zwölf Jahre?« ächzte der Präsident. »Gott, wie die Zeit verfliegt.« Er wußte, wann es ratsam war, das Thema zu wechseln.
»Was ist in Haiti los? Die Kommunisten?«
»Die Franzosen.«
»Oh, noch schlimmer. Bei den Kommies weiß man wenigstens, verdammt, mit wem man's zu tun hat.« Der Präsident geriet in Rage. »Was haben die Franzosen dort überhaupt verloren?«
»Die Haitianer sprechen Französisch, Sir.« Die Antwort kam von Elliott Koslowsky vom State Department.
»Seit wann?«
»Schon immer. Tatsächlich ist es eine Art Kreolisch, auf der Grundlage des Französischen. Und die Franzosen sind sehr empfindlich, wenn es um ihre Sprache geht. Sie haben sogar ein eigenes Wort für Länder, die ihre Sprache sprechen: *Les pays de lange francophone.*«
»Beglückwünsche Sie zu Ihrer Allgemeinbildung«, sagte der Präsident sarkastisch. »Aber ich habe keine Lust, die Vorurteile anderer Leute zu übernehmen. Habe mit meinen eigenen genug zu tun.«

Spärliches Lachen wurde laut.
»Worum geht es in Haiti, Morland?«
»Mr. Koslowsky hat die Fakten, Mister President.«
»Mr. Koslowsky?«
»Uns liegt ein Bericht von amerikanischen Geschäftsleuten vor, Sir, von Mitgliedern der OAGK.«
»Was ist das, eines unserer Paktsysteme?« bellte der Präsident.
»Die Organisation Amerikanischer Geschäftsleute in der Karibik, Sir, ein halboffizieller Sicherheitsausschuß der Handelskammern«, antwortete Mr. Koslowsky. »Die Herren behaupten, sie hätten mit ihren Produkten ziemliche Schwierigkeiten auf dem dortigen Markt. Der Widerstand sei auf tatkräftige Kapitalinvestitionen französischer Geschäftsleute in diesem Land zurückzuführen.«
»Daran gibt es nichts auszusetzen. Nur – daß es die Franzosen sind.«
»Sir, die Herren behaupten, sie wurden von der haitianischen Polizei belästigt, als sie französische Offerten zu unterbieten suchten.«
»Belästigt? Ich verstehe nicht ...«
»Wie inoffiziell verlautet, Sir, haben die französische Regierung und die haitianische Regierung sich verschworen, französischen Waren, wo immer möglich, den Vorrang zu geben. Seit dem Besuch Olympio Pastorales – bedaure, Sir: des Staatspräsidenten Olympio Pastorale – in Paris gibt es den Entwurf eines Handelsabkommens, Sir, über dessen genauen Inhalt wir nicht unterrichtet sind.«
»Warum nicht?«
»Wir fanden noch keine Zeit. Und außerdem ...«
Mr. Koslowsky stockte.
»Joe«, sagte der Präsident knapp.
Joseph E. Shales, Leiter der CIA, nickte unmerklich, wie ein Bieter auf einer Versteigerung, und notierte sich etwas auf einen Zettel.

»Dieses Abkommen regelt, wie wir annehmen müssen, den Tausch französischer Industrieanlagen, inklusive technischer Beratung, gegen Zucker aus Haiti«, fuhr der gemaßregelte Mr. Koslowsky unverdrossen fort. »Wenn man bedenkt, was Haiti produziert und was es dringend benötigt, kann ich mir tatsächlich nicht vorstellen, welchen anderen Inhalt das Abkommen haben könnte.«

»Keine Sorge, Mister Koslowsky. In ein paar Tagen haben wir den Vertragstext.«

Wieder nickte Mr. Shales unmerklich.

»Gehen Sie diesen Beschwerden nach, Morland. Falls tatsächlich eine Behinderung des Freihandels vorliegt, müssen wir uns bei den Franzosen revanchieren. Wer ist dort Botschafter?«

»Generalleutnant Harvey Rice«, sagte Mr. Koslowsky.

»Kenne ich nicht«, sagte der Präsident.

Der Außenminister lächelte sein übliches, steinernes Lächeln.

»Vergessen wir nicht«, flötete er, »daß Frankreich unser Verbündeter ist und daß eine diesbezügliche Verärgerung uns nicht blind machen darf für die Tatsache, daß der Kommunismus unser Feind Nummer eins ist. Nordlaos, Nordkorea, Nordbirma und Nordkambodscha sind reale Probleme, die morgen bereits zu einem Nordnepal, Nordafghanistan, Nordiran oder einer Nordtürkei führen könnten ... Was die Franzosen betrifft, Sir, so gibt es wirksame Gegenmaßnahmen, die sich als Druckmittel gegen Freunde bewährt haben ... Wir revanchierten uns bereits, als wir in unseren diplomatischen Vertretungen nur noch kalifornische Weine kredenzen ließen ... Jetzt könnten wir unsere Gegenmaßnahmen auf die Textilindustrie ausdehnen, wir könnten Strafzölle auf französische Damenmoden erheben oder Frankreich dort treffen, wo es am meisten schmerzt – auf dem Gebiet der Kosmetika und Duftstoffe ... Dies alles aber sind kleine Sticheleien. Unser Hauptproblem ist natürlich, wie wir die Eskalation steigern können, bei gleichzeitiger Herabsetzung der Kriegsgefahr. Ein Widerspruch in sich selbst, möchte man meinen, aber es gibt einflußreiche Kreise, die diese Auffassung nicht teilen. In Laos haben wir inzwischen Stufe zweiundzwanzig der Eskalation erreicht, in Vietnam Stufe siebenundzwanzig, in Kambodscha lediglich zwölf und in Birma irgend etwas zwischen acht und neun –«

»Helfen Sie meinem Gedächtnis auf die Sprünge, Professor«, stöhnte der Präsident ermüdet auf. »Was sind diese Eskalationsstufen?«

»Sch-tufe siebenundzwaaanzig ist der Aaangriff auf militäärische Ziele mit nukleaaaren Waaaffen«, sagte Professor Szasz mit seinem schleppenden osteuropäischen Akzent. »Sch-tufe zweiundzwaaanzig ist die nukleaaare Kriegserkläärung mit beschränkten Zielen. Sch-tufe zwölf ist konventioneller Krieg in erweitertem Maaaßstab. Sch-tufe neun ist die Konfrontatiooon bewaaaffneter Streitkräfte in erhöhter Alaaarmbereitschaft und ohne offene Feindseligkeiten.«

»Kann mir das jemand bitte mal übersetzen?«

Wieder klang gutmütiges Gelächter auf, in das Professor Szasz nicht einstimmte.

»Nein, im Ernst«, fuhr der Präsident fort, als versuchte er, den Lapsus eines anderen rasch zu überspielen, »falls ich die Lage richtig einschätze, können wir die Dinge laufen lassen, wie sie seit fünfzehn Jahren laufen, und hoffen, daß unsere überlegenen Reserven den Widerstand des Gegners brechen werden. Oder wir können das Risiko einer weiteren Eskalation eingehen und gleichzeitig eine energische Friedensoffensive einleiten – eine Zangenbewegung im Herzen der kommunistischen Verschwörung.«

»In ersterem Fall würde ich mich sicherer fühlen«, meinte der Außenminister beinah wehmütig. »Aber ich bin ja kein Soldat.«

»Hören Sie auf, Morland. Schon damals, 1965, behaupteten bessere Köpfe als Sie oder ich, wir könnten so weitermachen

in alle Ewigkeit. Können wir auch. Aber Zermürbung ist keine Politik; es ist der schwächere Weg.«
»Es ist der sicherere Weg«, widersprach der Außenminister. »Wir haben uns an die Situation gewöhnt. Wir können mit ihr leben. Die Leute werfen kaum noch einen Blick auf die Titelseiten der Zeitungen. Sie blättern gleich weiter zu Comics und Sport. Und inzwischen behindern wir die Kommunisten in ihrer wirtschaftlichen Entwicklung: Unser industrielles Meer unterhöhlt ihren agrarischen Felsen.«
»Das möchte ich nicht unterschreiben, Morland. So sehe ich die Sache nicht«, rief der Präsident, sein Blick starr vor Konzentration und Entschlossenheit. Die Regierungsperiode Holm sollte jedenfalls kein Fest sein für Rip van Winkles. »Barrett?«
Barrett O'Hehir, der Verteidigungsminister, galt als Mann mit der seltenen Gabe, beinah alles zu verstehen: ein Familienvater und Unternehmensanwalt. Er hatte angenehme Umgangsformen, zwanglos und kultiviert. Er war jederzeit ansprechbar und besaß die beneidenswerte Fähigkeit, auch komplizierteste Probleme auf kristallklare Formeln zu vereinfachen. Der Präsident schätzte ihn und vertraute ihm. Neben ihm wirkte der Außenminister, zum Beispiel, beinah unaufrichtig – mit seinem unnötig eleganten Wortschatz und jener Art von Humor, über den niemand lachte. Kurz und gut, der Verteidigungsminister war kein Intellektueller.
O'Hehir lächelte, bevor er antwortete. Bislang hatte er sich nicht an der Debatte beteiligt. Er hatte es vorgezogen, als Trumpf ins Spiel gebracht zu werden. Immer wenn der Präsident erschöpft war oder sich im Dickicht exakter Fakten verirrte, bellte er das eine Wort: »Barrett!«
»Es bleibt uns nur ein einziger Weg offen, der vereinbar ist mit unserer Verantwortung als mächtigste Nation der Welt und als Beschützer der parlamentarischen Institutionen ...« (Oh, es gab nichts auszusetzen an langen Wörtern, wenn es nur die gleichen waren, mit denen der Mann auf der Straße versuchte,

seine Informiertheit zu beweisen) »Wir müssen zeigen, daß es uns Ernst ist. Klar? Und das einzige Mittel, um in den Konfliktregionen unsere Absichten zu verdeutlichen, ist die Offensive. Wir sind versöhnlich und immer bereit für Verhandlungslösungen auf diplomatischem Weg, aber um unsere Verhandlungsbereitschaft zu beweisen, wäre es verrückt, wollten wir darauf verzichten, unser taktisches Potential aufzuwerten und die nächsthöhere Eskalationsstufe in den Konfliktgebieten anzusteuern.«

»Das sagten Sie gestern bereits«, bemerkte der Präsident.

»Ich habe meine Meinung nicht geändert«, erwiderte O'Hehir unkompliziert.

Der Präsident lächelte wohlwollend. Ihm gefiel solch ein Mann, der den Mut hatte, ihm Kontra zu bieten. Und außerdem sprach er gut.

»Wie aber, wenn unsere Gegner zurückeskalieren?« fragte Mr. Crust und lächelte wie die böse Fee auf der Hochzeit.

»Sie haaaben keine Eskalatiooon«, krächzte Professor Szasz, eifersüchtig auf seine Erfindung. »Sehen Sie, unsere Gegner haaaben kein industrielles Potentiaaal, wie wir es haaaben. Sie haaaben keine hochentwickelten Waaaffen. Sie haaaben weder das nötige Kleingeld noch das Know-how für die Eskalatiooon.«

»Sie könnten Vergeltung üben«, warf der Außenminister ein.

»Vergeltung ist nicht Eskalation«, entgegnete Professor Szasz mit Bestimmtheit, und seine blauen Augen funkelten vor verteidigungsbereiter Logik.

»Gegen ihn haben Sie keine Chance, Morland«, lachte der Präsident und wandte sich wieder an O'Hehir. »Was würde dies an Truppenstärke kosten?«

»Sehr wenig, Mister President. Im Fall von Nordlaos«, alle Köpfe wandten sich wieder zum Bildschirm, wo Laos automatisch aufflammte, kaum daß der Name fiel, »würde es die unmittelbare Belegung militärischer Ziele mit taktischen

Atomwaffen zur Folge haben. Dafür brauchen wir – General Scheidemeyer?«

»Die Verlegung der 118. Taktischen Atomkampftruppe aus Concord Field sowie der 415. Spezialkampfeinheit aus Fort Peluskie. Siebenundzwanzigtausend Mann, alles in allem.«

Der Präsident nickte. »Auf dieser Stufe möchte ich keine höheren Einsätze spielen«, sagte er.

»Das Problem in Vietnam ist irgendwie komplexer, eskalationsmäßig«, fuhr O'Hehir fort. »Hier müßten wir um einen Punkt eskalieren, auf Phase achtundzwanzig, das ist – Professor Szasz wird mich verbessern, falls ich mich irre – der erste Schlag mit begrenzten Atomangriffen auch gegen solche Industriebetriebe, die kein Kriegsmaterial produzieren. Landwirtschaftliche Genossenschaften und öffentliche Gebäude fallen unter diese Kategorie.«

»Sehr richtig«, nickte Professor Szasz.

»Hmh. Und was bedeutet das?« fragte der Präsident düster.

»General McAteer?« fragte O'Hehir.

»Keine größeren Veränderungen im Augenblick, Sir«, antwortete der General. »Es bedeutet nur den Übergang von militärischen zu zivilen Zielen. Zum gegenwärtigen Zeitpunkt gibt es keine Anhaltspunkte dafür, daß der Feind ausreichend gerüstet wäre für eine Gegeneskalation – bedaure, einen Vergeltungsschlag gegen uns. Jedenfalls haben wir keine zivilen Ziele dort unten, gegen die sich eine Vergeltung richten könnte.«

»Richtig«, sagte der Präsident.

»In Kambodscha aber sollten wir, meiner Meinung nach, unmittelbar von Phase zwölf zu Phase fünfzehn eskalieren«, sagte O'Hehir.

»Ein ganz beträchtlicher Phasensprung, nicht wahr, Barrett?«

»Ja und nein, Sir. Phase fünfzehn ist eine Phase, in der zum erstenmal eine Atomwaffe zum Einsatz kommt, scheinbar versehentlich, mit nachfolgender Entschuldigung.«

»Wie damals, als wir das buddhistische Kloster in Phing-Aung bombardierten«, sagte Mr. Crust leise.
»Keineswegs«, erwiderte O'Hehir scharf. »Das war ein echter Unfall, kein simulierter.«
»Die Folgen sind die gleichen.«
»Für sie, nicht für uns.«
General Goldsmith E. Cartwright meldete sich zu Wort.
»Ich gebe zu bedenken, Mister President: Es würde unsere logistischen Probleme unnötig komplizieren, wenn wir gezwungen wären, einen konventionellen Krieg und einen Atomkrieg gleichzeitig zu führen. Wir müßten ungeheure Mengen ganz unterschiedlicher Waffen- und Munitionssysteme aus unseren Stützpunkten auf Taiwan und Hawaii verschiffen. Falls wir dagegen auf konventionelle Waffen verzichten oder ihren Einsatz allenfalls auf Birma beschränken, können wir die militärische Operation stromlinienförmiger gestalten und annähernd fünfzehntausend Mann für andere Aufgaben einsparen.«
»Das wäre gut für die Public Relations«, warf O'Hehir ein. »Wir könnten gegenüber der Presse verlauten, daß wir gleichzeitig mit einer diplomatischen Friedensoffensive eine beträchtliche Zahl von Kampftruppen abziehen.«
Dies war konstruktives Denken. Der Präsident nickte beifällig.
»In Anbetracht dieser Erkenntnisse schlage ich vor, daß wir in Birma kurztreten.«
Der Präsident warf einen Blick auf das kleine Birma an der Wand und gab seine Zustimmung.
»In welcher Form aber soll die Friedensoffensive stattfinden?« erkundigte er sich.
»Wir hatten schon lange kein Gipfeltreffen mehr«, seufzte Mr. Crust.
»Was? Die Kerle etwa hierher einladen?«
»Ein Treffen an einem beiderseits annehmbaren Ort. In Genf zum Beispiel.«

»Ich hasse Auslandsreisen.«

»Die Sowjets haben wieder mal ihre Besatzung gewechselt, Mister President. Auch sie haben – in gewissem Sinn – einen neuen Präsidenten. Früher oder später müßten Sie den Mann doch kennenlernen«, beharrte Mr. Crust.

»Eine Diktatur hat einfach nicht das Recht, so oft die Regierung zu wechseln«, brummte der Präsident. »Wer ist der neue Mann überhaupt? Wie heißt er?«

»Mr. Schtscheparenko«, sagte Mr. Crust.

»Was wissen wir über ihn, Joe?«

Mr. Shales klappte einen Ordner auf und las mit der schwerfälligen Betonung eines Mannes, dem entweder die Übung im Lesen fehlt oder der es erst spät im Leben gelernt hat.

»Ignatij V. Sch ... sch ... pa ...«

»Schtscheparenko«, sagte Professor Szasz, mit offenkundiger Zungenfertigkeit.

»Danke«, lächelte Mr. Shales. »Geboren in Novo-Irgendwo, oder wie, oder so ...«

»Überspringen Sie diesen Quatsch«, schnappte der Präsident. »Kommen Sie auf den Punkt. Was ist das für ein Mann? Was ist sein Hintergrund?«

»Wir wissen noch sehr wenig über ihn, Sir«, sagte Mr. Shales düster. »Die Roten verstehen es, ihre Spitzenleute zu tarnen, bis sie dann im Zentralkomitee sitzen. Angeblich war er Kraftfahrzeug-Ingenieur. Dann gab er ein kurzes Gastspiel als Stellvertretender Dritter Sekretär des Parteikomitees der Leichtindustrie der Belorussischen Volksrepublik, in den frühen Dreißigern. Danach haben wir seine Spur verloren, bis heute.«

»Auch wenn Schtscheparenko scheinbar die Spitzenposition besetzt«, warf Mr. Crust ein, »müssen wir annehmen, daß Mr. Taburow gegenwärtig der eigentliche Machthaber ist. Selbstverständlich unter Kontrolle von Mr. Kalstalkow, der seinerseits vom theoretisch orientierten Parteiflügel, vertreten durch Mr. Owsepijan und Mr. Klutchko, unter Druck gesetzt wird ... Und es wäre unklug, Mr. Gribojedow zu unterschätzen, der ein sensationelles Comeback geschafft hat, seit er zum letztenmal in Ungnade fiel.«

»Ganz wie in Washington«, lachte der Präsident inmitten allgemeiner Heiterkeit.

Erneut hob Professor Szasz in Bewunderung für sein neues Vaterland die Hände.

Der Präsident bekundete sein Bedürfnis nach einer Sitzungspause; er wurde von einer Lobbyistengruppe zum Dinner erwartet. Die Sitzung endete ergebnislos, wie solche Sitzungen es häufig tun, nachdem ein Klima gnadenlosen Erfolgsdenkens die Phantasie der Männer ins Grenzenlose gesteigert hat, lange bevor sie gezwungen sind, ihre Überlegungen in politische Praxis umzusetzen. Einige der Militärs putzten sich im Hinausgehen die Nase. Die Klimaanlage hatte wieder mal die Nebenhöhlen terrorisiert.

Der Außenminister machte einen Versuch, den Präsidenten vertraulich beiseite zu ziehen, wurde aber mit einem herzhaften Schulterschlag abgefertigt.

»Ich werde die Berichte herbeischaffen«, meldete Joe Shales knapp, »und sie durch G-14 oder einen seiner Generalleutnants rüberschicken.«

»Wunderbar, wunderbar«, antwortete der Präsident, der G-14 nicht von G-13 unterscheiden konnte – und auch nicht von allen anderen G's.

»Was heißt überhaupt ›G‹?« fragte er O'Hehir vertraulich.

»G-14?« antwortete O'Hehir, der instinktiv ahnte, welches G sein Chef meinte. »Er trägt direkt dem CIC vor, ohne Umweg über Red Arrow.«

»Oh.« Der Präsident nickte verständig.

Welch ein beruhigendes Gefühl, hinter sich und um sich herum einen mächtigen, mit höchster Effizienz arbeitenden Apparat zu wissen. Es gab einem Mann das Gefühl, als säße er in der Business class eines Airliners bei süßen Geigenklängen, die, gefiltert durch Lautsprecher, selbst die Gefahr zum

Bestandteil eines Wiegenliedes für Erwachsene verwandelten. Die Organisation raste auf Hochtouren dahin, auf ihrer vorausberechneten Bahn. Die Temperatur war kühl und steril. Das Denken entschlummerte in einem keimfreien Kokon unauffällig guten Geschmacks, die nervenberuhigenden Farben, ausgewählt von Experten obskurer, aber unentbehrlicher Wissenschaften zur Entspannung der Passagiere.
Der letzte der Generäle hatte die Tür geschlossen. Der Präsident war allein. Pötzlich allein mit seinen Drucken von Currier und Ives, die Szenen aus der frühamerikanischen Geschichte darstellten, zottige Pioniergestalten, die über die ganze Länge der grünen Bürowände galoppierten. Kein Sonnenstrahl verirrte sich durch die Jalousien. In diesem Raum war immer Nacht, nichts unterbrach das Schweigen, abgesehen von dem gelegentlichen Rülpsen des Trinkwasserspenders oder einem elektronischen Stimmbruch der Klimaanlage.
Der Präsident blickte auf seine Armbanduhr, und in sein faltiges Gesicht trat ein fremder, fiebriger Ausdruck, den bislang die wenigsten an ihm kennengelernt hatten. So mochte Dr. Jekyll ausgesehen haben, als er die ersten Regungen Mr. Hydes in sich spürte. Es war ein Blick von unwiderstehlicher Lasterhaftigkeit, von brennendem Verlangen, ein Ausdruck von unversöhnter, nach Befreiung dürstender Gewalt. Wie ein Irrer sprang der Präsident zur Tür und verriegelte sie. Dann huschte er zu der anderen Tür, die sein Büro mit den Räumen des Sekretariats verband, und versperrte auch sie.
Einen Moment blieb er stehen und überblickte sein Zimmer, keuchend, die Augen weit aufgerissen. Dann glitt er leise über den weichen Teppichfilz und fiel vor dem Papierkorb auf die Knie. Hektisch wühlte er in den Briefumschlägen, die sich im Lauf des Tages dort gesammelt hatten. Anscheinend fand er nicht, was er suchte. Er fluchte kräftig, und zum ersten Mal trat eine gewisse Trauer in seine Augen. Wie ein enttäuschtes Kind blickte er ziellos in die Runde, offenbar ohne Kraft,

sich von den Knien zu erheben. Dann machte sich eine Verschmitztheit auf seinen Zügen breit. Er stand auf, glitt schnell zur Tür, die zum Sekretariat führte, und schloß sie geräuschlos auf.

Die Büros waren leer. Die sicherheitsüberprüften Putzfrauen waren noch nicht gekommen. Die Luft war rein. Mit den Gebärden eines Fernsehdetektivs schlich sich der Präsident an die Papierkörbe heran. Er mußte sich beeilen, denn es gab immer einen Wachmann, der seine Runden drehte. Und den Stab. Und seine Familie.

Hurtig wie ein Kassenbeamter ließ der Präsident die Briefumschläge durch seine Finger gleiten. Manchmal zögerte er, wenn ihm etwas ins Auge stach, und mit flatternden Händen stopfte er die begehrten Papierschnitzel in die Tasche. Bevor er den letzten Papierkorb erreicht hatte, tauchte der Wachmann auf. Sofort fühlte der Präsident sich schuldig, wie ein ertapptes Kind.

»Mister President«, sagte der Wachmann mit einem milden Vorwurf in der Stimme.

»Ich wollte nur ... Ich fragte mich gerade, ob Miss Grininger noch hier ist.«

»Miss Grininger ist heute früher gegangen. Ihrer alten Mutter geht es noch immer nicht besser.«

»Tatsächlich?« fragte der Präsident mit echter Besorgnis in der Stimme. »Wie schade. Das tut mir leid.«

»Ja. Eine reizende Person, unsere Miss Grininger.«

»Weiß nicht, was wir ohne sie täten, George.«

George hieß eigentlich Elbert, aber er war auch gerne George, wenn sein Präsident es so wollte.

»Ziemlich harter Tag, heute, Mister President. Diese bekloppten Kommies lassen unsereins nicht zur Ruhe komen«, stellte der Wachmann fest.

»Da haben Sie ein wahres Wort gesprochen, George.«

Der Präsident wollte sich abwenden, aber der Wachmann war gesprächig geworden.

»Ich kann es den Herren stets vom Gesicht ablesen, wissen Sie, wenn sie hier rauskommen. Dieser Mr. O'Hehir läßt sich nichts anmerken, und Mr. Crust, nun, der blickt immer übellaunig drein. Nicht, daß er's wäre – es ist nur die Art, wie er blickt, wissen Sie. Aber General Scheidemeyer, der kann nichts verheimlichen.«

»Ah, tatsächlich?«

»Allerdings, Sir, Ich hatte die Ehre, unter General Scheidemeyer zu dienen. Damals war er noch Colonel Scheidemeyer... In der 614. Spezialkampfeinheit, die in Cape Esperance landete, auf dem Numa-Numa-Atoll, jawoll, Sir, am achtzehnten September 1944 –«

Während der Wachmann seine ausgebeulte Brusttasche durchforschte, die vollgestopft war mit Notizbüchern und so vielen Kugelschreibern, wie ein Kosak Patronen im Gürtel hat, und nach einem photographischen Beweis für seine Bekanntschaft mit General Scheidemeyer fahndete, floh der Präsident aus dem Bann dieser nostalgischen Kameraderie.

»Ein prächtiger Mann, ein prächtiger Soldat is' er, unser General Arnold B. Scheidemeyer...«, konnte der Wachmann dem Präsidenten noch nachrufen, bevor seine Einsamkeit ihn wieder einhüllte und jener traurigen Sentimentalität auslieferte, die manche Menschen im letzten Stadium des Suffs zu befallen pflegt. Hier aber genügte die Einsamkeit.

Der Präsident schloß die Tür zwischen sich und einer Welt gemeinsamer Erfahrungen und trat vor sein Bücherregal. Vorsichtig zog er einen Band der gesammelten Schriften Ralph Waldo Emersons heraus, griff ins Regal und zerrte ein fleckiges rotes Album hervor.

Er trug es zu seinem Schreibtisch, und mit der Bedächtigkeit eines Diebes, der seine Beute taxiert, griff er in seine Tasche und zog die Briefumschläge hervor, die er eingesteckt hatte. Den ersten legte er enttäuscht beiseite. Den zweiten strich er glatt und examinierte ihn genauer. Dann schlug er sein Album auf und gestattete sich einen kleinen Freudenschrei.

»Eine saudiarabische Schwarze 3-Rial!« sagte er laut. Er zog eine Tube Kleister aus seiner Schreibtischschublade und schickte sich an, die Briefmarke auf die entsprechende Seite seines Albums zu pappen.
Dann entdeckte er eine thailändische Zehn-Bath-Luftpostmarke, mit Tempeltänzerinnen als Motiv, und ärgerte sich über eine französische Sechzig-Franc-Marke, die das Jubiläum der französischen *Force de frappe* feierte. Eben wollte er, mit vorsichtigen Fingern, eine hübsche südlaotische Fünfundzwanzig-Kip mit dem Bild eines Babys in Gasmaske von ihrem Briefumschlag lösen, als es an der Tür klopfte. Er tat, als hörte er nicht. Das zweite Klopfen klang energischer.
»Was ist?« rief der Präsident.
»Bill, ich bin's, Grace.«
»Um Gottes willen, Grace. Ich ruhe mich aus!«
»Was tust du da drin?«
»Ich ruhe mich aus!« brüllte der Präsident.
»Mach die Tür auf!«
Der Präsident versuchte, den Befehl zu überhören. Die Türklinke fing an zu rattern. Wütend sprang der Präsident zur Tür und riß sie auf.
»Warum hast du dich eingeschlossen?« fragte Mrs. Holm sanft. Dann aber, nach einem prüfenden Blick durch den ganzen Raum, bekam ihre Stimme einen Ton tiefster Enttäuschung, als habe sie einen trockenen Trinker mit einer Schnapsflasche ertappt.
»Oh, nein«, sagte sie.
»Was soll das heißen: ›Oh, nein‹?« zischte der Präsident. »Du führst dich auf, als hättest du mich mit einem schmutzigen Roman ertappt, nicht wahr?«
»Pssst, leise!« flehte Grace und schloß die Tür hinter sich. »Du weißt doch, was Don Rosco dir gesagt hat.«
»Na, was hat Don Rosco gesagt?«
»Über dein Image in der Öffentlichkeit.«
»Hör mal zu«, sagte der Präsident mit Bestimmtheit. »Ich bin

ein erwachsener Mann, und ich habe ein Recht auf ein eigenes Leben –«

»Du bist der Präsident, Bill«, unterbrach sie ihn. »Du bist kein Mann mehr wie jeder andere. Du darfst es nicht sein. Es ist genau das, was du wolltest. Auch wenn du es niemals für möglich gehalten hast. Nun, es ist möglich geworden, es ist geschehen, Bill, auch wenn ich es kaum fassen kann. Manchmal erwache ich wie aus einem Traum und sage mir: ›Bist du das wirklich, Grace Line Collins aus Clambake Heights, Minnesota? Bist du das wirklich, als First Lady der ganzen Nation, im Weißen Haus?‹ Ja, Bill, so ist es. Es ist kein Traum, und das müssen wir begreifen. Es ist Realität geworden, eine ganz wunderbare Realität, eine tief beglückende Realität, und viele wunderbare und reale Menschen haben dazu beigetragen, diese Realität Wirklichkeit werden zu lassen. Jetzt müssen wir diesem großen, herrlichen Traum gehorchen, der uns hierher gestellt hat, an diesen Platz, auf dem wir stehen.«

Ein so unverdorbener, so reiner Idealismus, besonders wenn er quellfrisch den Lippen einer Frau entströmte, die ihm zwei brave Söhne und drei wunderbare Töchter geboren hatte, was zusammen eine wunderbare Familie ausmachte, beschämte den Präsidenten, und er empfand Reue. Er hörte ihr zu und kommunizierte mit ihr, wie ein Frommer mit seinem Gott kommuniziert.

Die First Lady fühlte, daß sie gewonnen hatte, und mit einem psychologischen Scharfsinn, der kluge Frauen auf das Auskosten ihrer Vorteile verzichten heißt, schlug sie einen privateren und freundlicheren Ton an.

»Erinnerst du dich, als wir mit Don Rosco diese erste Besprechung über dein öffentliches Image hatten? Golf sei ein gutes Hobby, sagte er, auch wenn Mr. Eisenhower es leicht in Verruf gebracht habe. Das sei aber lange her, alle hätten es inzwischen vergessen. Golf sei ein prima Sport für die Public Relations, weil es entspannend und besinnlich sei, zum Denken anrege und im Freien stattfinde. Tennis, sagte Don Rosco, falls ich mich nicht irre, habe ein unmännliches Image und sei fürs Herz ein Risiko. Sie lächelte liebevoll. Ich weiß noch, wie du dich nach Pingpong erkundigtest. Don Rosco meinte, dies sei kein ernsthafter Zeitvertreib, und ohnehin seien die Rotchinesen darin unschlagbar gut. Karten seien zu altmodisch, und alles, was nach Glücksspiel riecht, kommt überhaupt nicht in Frage. Segeln ist zu gefährlich für einen Mann, der Verantwortung trägt. Angeln ist gut, Angeln und Golf – und Baseball und Football im Fernsehen.«

»Ich hasse Golf, und ich liebe Pingpong. Darin bin ich gut«, sagte der Präsident voller Selbstmitleid.

»Ich weiß«, tröstete ihn seine Frau. »Aber das ist der Preis, den wir zahlen müssen, Bill. Bücher kannst du lesen, sagte Don Rosco, weil es den Eindruck erweckt, als wärst du nicht abgeneigt, guten Rat anzunehmen. Aber nur ja nicht selbst schreiben, das könnte bedeuten, daß du kein Mann der Tat bist.«

»Ich weiß, ich erinnere mich«, klagte der Präsident.

»Und als ich ihm sagte, daß du Briefmarkensammler bist, sprang er fast an die Decke. ›Niemand‹, sagte er, ›niemand darf es je erfahren! Das ist kindisch, das ist ein Zeichen von geistiger Schwäche. Das ist beinah, als ob jemand Bierfilze sammelt oder Busfahrscheine oder Flaschenkorken oder Silberpapier.‹ Ich bin hier anderer Meinung. Ich finde, Briefmarken sind ein schönes und würdiges Hobby. Aber Don Rosco ist der höchstbezahlte Reklamefachmann der ganzen Branche, und du verdankst ihm eine Menge Publicity.«

»Briefmarken entspannen mich«, sagte der Präsident mit matter Stimme. »Seit jeher haben sie mich begeistert. In meiner Jugend, als ich glaubte, niemals Reisen machen zu können, nicht nach Minneapolis, geschweige denn nach New York, waren Briefmarken für mich ein Fenster zur Welt, Grace. Wir werden nie wieder reisen können, Schatz, du weißt es, als das normale und anständige Ehepaar, das wir sind. Wir werden nur noch als Mr. und Mrs. President verreisen, oder als Ex-Präsident mit Gattin. Wir werden nie all die Dinge sehen, von denen die Briefmarken mir erzählen, fremde Lebensarten, andere Weltanschauungen. Kennst du nicht meine Lieblingsländer, die Orte, die ich immer besuchen wollte? Papua-Neuguinea war eines, Uganda ein anderes, dann das Protektorat Betschuanaland, die Mandschurei, Obervolta und die Malediven und Hijjaz und die Küste von Oman, die Emirate und die Färöer-Inseln – lauter Märchennamen für Märchenländer, Namen für Orte wie aus dem Bilderbuch, die vor mehr als fünfzig Jahren im Herzen eines Jungen Wurzeln schlugen und ihn seither nie mehr losgelassen haben ...«

Die Stimme des Präsidenten verhallte in fernen Räumen und ließ ihn in einer seltsam lyrischen Trance zurück. Grace, die ihn liebte, ohne ihn allzugut zu verstehen, drückte ihm zärtlich den Arm und verließ ihn mit einem halb geschluchzten: »Tut mir leid, Bill.«

Der Präsident schob das Album wieder hinter Ralph Waldo Emersons Werke, machte das Licht aus und schloß die Tür seines Arbeitszimmers. Langsam schritt er zu seiner Wohnung hinüber, um sich zu duschen und umzukleiden. Der Fieberanfall war vorbei.

Der Gipfel in Genf war vorbereitet. Vor der Abreise aber unterzog sich der Präsident – abermals »auf Anraten Don Roscos«, wie er sagte – der Mühe, alle noch lebenden Ex-Präsidenten aufzusuchen und sich mit ihnen in ihren Gärten photographieren zu lassen. Drei waren damals noch am Leben, und alle lächelten sie leicht verbissen auf den Photos, als habe höhere Weisheit sie in eine außerweltliche Stratosphäre entrückt, von wo aus sie das Treiben der Sterblichen mit ironischer Distanz verfolgten. Bill Holm verkniff sich ein Lächeln, nicht nur, weil ihm unbehaglich war in Gegenwart dieser großen Männer am Feierabend ihres Lebens, die ihn bereitwillig mit guten, aber realitätsfernen Ratschlägen versorgten, sondern weil Don Rosco ihn vor jeglicher Fröhlichkeit bei solchen Anlässen gewarnt hatte.

»Wir wollen nicht das Gefühl bekommen, als gäbe es einen exklusiven Präsidentenklub, der Anekdoten austauscht«, hatte er gesagt. »Wir wollen das Gefühl haben, daß das Präsidentenamt große Opfer verlangt, harte Arbeit ... Wir wollen das Gefühl haben, daß der Präsident auf ein normales Leben verzichtet, damit andere Amerikaner es genießen können. Wirken Sie übermüdet, wirken Sie verärgert – das ist menschlich –, aber wirken Sie niemals fröhlich. Überlassen Sie das Lächeln den anderen. Die haben es sich verdient. Die sind im Ruhestand, ältere Mitbürger.«

Um die patriotischen Seiten der Mission noch stärker hervorzuheben, arrangierte Don Rosco die Berufung des Präsidenten zum Ehrenhäuptling der Taktaminnehoe-Indianer vom Stamme der Schwarzfuß in einem Reservat in Montana. Es brauchte viel Überredungskunst, bis die Taktaminnehoe sich bereit fanden, Präsident Holm als einfachen Krieger aufzunehmen, geschweige denn als Häuptling. Bei der letzten Wahl hatten sie geschlossen für die Opposition gestimmt. Endlich aber ließen sie sich erweichen, als Washington ihnen versprach, irgendwelche Territorialansprüche aus der Zeit der Indianerkriege wohlwollend zu überprüfen. Am Vorabend seiner Abreise nach Genf posierte der Präsident für die Photographen mit einem Kopfputz aus Adlerfedern und einem, so schien es, mit Freimaurersymbolen bedruckten hemdähnlichen Gewand; dazu schmauchte er eine endlos lange, widerlich stinkende Pfeife. Würdige Krieger tanzten in nervtötend engem Kreis um ihn herum, schwangen den Tomahawk, hüpften vorsichtig über ein kleines Freudenfeuerchen und leierten dabei ihre Gesänge für die Fruchtbarkeit der Erde und die Tapferkeit im Kriege.

Damit war ein weiteres, erfolgreiches Image in die Welt gesetzt. »Ich weiß, es war anstrengend«, sagte Don Rosco nachträglich zum Präsidenten. »Aber es war gut für die Presse. Alle Zeitungen bringen die Taktaminnehoe-Story. Die amerikanische Öffentlichkeit hat ein schlechtes Gewissen gegenüber den Indianern. Ist Ihnen im Fernsehen aufgefallen, daß der Bösewicht nicht mehr der Indianer ist, sondern der Kavalleriegeneral, der Profitmacher, der ihnen alte Flinten verkauft? Neger und Juden sind zu kontrovers für das Image, das wir diesmal brauchen. Die Nation fängt eben erst an, ihretwegen Schuldgefühle zu entwickeln. Ich habe nichts einzuwenden, wenn Sie bei einer Jarmulke auftreten oder ein paar farbige Konteradmirale oder Bezirksrichter mehr einsetzen... Einverstanden... Aber erst, wenn Sie von der Reise zurück sind. Diesmal brauchen wir ein Gefühl der Solidarität und Tradition.«

Genf verwirrte die vielköpfige amerikanische Delegation, denn die Leute waren auf ihre eigene, ganz unvergleichliche Lebensart programmiert. Die Villen, in denen sie untergebracht waren, wirkten altmodisch und romantisch; das Dienstpersonal, das die erfahrenen Schweizer ihnen bereitstellten, war korrekt und unerhört tüchtig, aber ohne auch nur einen Moment etwas von jener menschlich entspannten Atmosphäre aufkommen zu lassen, die den Amerikanern vor allem anderen ein Gefühl der Identität und des nationalen Zusammenhalts bietet. Ein paarmal versuchte der Präsident, mit dem Butler Witze zu reißen, aber dieser verstand entweder nicht, oder er betrachtete solchen Kontakt als momentane Entgleisung, über die man lieber hinwegsah. Der Präsident bekam bald das Gefühl, von Robotern, oder schlimmer noch, von Sklaven umgeben zu sein. Liebevoll dachte er an George, den Wachmann, zurück. Das war ein Mann ohne Hemmungen, der wußte, daß er ein freier Bürger war.

Wann immer der Präsident nach einem Sandwich und einem Bier klingelte, brachte man ihm ein vollständiges Menü. Alles, was hinter einer Mahlzeit von drei Gängen zurückblieb, schien unter der Würde dieser Leute. Nachdem er es endlich geschafft hatte, ihnen verständlich zu machen, daß er nur nach einer Flasche kühlen Bieres verlangte, kam diese stets in einem bukolisch verzierten Silberkühler, wie Champagner, serviert zum Zweck einer kunstgerechten Verführung. Der puritanische Sinn des Präsidenten revoltierte gegen solche Assoziationen, und widerwärtige Visionen aus einem längst versunkenen New Orleans, der Hauptstadt des Lasters, tanzten vor seinem inneren Auge, während er es sich auf rotsamt- und blattgoldverzierten Stühlen bequem zu machen versuchte und die Bierflasche im Sektkühler klirrte, da das Eis schmolz.

Nur im amtlichen Cadillac fühlte er sich einigermaßen wohl. Die tiefen Sitzpolster waren häuslich-vertraut, die Luft im Inneren war so kühl, daß sie beinah nach Pfefferminz schmeckte. Wie im Sport war es schwierig, der russischen Mannschaft auf heimischem Platz zu begegnen, schwieriger aber noch auf neutralem Boden.

Die Konferenz begann unter einem schlechten Stern. Kaum waren die Delegierten im Saal versammelt, als die sowjetische Delegation geschlossen auszog. Aus Protest, wie nachträglich verlautete, gegen die neuen Eskalationsphasen, die O'Hehir mit seinem gewohnt machiavellistischen Sinn für die Wahl des Zeitpunkts an diesem Morgen in Kraft gesetzt hatte. Ein kleiner Atomsprengkopf war auf die Hafenanlagen einer Stadt gefallen, die als Tong-Aum angegeben wurde. Auf Grund falscher Berechnungen, verständlich in Anbetracht der Schwierigkeiten bei der Nachrichtenübermittlung, hatten die Amerikaner ihre Entschuldigung für diesen Zwischenfall eine Dreiviertelstunde vor dem »versehentlichen« Abwurf des Sprengkopfes veröffentlicht. Die nordvietnamesische Regierung meldete, ein Krankenhaus, eine Schule, ein Altersheim und weitere hundert Häuser seien völlig zerstört worden. Die Amerikaner antworteten sofort mit einem Kommuniqué, das solche Angaben als »übertrieben« bezeichnete. Sie beteuerten ferner, daß fraglicher Sprengkopf nicht größer gewesen sei als ein Transistorradio, daß er vor seinem Einsatz aufs gründlichste in Nevada getestet und daher als »völlig sauber« zu bezeichnen sei, soweit Bomben sauber sein könnten. Allerdings unterstrich das Kommuniqué die Schwierigkeit, einen so kleinen Sprengkopf zielgenau abzuwerfen, weil mit einer »durch Wind und atmosphärische Verhältnisse« bedingten Abweichung zu rechnen sei. Auf Grund dieser Gegebenheiten, so wurde eingestanden, sei der Sprengkopf nicht genau auf das beabsichtigte Ziel niedergegangen. Der Fehler sei dadurch zustande gekommen, daß nur ein »Probeabwurf« geplant gewesen sei, daß aber irrtümlich eine gefechtsklare Waffe bei dem Angriff mitgeführt worden sei. In Zukunft, so hieß es, müßten die Nordvietnamesen selbst die Verantwortung tragen, falls größere Schäden aufträten als beabsichtigt, denn ihr Beharren auf dem Einsatz neuester, von den Sowjets hergestellter Anti-Tiefflieger-Boden-Luft-Raketen zwinge die amerikanischen Luftoperationen, in große Höhen auszuweichen, aus denen das wünschenswerte Maß an Zielgenauigkeit bei »einem Sprengkopf von nur zehn Unzen Gewicht« nicht mehr gewährleistet sei. Das Dokument schloß mit eindringlichen Mahnungen an die Adresse der Nordvietnamesen, auf den gefährlichen Luxus einer Selbstverteidigung zu verzichten, und unterstrich, daß ihnen stets ein Platz am Konferenztisch offenstünde.

Am zweiten Sitzungstag erschien die sowjetische Delegation wieder vollzählig – hauptsächlich, weil die Nachrichtenagentur Neues China eine vernichtende Attacke auf die »verbrecherische Untätigkeit der Sowjets bei der Verteidigung ihrer sozialistischen Bruderländer« geritten, und weil China mehrere Regimenter von »Freiwilligen« und »Jungen Pionieren« in den Kampf geworfen hatte.

Ohne die feierliche Eröffnung einer Konferenz von solcher Größenordnung und Bedeutung abzuwarten, entfesselte der sowjetische Verteidigungsminister, Marschall K.S. Pribalkow – ein wuchtiger Mann mit grauem Haarschopf und einer witzig in die Stirn fallenden Locke –, eine brüllende Anklage gegen die »neuerlichen Verbrechen kapitalistischer Banditen und imperialistischer Barbaren«. Nichts vermochte ihn aufzuhalten. Dolmetscher und Berater wurden von der ungehemmten Gewalt seiner Attacke davongeschwemmt. Immer wieder krachte seine Faust auf den Konferenztisch. Federhalter und Tintenfässer wackelten, Löschblätter schienen zu atmen, wenn der Windstoß seiner ausholenden Gebärden zwischen sie und die ledernen Schreibunterlagen fuhr.

Die Amerikaner fühlten sich ihrerseits in Versuchung, den Konferenzsaal zu verlassen, doch Mr. Crust mahnte zur Vorsicht, weil es, wie er begründete, unschicklich wäre für die US-Delegierten, eine Rede zu unterbrechen, die keiner von ihnen verstand.

»Ist doch klar, was er sagt!« brummte der Präsident. »Er hat etwas gegen uns.«

»Das dürfen wir nicht einfach voraussetzen«, zischte der Außenminister. »Die Augen der ganzen Welt ruhen auf uns.«

Tapfer saßen die Amerikaner die Rede aus, auch den Applaus der gesamten sowjetischen Delegation, der eine geschlagene Dreiviertelstunde dauerte und in den auch der Redner einfiel, seine massigen Hände rhythmisch zusammenklatschend, während seine Augen mit unverhohlener Abscheu auf den amerikanischen Gesprächspartnern ruhten. Fehlte nur noch eine unverwüstliche Flamenco-Tänzerin auf dem Tisch, als Mittelpunkt all dieser Rhythmen.

Nach dem Applaus ging man zu Tisch. Mr. Crusts Rede nach dem Essen war eine lahme und zivilisierte Angelegenheit, und den Dolmetschern fiel es schwer, für alle Nuancen und ironischen Anspielungen entsprechende russische Wendungen zu finden. Manchmal entdeckten die Russen eine unfreiwillige Stilblüte, an der sie sich festbeißen konnten, und lachten sarkastisch.

Man hätte sich kaum eine Konferenz vorstellen können, die unter schlechteren Vorzeichen abgehalten worden wäre. Am nächsten Tag ereilte die Delegierten die Nachricht, daß eine sowjetische oder chinesische oder nordvietnamesische Rakete mit atomarem Miniatursprengkopf einen Lastkahn in die Luft gejagt habe, der den GIs als PX-Laden diente. Weil der Zwischenfall sich zur Nachtzeit ereignete, seien nur wenige Menschenopfer zu beklagen; doch der Fallout sei nach amerikanischen Reinheitsgeboten notorisch schmutzig, und riesige Mengen an Lebensmitteln in benachbarten Lagerhäusern seien kontaminiert. Die amerikanischen Militärs am Konferenztisch waren außer sich vor Empörung und protestierten energisch gegen eine Fortsetzung der Gespräche.

»Wenn das ihr Spiel ist, das sie spielen wollen, okay, dann spielen wir mit«, sagte ein amerikanischer General immer wieder, wie eine hängengebliebene Schallplatte.

Sowjetmarschall K.S. Pribalkow starrte schamlos und unbußfertig über den Konferenztisch, was die Sache nicht besserte. Der Secretary of State lächelte auf seine verlegene Art, als litte er an schlechter Verdauung. Sein Gesicht schien zu sagen: »Ich hab's euch ja gesagt«, und dies in der stoischen Haltung eines alten Römers vor einem wahnsinnig gewordenen Kaiser. Mr. Schtscheparenko verlas eine lange Erklärung, wobei er Schwierigkeiten hatte, sein eigenes Manuskript zu entziffern. Die Übersetzung ergab, daß die Rede nichts Neues enthielt, das über die Patt-Situation hinausgeführt hätte, mit Ausnahme vielleicht des Satzes: »Wir werden euch ins Krematorium schicken«, was von der Presse des Westens als bislang härteste von einem kommunistischen Führer ausgestoßene Drohung hochgespielt wurde, mit allen grausigen Vorstellungen von einem totalen Atomkrieg. Tatsächlich war dieser Satz die Fehlübersetzung eines alten ukrainischen Sprichworts, das besagte: »Wessen Haus brennt, der spricht nicht mit der Stimme der Vernunft«, was selbst hartgesottene Brandstifter nicht mal im Traum bestreiten würden.

Daß die Konferenz überhaupt fortgesetzt wurde, war das Verdienst der restlichen Welt, mit Ausnahme der Chinesen, die keinen Sinn in Gesprächen mit den Amerikanern sahen, hauptsächlich, weil die Amerikaner keinen Sinn in Gesprächen mit den Chinesen sahen, sowie der Franzosen, die zwar für Gespräche schwärmten, nicht aber für Gespräche, die ohne ihr Beisein stattfanden. Die Engländer badeten in edlen Gefühlen und gaben sich gern der Täuschung hin, ihre Stimme würde, eingedenk alter Zeiten, doch noch Gehör finden.

Weil die solcherart zum Scheitern verurteilten Gespräche auf Grund der in sie gesetzten Hoffnungen fortgeschleppt werden mußten, verzettelten die Kontrahenten die wichtigsten Fragen der Tagesordnung auf eine Reihe von ohnmächtigen Unterausschüssen, und schließlich fand sich der Präsident allein mit Mr. Schtscheparenko und zwei Dolmetschern. Anscheinend waren die beiden Führer der Welt so gründlich übereinander informiert, daß keiner von ihnen die Initiative zu ergreifen wagte, wie zwei Boxer, die so viel über den Kampfstil des Gegners gehört haben, daß sie den eigenen nicht mehr unbefangen einsetzen können.

Vorsichtige Plattitüden über die Freiheit wurden ausgetauscht, und bald wurde, jedenfalls den Dolmetschern klar, daß jeder sich freier wähnte als der andere. Schtscheparenko sah aus wie ein Handelsvertreter aus dem Mittelwesten. Er hatte ein Durchschnittsgesicht mit aufgeworfener Nase und randloser Brille. Er hatte auch einen nervösen Tic in der Wange sowie die Angewohnheit, den Hals zu recken, als wolle er sich aus dem Zwang des Kragens befreien. Seine Stimme war sanft, und anscheinend hatte er Schwierigkeiten, seine Sätze zu formulieren. Oft verbesserte er sich mitten im Redefluß und mußte seine Gedanken noch einmal neu entwickeln.

Irgendwelche geistigen Fähigkeiten, die Schtscheparenko besitzen mochte, so sinnierte der Präsident, blieben jedenfalls so gut verborgen, daß sie das Wesen der Sowjet-Hierarchie nur noch geheimnisvoller und bedrohlicher erscheinen ließen.

»Dieser Mann ist eine Null, falls ich je eine gesehen habe«,

grübelte Bill Holm. Ein kurzes Glitzern in Schtscheparenkos Augen verriet ihm, daß dieser im selben Moment ganz ähnliche Gedanken über ihn zu hegen schien.
Dieser Blick, was immer er bedeuten mochte, spornte den Präsidenten zu neuen Bemühungen an, aus einer Position der Stärke zu verhandeln, was die Amerikaner nun schon seit vielen Jahren zu tun versuchten. Es war vergebens. Er und Schtscheparenko hatten keinerlei gemeinsame Erfahrungen. Wenn er von Demokratie sprach, glaubte Schtscheparenko, er spräche über die Volksrepubliken. Wenn Schtscheparenko vom Frieden redete, verstand der Präsident, die Russsen fühlten sich noch nicht stark genug, um anders zu reden. Für ihn lag eine schreckliche Warnung in all dem verzweifelten Friedensgerede. Es bewies, wie eine Nation zu sprechen gezwungen war, wenn sie aus einer Position der Schwäche verhandelte.
»Wir glauben an das private Unternehmertum und an die Würde des einzelnen«, preschte er vor, als die Gesprächsthemen immer abstrakter und harmloser wurden.
Schtscheparenko hörte sich die Übersetzung an, nickte ernst und erwiderte: »Wir dagegen glauben an öffentliches Unternehmertum und die Würde des Staates.«
Dies wurde für den Präsidenten übersetzt, und er erklärte: »Der Glaube an das private Unternehmertum führt zu leistungsstarken, wettbewerbsfähigen öffentlichen Unternehmen; und die allgemein garantierte Würde des einzelnen gipfelt in der Würde des Staates.«
Auch dies wurde übersetzt, und Schtscheparenko lächelte wissend. »Das glauben wir nicht. Dagegen wissen wir, daß das private Unternehmertum niemals frei von Korruption bleiben kann und daß die Würde des isolierten einzelnen oft in einem Meer von Individuen ertrinkt, für die solche Würde nur toter Ballast ist. Euer System führt automatisch zur Korruption des Individuums und zur Ausbreitung von Kriegen im Dienst des Profitmotivs. Sehen Sie doch, welchen Optimis-

mus die New Yorker Börse gestern verbreitete, als Sie Ihren atomaren Sprengkopf abwarfen. Der Dow-Jones-Index kletterte einen ganzen Punkt nach oben. Je mehr Sie abwerfen, desto stärker haussiert die Börse!«
Der Präsident hatte nur »Dow Jones« verstanden und wartete gespannt auf den Rest der Übersetzung.
»Sie irren sich«, sagte er. »Der Glaube an das staatliche Unternehmertum leugnet den Wettbewerbsgeist des Menschen und versklavt ihn unter die allgemeinen Maximen einer Handvoll von Führern und Parteibonzen. Und die Würde des Staates ist ganz unmöglich, wenn dem einzelnen seine elementare Würde verweigert wird!«
»Was soll das Geschwätz vom Wettbewerbsgeist?« fragte Schtscheparenko, kaum hatte er den Einwand des Präsidenten verstanden. »Wie, glauben Sie, hätte ich die Stellung erreicht, die ich im Obersten Sowjet und in der Kommunistischen Partei der Union der Sowjetrepubliken bekleide, wenn ich nicht vom Wettbewerbsgeist angespornt gewesen wäre? Glauben Sie etwa, besagte Handvoll von Führern und Parteifunktionären, die Sie erwähnen, wären in ihre Machtpositionen hineingeboren? Glauben Sie, wir erben in der Sowjetunion unsere gesellschaftliche Macht? Ich weiß nicht, wie Sie Ihr Leben angefangen haben, Mister President. Aber ich habe als Nietenschlägerlehrling angefangen, im Getriebewerk einer Lastwagenfabrik in Krovoi Rog in der Ukraine.«
»Wie, glauben Sie, habe ich mein Leben angefangen?« bellte der Präsident.
»Vermutlich in den Salons von Philadelphia.«
»Als Zeitungsjunge in Minnesota!«
Mr. Schtscheparenko streckte die Hand aus, und der Präsident schlug ein. Für einen Moment brach die Sonne durch die Wolken, sogar die Dolmetscher lächelten einander zu.
»Trotzdem«, sagte Schtscheparenko listig, noch immer die Hand des Präsidenten schüttelnd, »Sie waren von Anfang an in der Distribution, ich war in der Produktion.«

»Eines kann man nicht ohne das andere haben«, lachte der Präsident gutmütig.
Mit dem Gefühl sicheren Bodens unter den Füßen setzte der Präsident nach.
»Wenn wir uns über die Verschiedenheit der Standpunkte einigen, ist dies schon ein großer Schritt vorwärts«, sagte er.
»Es ist Koexistenz«, sagte Schtscheparenko.
»Das Wort gefällt mir nicht, aber so ist es.«
»Gefällt das Wort Ihnen nicht, weil wir es geprägt haben?«
»Es ist ein häßliches Wort... für eine schöne und sinnvolle Sache.«
»Besser ein häßliches Wort als eine häßliche Tat, wie das Töten unschuldiger Frauen und Kinder mit Atomwaffen.«
Der Präsident wurde rot.
»Sie wissen ganz genau, daß diese häßlichen Taten nicht nötig wären, wenn Sie auch nur den geringsten Respekt vor Verträgen und Menschenrechten hätten.«
»Im Gegenteil, Ihr Wirtschaftssystem macht den Krieg unvermeidlich. Ihre Wirtschaft braucht den permanenten Anreiz des Krieges. Auch Ihr Arbeitslosenproblem, das zum Bestand Ihrer Wirtschaftsordnung gehört.«
»Und was ist mit Ungarn?« brüllte der Präsident. »Hat unsere Wirtschaft in diesem Fall den Tod von unschuldigen und freiheitsliebenden Menschen verursacht? Oder war es die nackte Aggression einer Militärdiktatur gegen ein geknechtetes Volk, das die Freiheit zu wählen versuchte?«
»Und was ist mit der Dominikanischen Republik?« fragte Mr. Schtscheparenko. »Sind Sie etwa besonders tolerant gegen Menschen, die versuchen, die Freiheit zu wählen?«
»Was ist mit Ostdeutschland?« konterte der Präsident. Aber bevor er Zeit fand, die Frage zu erläutern, fuhr Schtscheparenko dazwischen.
»Was ist mit Westdeutschland?«
»Mit der Schandmauer?«
»Mit der Wiederbewaffnung der Wehrmacht?«

»Mit den Zwangsarbeitslagern in Sibirien?«
»Letzte Woche wurden wieder zehn Neger vom Ku-Klux-Klan ermordet!«
»Ah, Blödsinn«, polterte der Präsident. »Woher haben Sie das?«
»›Prawda‹«, sagte Schtscheparenko knapp, als spiele er seine Trumpfkarte aus. »Und die Nachricht von der Börsen-Hausse in New York, als Sie Ihren Atomsprengkopf abwarfen, die habe ich aus der ›New York Times‹.«
»Ich will Ihnen mal die Wahrheit über die Pressefreiheit erzählen...«
So ging es weiter und immer weiter – der Präsident lenkte Mr. Schtscheparenkos Aufmerksamkeit auf das Besondere, und Mr. Schtscheparenko lenkte den Präsidenten wieder aufs Allgemeine, und keiner von ihnen hatte die Voraussetzungen, den anderen auch nur zu verstehen.
Minuten vor dem Ende dieser Begegnung der beiden, die, wie sich klar abzeichnete, die letzte sein würde, änderte Mr. Schtscheparenko plötzlich seine Verhandlungstaktik und schickte seinen Dolmetscher hinaus. Anfangs begriff der Präsident nicht, was da gespielt wurde, und ihm wurde bewußt, wie ungewöhnlich es sei, einen Russen allein zu sehen. Mr. Schtscheparenko machte ein paar ungeduldige Handbewegungen, um anzudeuten, daß jemand zuviel im Raum sei.
»Was will er?« fragte der Präsident seinen Dolmetscher.
»Er will, daß ich hinausgehe.«
»Hat er das gesagt?«
»Er hat es viel anschaulicher ausgedrückt, Sir.«
»Wie sollen wir uns verständigen, wenn Sie gehen?«
»Ich habe allerdings strikten Befehl, Sie unter keinen Umständen allein zu lassen, Sir.«
Der Präsident wurde rot vor Zorn. Dies war beinah ein Mißtrauensvotum.
»Wer gab Ihnen diesen Befehl?«
»G-14, Sir.«

»Ich habe die Schnauze voll von G-14. Verschwinden Sie, sofort!«

»Aber, Sir –«

»Zum Teufel, verschwinden Sie! Selbst wenn er mir in Zeichensprache etwas erzählen will, das zum Weltfrieden beitragen könnte, fühle ich mich nicht an Befehle von G-14 gebunden.«

»Okay, Sir, aber –«

»Haben Sie mich verstanden? Welchen Eindruck machen wir auf die Russen, wenn mein eigenes Personal mir nicht gehorcht? Ist das etwa ein Beispiel für Demokratie, wenn jeder tut, was ihm einfällt? Los, packen Sie sich hinaus!«

Gehorsam, aber mit schlimmen Ahnungen, ließ der Dolmetscher die beiden allein. Statt aber etwas zu sagen, ging Mr. Schtscheparenko zielstrebig von einer Tür zur anderen und verriegelte sie.

Der Präsident, ein begeisterter Leser von Spionage-Thrillern, wurde unwillkürlich nervös und begann sich zu fragen, ob die Befehle von G-14 nicht doch einen Sinn hätten. Instinktiv trat er ans Fenster und sah hinaus. Die Tatsache, daß sie sich im fünften Stock befanden, trug nichts zu seiner Beruhigung bei.

Nachdem Mr. Schtscheparenko die Türen verriegelt hatte, schritt er langsam die Wände entlang, spähte hinter Bilderrahmen, klopfte vorsichtig die Vertäfelung ab und untersuchte die Stützbalken.

»Was ... tun ... Sie ... da?« fragte der Präsident in Diktatgeschwindigkeit.

Mr. Schtscheparenko kam herüber und sprach leise, in unvollkommenem, aber flüssigem Englisch.

»Ich untersuche Wände im Fall amerikanische Mikrophone.«

»Sie sprechen Englisch!« sagte der Präsident verblüfft.

»Von 1933 bis 1936 ich arbeiten bei Buick Motorfabrik in Flint, Michigan«, erklärte Mr. Schtscheparenko grinsend.

»Das ist der Grund, warum die CIA Sie in dieser Zeit spurlos verschwunden glaubte.«

»Es gibt alte mandschurische Sprichwort – sicherste Platz für Floh ist in Mähne des Löwen.« Beide lachten, obwohl der Präsident bezweifelte, daß es in der Mandschurei Löwen gab.

Mr. Schtscheparenko holte ein kleines Transistorradio hervor und drehte es voll auf. Das einzige Programm, das mit erforderlicher Lautstärke zu empfangen war, war ein interkantonaler Jodelwettstreit.

»Warum tun Sie das?«

»Falls amerikanische Mikrophone, wir machen schwierig für sie.«

»Amerikanische Mikrophone? Wer hätte je von amerikanischen Mikrophonen gehört? Sie meinen doch sowjetische Mikrophone!«

»Beides, beides«, versicherte Mr. Schtscheparenko. »Aber wir finden in unsere Botschaften, und wir auch legen«, gestand er ein. Dann deutete er mit einem Blick nach oben auf einen rosafarbenen venetianischen Kronleuchter.

»Da, sehen Sie. Dieser Arm. Ein schwarze Form, am Fuß von Kerze.«

»Mein Gott«, sagte der Präsident. »Ist das eines von unseren?«

»Kann sein unseres ... oder kann sein –?«

»Was?« fragte der Präsident aufgeregt. Es wurde immer kälter im Schatten des chinesischen Drachens.

»Schweizerisches.«

»Schweizerisch?«

»Sie immer schlauer als uns alle. Gute Gastgeber, finden alles heraus. Also.«

Er wurde beinah sentimental und schien dennoch eine innere Erregung zu verbergen. Er blickte dem Präsidenten tief, beinah peinlich tief, in die Augen und faßte ihn an den Armen.

»Ich, bitte, allein mit Ihnen, weil ich Geschenk habe für Sie –

und auch Wunsch –, falls Sie tun können etwas für mich in Amerika.«

Der Präsident hatte flüchtige Visionen von Care-Paketen, altersschwachen Verwandten, amerikanischen Zigarettenstangen.

»Geschenk nicht groß, unmöglich für uns groß Geschenk, weil so lange getrennt von andere Land – aber ich bitte Sie annehmen, mit guter Absicht, kommen von Herzen.«

Er zog ein kleines Couvert aus der Tasche und überreichte es dem Präsidenten.

»Sein vorsichtig!« mahnte er.

Der Präsident schüttelte behutsam den Inhalt aus dem Couvert – und hielt die Luft an.

»Das ist eine Zehn-Kopeken-Nikolaij-II, mit Druckfehler ... Sie merken, Adler hat vier Köpfe ... sehr selten ... gibt nicht mehr ... Andere ist komplette Satz, gedruckt von Volksrepublik Aserbeidschan, am ersten Tag von Republikgründung ... sehr selten ... Diese Satz gedruckt von ukrainische Separatisten ... Petliura ... zwischen deutsche Besetzung und sowjetische Machtergreifung ... sehr selten ... Und diese Satz, leider nicht komplett, gedruckt von weißer Regierung Koltschak, in Sibirien.«

»Woher wußten Sie –?« fragte der Präsident, tief gerührt.

»Oh, ist nicht schwierig sehen. Wir haben Gefühl einander. Wenn Sammler empfängt Brief, er sehen Umschlag anders als Nichtsammler. Auch wenn Briefmarke ganz gewöhnlich. Ich beobachten. Ich beobachten alle Menschen von Westen, weil sie mehr Briefmarken bekommen als arme sowjetische Sammler. Ich versuche Weg finden zu erwerben.«

»Na, das ist aber wirklich aufmerksam von Ihnen, Sir, und ich versichere Sie, diese Geschenke werden der Stolz meiner Sammlung sein«, erklärte der Präsident überschwenglich. »Und nun, welchen Wunsch haben Sie, Sir, was kann ich für Sie tun?«

Mr. Schtscheparenko wurde jetzt ganz gefühlvoll, ein merkwürdiger Gegensatz zu seinem eisigen Verhalten in der Diskussion politischer Fragen.

»Ich weiß nicht, ob möglich ... ich weiß nicht ... wir Gefangene, Sie und ich, unserer eigenen Umgebung ... ist unmöglich allein sein ... wie Menschen ... spazierengehen im Wald ... angeln ... diskutieren ... atmen ... leben ... Ich weiß nicht, wie ist möglich ...«

Der Präsident war solche tränenrührenden Ausbrüche nicht gewöhnt. Er versuchte dem Gespräch einen rauheren, amerikanischeren Ton zu geben.

»Hängt nur von uns selbst ab, es möglich zu machen«, sagte er.

»Aber wie? Wie? Können Sie mir schreiben Brief? Kann ich Brief Ihnen schreiben? Wird alles geöffnet. Sekretariat. Geheimdienst. Hunderte Menschen.«

»Es gibt immer den heißen Draht.«

»Wie kann schicken Briefmarken auf heiße Draht?« fragte Mr. Schtscheparenko vorwurfsvoll.

»Oh, das also ist Ihr Wunsch? Briefmarken?«

»Papua«, sagte Mr. Schtscheparenko, unter Tränen lächelnd. »Papua. Ich träumen von Papua. Ich wissen, es gibt. Ein Dreieck. Schwarz. Ganz einfach. Sehr schön. Sehr künstlerisch.«

»Papua«, murmelte der Präsident andächtig, mit dem geistesabwesenden Blick eines Soldaten, der sich an einen für immer verlorenen Freund erinnert.

»Sie haben? Papua?«

»Ja, allerdings, ich habe tatsächlich eine. Aber Sie sollen Sie haben, falls ich Sie Ihnen zukommen lassen kann.«

»Nein, nein. Sie behalten. Finden andere für mich.«

»Das ist schwierig.« Der Präsident konnte nicht angeben, warum es so schwierig sei, doch eine völlig neue Dimension menschlicher Beziehungen eröffnete sich vor ihm, während er die Ähnlichkeit ihrer Situation und ihrer Gesellschaftsstrukturen zu begreifen begann. Wie immer ein Haus gebaut sein mag, stets wird es ein Obergeschoß geben, und der Bewohner wird immer gezwungen sein, alle Stockwerke zu passieren, um auf den Erdboden zu gelangen.

»Warum Papua?« fragte er zögernd.

»Ich kann erklären«, erwiderte Mr. Schtscheparenko. »Etwas Besonderes mit dem Namen, etwas wie weite Ferne. Wenn ich Junge gewesen, in Krivoi Rog, ich keine Vater hat, nur Onkel, Bruder von Mutter. Er Kapitän auf Schwarz Meer, und mir erzählt von andere Länder, weit fern. Russische Land groß und flach ist, wie Meer, Bäume so groß wie Schiffe, und laufen und immer laufen, von eine Horizont zu andere ... Immer viel Märchengeschichten in flache Land. Schweizerisch Land, viel Berge, Menschen wenig Phantasie, weil nicht brauchen. Wohnen in Märchenland. Russische Menschen viel Phantasie, weil flach Land, und müssen Märchen erfinden aus Wolken, aus Wasserglitzern, Geräusche in Wald, Mond ... Ich immer träumen von Land, das ist nicht russische ... Dann Onkel mir schenkt Buch, Atlas ... und ich klein Kind, ich vorstellen mir alle Länder mit wunderbar klingende Namen ... andere Völker, andere Alphabet ... Papua ...«

»Welche noch?«

»Oh, Tanganjika ... – Yukatan ... Uganda ...«

»Uganda?«

»Ja. Mozambique ... Sumatra ... Island ... die Färöer-Inseln ...«

»Die Färöer-Inseln?« wiederholte der Präsident leise, verzaubert.

Plötzlich erwachte er zu neuem Leben.

»Ich will Ihnen mal was sagen!« rief er energisch. »Ich werde dafür sorgen, daß Sie, verdammt, die größte Briefmarkensammlung in der Sowjetunion besitzen. Fragen Sie nicht, wie ich es schaffen werde, ich weiß es nicht. Aber ich werde es schaffen. Ah, das ist eine nationale Priorität! Ist Ihnen klar, daß wir im Sinne direkter, offener menschlicher Beziehungen in diesen letzten fünf Minuten mehr erreicht haben als in

einem Jahr fruchtloser Verhandlungen? Ah, mit unseren beiderseitigen Interessen ist es uns gelungen, eine gemeinsame Basis zu finden. Und das ist mehr, als wir in monatelangen diplomatischen Palavern geschafft haben!«
Mr. Schtscheparenko stimmte begeistert zu und küßte den Präsidenten sogar links und rechts auf die Wangen, um die emotionale Annäherung zu besiegeln.
Die Zeitungen der Welt, in ihrer Unwissenheit, berichteten vom Scheitern des Gipfels in Genf, und mit einem Gefühl nonchalanter Erleichterung kehrten die Diplomaten und die Öffentlichkeit zu ihren bequemen Vorurteilen und eingefahrenen Ängsten zurück. Die Hoffnung war eine zu anstrengende Botschaft, um lange an ihr festzuhalten. Die einzige Ausnahme bildete der Präsident, der gegenüber seinen Mitarbeitern fühlbar schroff und ungeduldig geworden war.

Die erste jener allwöchentlichen Sitzungen, die nach der Rückkehr des Präsidenten stattfand, verlief höchst unbefriedigend. Während die Landkarten der verschiedenen zur Diskussion stehenden Länder an der Wand aufleuchteten, würdigte der Präsident sie keines einzigen Blickes. Er sagte zu Professor Szasz, er wolle das Wort Eskalation nie wieder hören, was den großen alten Mann kränkte. Der einzige, den er mit einiger Nachsicht behandelte, war der Außenminister. Mr. O'Hehir und General Ruttledge B. Hooker traten, blaß und verkrampft, an den Präsidenten heran und baten, ihn privat nach der Sitzung zu sprechen. Die Bitte wurde abschlägig beschieden, aber am anderen Morgen blieb dem Präsidenten nichts anderes übrig, als die beiden zu empfangen. Sie hatten Joe Shales mitgebracht.
»Worum geht es, Jungs?« fragte er.
O'Hehir ergriff das Wort.
»Wir sind der festen Überzeugung, Sir, Sie sollten Walter Reed aufsuchen, zu einem ärztlichen Check-up. Wir haben uns mit General Vandervliedeburgh abgesprochen, es steht ein Privat-

zimmer für Sie bereit. Wir haben den heißen Draht schon durchstellen lassen.«

»Seid ihr verrückt geworden, Männer?« brüllte der Präsident.

»Sie sind nicht wiederzuerkennen, Sir, seit Sie aus Genf zurück sind«, beharrte O'Hehir.

»Sie tragen verdammt viel Verantwortung«, sagte General Hooker.

Shales nickte stumm.

»Und warum wollt ihr mich loswerden?« fragte der Präsident zögernd.

Die drei Männer wechselten einen Blick.

»Wissen Sie denn, wie die Russen ans Werk gehen?« sagte O'Hehir als Wortführer.

»Worauf wollen Sie hinaus?«

»Erinnern Sie sich an den Fall von Major Schwalbmaker?«

»Dieser schmutzige Verräter!« murrte der Präsident.

»Erinnern Sie sich an die Fakten, Sir?«

»Sicher erinnere ich mich an die Fakten«, erwiderte der Präsident. »Auf mein Gedächtnis kann ich mich verlassen.« Plötzlich und ostentativ ging er in die Defensive.

»Erinnern Sie sich, wie er nach Ost-Berlin wechselte und behauptete, er wolle mit den Kommies gegen den Yankee-Imperialismus zusammenarbeiten?«

»Sicher. Er war fünfzehn Jahre lang Mitglied einer geheimen Parteizelle in Pasadena. Und eure Leute haben bei seiner Durchleuchtung versagt.«

»Das ist die offizielle Version, die wir an die Presse herausgaben, Sir«, sagte Joe Shales.

»Wollen Sie etwa behaupten, es sei nicht wahr?«

»Nein, Sir. Hopgood E. Schwalbmaker war zu keiner Zeit Mitglied einer kommunistischen Parteizelle in Pasadena.«

»Wollen Sie mir vielleicht verraten, warum es nötig war, die Öffentlichkeit zu belügen – und mich?«

»Die Wahrheit war zu heiß, um sie zu erzählen, Sir. Hopgood

E. Schwalbmaker, allem Anschein nach ein guter Familienvater, mit einer reizenden Frau und sechs wunderbaren Kindern, war in Wirklichkeit ein hartnäckiger und praktizierender Homosexueller. Als er damals mit einem Sonderauftrag zu General Catherley nach Berlin kommandiert wurde, glaubte er sich weit fort von zu Hause und dem häuslichen Einerlei, und seine alten Begierden flackerten wieder auf. Dies sind, wohlgemerkt, nicht meine Worte. Ich zitierte aus einem Gutachten von Dr. Frydlob: ›... und er stürzte sich in eine Reihe von Affären mit Pervertierten aus der Berliner Region, wobei diese Treffen häufig in Auspeitschungen gipfelten...‹«

»Ich lege keinen Wert auf Details.«

»Nein, Sir. Aber tatsächlich mußten wir damals feststellen, daß die Sowjets im Besitz von Photographien waren, die Major Schwalbmaker zeigten – als Kammerzofe verkleidet und von einem nackten Mann auf den Hintern gepeitscht.«

»Er ist eine Schande für die Uniform!« schrie der Präsident aufgebracht.

O'Hehir nahm den Faden der Erzählung auf.

»Und dann stellt Schwalbmaker fest, er ist eine leichte Beute für Erpressungen jeder Art. Darum liefert er geheime Informationen statt Geld, und als die Sache zu heiß wird, wechselt er nach Ost-Berlin und zieht dieses große ideologische Theater auf.«

»Ein ähnlicher Fall war Miss Inchbald, Sir, die Archivarin in unserer Moskauer Botschaft«, sagte General Hooker.

»Mein Gott, was war sie denn, eine Lesbe?« fragte der Präsident.

»Nein, eine Frau Mitte Vierzig, unverheiratet und sentimental. Sie ließ sich von einem *Agent provocateur* verführen, und wieder gab es Photos von ihr, im Evakostüm, besoffen, wie sie einen Kosakentanz aufführt, und auch sie suchte Zeit zu gewinnen, indem sie geheime Informationen lieferte.«

»Warum erzählen Sie mir diese Geschichten?« Dem Präsidenten dämmerte allmählich ein fürchterlicher Verdacht.

O'Hehir räusperte sich knapp.
»Dies ist die Art, wie die Sowjets zu Werke gehen, Sir«, sagte er gelassen. »Sie spüren die Schwächen eines Mannes auf, dann greifen sie an, am Punkt des geringsten Widerstandes. Oh, es braucht keine sexuelle Schwäche zu sein. Es hat Fälle gegeben, da versorgten sie einen Süchtigen mit Heroin oder einen Alkoholiker mit Schnaps; oder sie griffen auf noch harmloseren Gebieten an. Wir dürfen niemals die Tatsache vergessen, daß sie alle – vom niedrigsten Arbeiter bis zum Generalsekretär der Kommunistischen Partei – Angestellte desselben Apparates sind und daß sie *alles* über einen Mann herausfinden, weil jede Information irgendwann nützlich sein kann, auch wenn sie vorläufig bedeutungslos erscheint. Ihr wichtigster Ansatzpunkt ist nicht die Arbeit eines Mannes, auch nicht die Pflichten eines Mannes, sondern seine Geheimnisse, seine Freizeitbeschäftigungen, seine Laster, seine Hobbys...«
»Seine Hobbys? Wie könnte jemand da angreifbar sein?«
»Oh, Sir, Sie wissen doch, wie empfindlich wir sind gegenüber Geschenken von Privatleuten an Politiker im Amt. Luther Leap mußte seinen Hut nehmen, weil er von Attilio Frigone einen gebrauchten türkischen Teppich für seine Strandhütte angenommen hatte – und Frigones Firma dann einen großen Bauauftrag vom Landwirtschaftsministerium ergatterte.«
»Weiß ich alles«, antwortete der Präsident. »Und ich will euch mal etwas sagen: Frigones Firma hätte den Auftrag sowieso bekommen. Sie machte das günstigste Angebot.«
»Zweifellos. Es war eine Tragödie. Denn Leap ist einer der großen Unbestechlichen dieser Welt, und der Teppich war wertlos. Aber nehmen wir einmal an, nur theoretisch, ein hoher Amtsträger der Vereinigten Staaten würde von einem hohen sowjetischen Funktionär ein ungewöhnliches Geschenk annehmen, ich meine, einen Gegenstand oder Gegenstände privaterer Natur als etwa Kaviar oder Wodka, so

würde dieser Vorgang den Beamten der Vereinigten Staaten in eine angreifbare Position bringen.«

Eines ist sicher, dachte der Präsident. Old Schtscheparenko hatte recht. Das Mikrophon im Kronleuchter war eines von unseren.

»Vielen Dank, Leute, für interessante zwanzig Minuten. Das Krankenbett könnt ihr einem Patienten geben, der es dringender braucht«, sagte er.

Nachdem sie gegangen waren, begann der Präsident nachzudenken. Er war jetzt von vertrauten Gegenständen umgeben, und er war weniger desorientiert als damals in Genf. Die Drucke von Currier und Ives, der rülpsende Wasserspender, der moosgrüne Teppich, die kühle, summende Nacht seines Büros – all dies war ein Trost.

Woher wußte Schtscheparenko, daß ich ein heimlicher Sammler bin? Seine Ausrede klang ziemlich lahm, wenn man's bedenkt. Kann mich nicht erinnern, in seiner Gegenwart jemals Post empfangen zu haben. Nachrichten ja, aber keine Briefe – Nachrichten ohne Briefmarken. Warum habe ich nicht früher daran gedacht? Meistens denkt man ja nicht. Im Zweifelsfall für die Unschuld – ein Gewohnheitsprinzip der Demokratie. Und dann – wie war das mit den Färöer-Inseln? Und mit Uganda? Und mit Papua? – Papua! Das kann kein Zufall gewesen sein ... Tanganjika ... ich habe mir nie etwas aus Tanganjika gemacht. Wollte niemals hinfahren. Das war nur so dazwischengestreut, um den Zufall glaubwürdiger zu machen. Nur eine Handvoll Menschen wußte, daß ich Briefmarken sammele. Grace ... die Kinder vielleicht ... meine Art, ihnen beim Frühstück die Briefumschläge wegzuschnappen ... aber keiner von ihnen würde für die Roten arbeiten ... Don Rosco? ... Möchte mal wissen, ob der 'ne Schwuchtel ist! Macht ziemlich affektierte Gebärden ... Und Mrs. Rosco ist, wie mir scheint, auch nicht besonders gut angepaßt ... jedenfalls benutzt er reichlich After-shave ... muß ihn noch einmal durchleuchten lassen, als potentielles Sicherheitsrisi-

ko ... ohne Angabe besonderer Gründe ... Muß G-14 auf ihn ansetzen ...
Die Türen waren verriegelt, der Präsident zog sein Briefmarkenalbum hinter Ralph Waldo Emersons gesammelten Schriften hervor und betrachtete zum ersten Mal seine neuen, von einem so häßlichen Verdacht befleckten Erwerbungen. Statt sie in sein Album zu kleben, löste er vorsichtig sein prächtiges Papua-Dreieck mit dem knienden Kopfjäger heraus. Die gleiche Operation führte er an einer Ten-Penny-Uganda mit dem Profil Edwards VII. aus, auch an einer Zehn-Öre-Marke von den Färöer-Inseln, in leuchtendem Königsblau, ein Fischerboot auf rauher See darstellend. Diese drei Marken sowie Mr. Schtscheparenkos Geschenk legte er in einen seiner dienstlichen Briefumschläge und adressierte ihn an: Mr. Schtscheparenko, c/o Kreml, Moskau – mit der Aufschrift »Persönlich« – und gab ihn Miss Grininger in die Post.
Alle waren begeistert, den Präsidenten wieder in alter Form zu erleben, und tatsächlich verlief die nächste Wochensitzung sehr angenehm, mit Heiterkeitsausbrüchen und einem starken Gefühl zielstrebiger Kollegialität unter den Chefs der Ministerien. Überhaupt war es eine höchst erfolgreiche Woche gewesen, gekennzeichnet durch die Steigerung der Eskalation um weitere zwei Punkte auf allen Operationsfeldern – ein Trend, der seinen Widerhall an den Aktienmärkten fand. Nordafghanistan tauchte zum ersten Mal auf der Landkarte auf, und damit natürlich auch Südafghanistan.
Eine Woche später kam der Brief aus dem Kreml zurück – mit der englischen Aufschrift: »Empfänger unbekannt«. Niemand war überrascht, denn Mr. Schtscheparenko war durch Mr. Stabawoij abgelöst worden, von dem die CIA überhaupt nichts wußte.
Vielleicht war das Mikrophon im Kronleuchter doch eines von ihren gewesen.

Die Attentäter

In welchem Alter sollten Attentäter sich zur Ruhe setzen? Diese bohrende Frage beschäftigte Monsieur Ambroise Plageot, den jüngst ernannten Leiter der Abteilung Éloignement bei der französischen Sûreté. Die Aufgabe dieser Abteilung besteht darin, Leib und Leben ausländischer Würdenträger zu schützen, die auf Besuch in Frankreich weilen. Zu diesem Zweck werden alle potentiellen Attentäter zusammengetrieben und für eine Weile verschickt. Monsieur Plageots Stirn zog sich in Falten, als er von dem Aktenstapel vor sich aufblickte und die Gestalt des Mannes musterte, der ihm gegenübersaß.

»Sie sagen, Sie hätten eine angenehme Beziehung zu meinem Vorgänger gehabt, zu Monsieur Latille?«

»Oh, ja, Monsieur. Es war für uns alle ein Schlag, als er in Pension ging.«

»Für Sie alle? Gibt es denn noch mehr von Ihnen?«

»Sechs, insgesamt. Mitglieder der Nihilistischen Internationale.«

»Der Nihilismus ist tot. Schon seit der Jahrhundertwende.«

»Das glauben viele Leute.«

Plageot seufzte. Halb war er belustigt, halb verwirrt, aber als guter Staatsbeamter konnte er sich nicht leisten, seine Gefühle zu zeigen. Sein Blick wanderte erneut über die Dokumente. Das früheste datierte vom 18. Juli 1903. Es war vergilbt und brüchig. Daran angeheftet war das altehrwürdige Photo eines Jugendlichen mit mächtiger schwarzer Mähne, dessen langer

Hals aus einem etliche Nummern zu weiten Schillerkragen ragte. Sein Name war Bratko Zvoinitch. Die enge, nervöse Handschrift eines längst verstorbenen Polizisten verkündete, daß er – auf Ersuchen des Generalkonsuls von Montenegro – als mutmaßliches Mitglied einer terroristischen Organisation verhaftet worden war.

Mit spitzen Fingern blätterte Plageot die übrigen Papiere in der Akte Zvoinitch durch. 1910, als er erneut verhaftet wurde, nannte er sich Bruno Silberberg.

»Warum haben Sie den Namen Silberberg angenommen?«

»Habe ich das? Oh, wissen Sie, ich hatte so viele Namen in meinem Leben, daß ich mich wirklich nicht mehr erinnern kann.«

»Warum wählten Sie Silberberg? Sie sind doch kein Jude, oder?«

»Wäre ich es, dann hätte ich mich kaum Silberberg genannt. Man muß schon ein Goi sein, um freiwillig einen jüdischen Namen zu wählen. Ich habe gelegentlich, glaube ich, einen jüdischen Namen gewählt, um mich stärker mit dieser großen, verfolgten Rasse zu identifizieren. Revolutionäre können nur existieren, wenn sie in der Minderheit sind. Sie sind das lebende Gewissen der Menschheit. Sie sind Vorläufer des Fortschritts, Märtyrer, die den Weg bahnen. Sie setzen den Traum in die Tat um, statt faul auf die Realität zu warten, die vielleicht erst ein Jahrhundert später folgt.«

»Verstehe.«

Plageot blickte über seine Brille und verglich das Gesicht des schwarzhaarigen Jungen auf dem Photo mit der verrunzelten und asthmatischen Gestalt vor ihm. Kein Haar war übriggeblieben, keine Strähne, nicht die Spur einer Haarwurzel. Der Kopf war blank poliert und durch irgendein Mißgeschick in eine steife, vornübergebeugte Haltung fixiert. Seine Unfähigkeit, den Kopf zu bewegen, die Falten in seinem Nacken und seine großen, haubenförmigen Augenlider, eines davon wie ein Segel über dreiviertel seines rechten Auges gewölbt,

gaben ihm das Aussehen einer Schildkröte, weise und zugleich lächerlich. Das Firmenetikett seines Jacketts war deutlich sichtbar, denn das Kleidungsstück bauschte sich von selbst auf, um Fleisch zu umhüllen, das nicht mehr da war. Sein unentwegtes Lächeln wirkte weniger humorvoll als vielmehr ironisch, als erwarte er nicht viel von den Menschen. Die harten Linien um seine Mundwinkel verrieten jedoch, daß er gewöhnt war, mehr zu nehmen, als sie ihm anboten. Etwas Levantinisches lag in der beklemmenden Liebenswürdigkeit seines Ausdrucks, eine Art Resignation, eine Nähe zur Geschichte, eine nach Jahren heftig lodernder Glut übriggebliebene Schläfrigkeit, Geringschätzung des Werts materieller Dinge und eine müde Verbitterung über alles Zeitliche.
Wenn er sprach, war es mit einer kaum hörbaren Stimme, verstopft von Staub und schwarzem Tabak. Seine Worte bildeten sich weich aus keuchenden Atemzügen und klangen, als kämen sie aus weiter Ferne. Plageot wußte sich nicht zu helfen, ihm gefiel der Bursche. Er hatte Substanz.
»Erinnern Sie mich an ein paar andere Namen, die ich verwendet habe«, sagte er plötzlich.
Plageot tat ihm den Gefallen: »Vladimir Ilikov, René Sabouréau, Wolfgang Tichy, Antal Solomon, Comte Napoléon de Souci ...«
Bei der Erwähnung des letzten Namens brach er in herzliches Lachen aus, das alsbald in schmerzhaftes Keuchen überging. Endlich ließ der Anfall nach, und er blickte Plageot an, erschöpft, aber milde belustigt.
»Am schlechtesten war ich immer, wenn ich aristokratisch sein wollte«, keuchte er. Ich konnte mir nicht mal einen Namen ausdenken. Napoléon de Souci ... Welch ein blödsinniger Einfall. Die Organisation hatte mir befohlen, das Königshaus Sachsen-Anhalt zu infiltrieren, um die Ermordung eines seiner Mitglieder vorzubereiten. Wir steckten uns niedrige Ziele damals. Man durchschaute mich natürlich sofort. Kaum hatte ich meine Visitenkarte gezückt, wurde ich

auch schon geschnappt und außer Landes geschafft. Ich sah einfach nicht aus wie ein Comte Napoléon de Souci, verstehen Sie? Nebenbei, ich kann mir nicht vorstellen, wie ein Comte Napoléon de Souci aussehen sollte.« Er wurde wieder ernst. »Nein, am besten, am gefährlichsten war ich als ein Mann des Volkes.«

»Gefährlich?« fragte Plageot. »Und doch, wenn ich Ihre Akte durchblättere, finde ich keinen Anhaltspunkt für auch nur ein einziges Verbrechen. Bestimmt keinen Mord. Immer wurden Sie nur auf Verdacht verhaftet.«

»Ich hatte nie Glück in Frankreich«, sagte Zvoinitch und seufzte.

»Warum sind Sie dann hiergeblieben? Sie haben hier offenbar keine Familienbindung, gewiß keine Blutsbande.«

»Ich liebe Frankreich«, murmelte Zvoinitch. »Solange Sie mich nicht hinauswerfen, werde ich niemals gehen.«

Gegen seinen Willen war Plageot gerührt. Er schloß die Akte und zündete sich eine Gauloise an. »Sehr schön«, sagte er. »Lassen Sie mich zusammenfassen. Ich kann keine Entscheidung treffen, solange mir das Problem nicht klar ist. Ich habe diese Abteilung gestern übernommen, und Sie haben mir durch Andeutungen dauernd zu verstehen gegeben, daß ich noch nicht Bescheid weiß. Das ist mir ebenso bewußt wie Ihnen. Aber versetzen Sie sich für einen Moment in meine Lage. Ein Mann von vierundachtzig Jahren betritt mein Büro – «

»Fünfundachtzig.«

»Fünfundachtzig. Verzeihen Sie. Es liegt mir fern, Ihr Leben verkürzen zu wollen. Sie betreten mein Büro, gestützt auf zwei Stöcke, und erklären, daß Sie ein gewalttätiger, berüchtigter Attentäter sind. Weil ich von Natur aus höflich bin, bitte ich Sie, Platz zu nehmen. Sie tun es mit sichtlicher Erleichterung, nachdem Sie sich vier Stockwerke heraufgequält haben, dann ziehen Sie den ›Aurore‹ von heute morgen hervor, in dem die

Ankunft des Imam von Hidschas angekündigt wird, der die Beziehungen zwischen seinem Volk und den Franzosen verbessern möchte. Ich frage Sie, was diese Tatsache mit Ihrem Besuch zu tun hat. Sie zeigen sich überrascht und sagen mir, daß mein Vorgänger, Monsieur Latille, dies verstanden haben würde. Als ich nachfrage, erklären Sie mir, daß das Leben des Imam in Gefahr sei. Ich werde neugierig und frage Sie, ob Sie irgendwelche Informationen haben, die Sie zu dieser Überzeugung führen. Sie lächeln mitleidig und sagen mir, Sie könnten in Versuchung geraten, ihn umzubringen, falls ich Sie nicht für eine Woche nach Korsika deportiere. Mein lieber Freund. Wissen Sie denn, wo Hidschas liegt?«

»Es spielt keine Rolle, wo es liegt«, antwortete der Alte. »Ich bin gegen alle Autokraten, und die Menschen dieses unglücklichen Landes, wo immer es liegen mag, verdienen es, befreit zu werden. Kein Despot ist sicher, solang ich lebe.«

»Sagen Sie mir«, fragte Plageot, »was hätte mein Vorgänger, Monsieur Latille, getan?«

»Mit ihm gab es keine Diskussionen«, erwiderte Zvoinitch. »Er kannte die Gefahr, die wir für Gäste der Republik darstellen. Er hätte die Vollmacht sofort unterschrieben, und wir säßen noch heute abend im Flugzeug.«

»Heute abend?« Plageot war aufrichtig überrascht. »Aber der Imam trifft doch erst übermorgen ein.«

»Monsieur Latille war nicht bereit, Risiken einzugehen, wo verwegene Männer im Spiel sind.«

»Ich verstehe. Mit ›wir‹ meinen Sie vermutlich sich selbst und ihre fünf Kollegen.«

»Ja.«

»Und wo sind Ihre fünf Freunde?«

»Sie haben alle gepackt und sind reisefertig.«

»Wieso das?«

»Als wir aus der Morgenzeitung vom Besuch des Imam erfuhren, hielten wir eine Versammlung ab, und ich wurde als Delegierter entsandt, um unsere Gruppe zu repräsentieren.«

Plageot holte einen Bleistift aus der Tasche. »Wären Sie so freundlich, mir die Namen Ihrer Freunde zu nennen?«
»Ist das nötig? Monsieur Latille – «
»Monsieur Latille ist nicht mehr da«, sagte Plageot scharf.
»Also gut. Asen Popoff, von der Nihilistischen Internationale Bulgariens. Yahuda Achron, von der Jüdischen Sektion. Professor Semyon Gurko, von der Separatistisch-Nihilistischen Liga der Ukraine. Lazar Parlescu, vom Nihilistischen Zentrum des Banat. Und Madame Perlescu, in Nihilistenkreisen besser bekannt als Rosa Liechtenstein.«
»Nun gut«, sagte Plageot. »Heute kann ich Ihnen noch keine Antwort geben.«
Zvoinitch machte keinen Versuch, seinen Ärger zu verbergen. »Morgen kann es zu spät sein.«
»Dieses Risiko müssen wir eingehen.«
Mühsam erhob sich Zvoinitch. Anscheinend glaubte er, in seiner vollen Länge von ein Meter sechzig noch beeindruckender zu wirken. »Sie sind jung«, erklärte er geheimnisvoll. »Wer in jungen Jahren die Verantwortung für eine staatliche Behörde trägt, muß als vielversprechend gelten. Durch Ihre Kurzsichtigkeit könnte Ihre Karriere zerstört werden.«
»Wissen Sie, was ich glaube?« antwortete Plageot. »Ich glaube, Sie sollten einen Arzt aufsuchen.«
»Ja wirklich? Binnen kurzem könnten Sie selbst in die Lage kommen, einen Arzt zu brauchen.«
»Drohen Sie mir jetzt?«
»Ich drohe jedem, der mir im Wege steht.«
Er klemmte sein schäbiges Köfferchen unter den Arm, nahm in jede Hand einen Stock und humpelte zur Tür.
»Es könnte Sie interessieren«, flüsterte Zvoinitch, »daß der Imam von Hidschas am Mittwoch morgen, um sieben Uhr achtundvierzig, mit Flug 178 der Air France aus Bagdad eintrifft. Er steigt im Hotel Raphael ab. Am Sonntag reist er mit dem Train Bleu nach Marseille weiter. Bewachen Sie ihn gut.«

Fort war er. Irritiert drückte Plageot seine Zigarette aus. Er klingelte nach Mademoiselle Pelbec, seiner Assistentin. Einen Moment später trat sie ein. Sie war eine jener treuen Beamtinnen, die durch französische Ministerien geistern, mit Schriftstücken hin und her wandernd und andauernd irgend etwas abstempelnd. Eine offene Schere hing an einer Kette von ihrem Gürtel herab. Ihre Bluse war hausgeschneidert und saß so schlecht, daß ein Straps ihres Büstenhalters ständig sichtbar blieb. Er wurde mit dem Straps ihres Unterrocks durch eine riesige Sicherheitsnadel zusammengehalten. Ihr Haar war von mattem Rot, ihr Mund zuckte unaufhörlich, und sie hatte keine Augenbrauen.

»Sie haben geklingelt«, erklärte sie, und es klang wie ein Vorwurf.

Sie hatte acht Jahre mit Monsieur Latille zusammengearbeitet und nahm seine Pensionierung übel.

»Mademoiselle Pelbec«, sagte Plageot, »was wissen Sie über einen Mann namens Zvoinitch, der sich als Nihilist bezeichnet?«

Mademoiselle Pelbec wurde wachsam und schien ihre Worte mit einigem Bedacht zu wählen.

»Nun, ich weiß, Monsieur Latille hielt ihn für einen ziemlich gefährlichen Charakter«, antwortete sie.

»Wenn er so gefährlich ist, wieso wurde er nicht deportiert?«

»Oh, liebe Güte, nein«, platzte Mademoiselle Pelbec heraus, dann fand sie ihre Fassung wieder. »Monsieur Latille hielt ihn zwar für gefährlich, aber er hielt ihn nicht für so gefährlich wie er sich selbst, falls Sie mir folgen können.«

»Offen gestanden, nein. Nach der ersten Begegnung halte ich ihn für einen harmlosen Spinner.«

»Sie meinen, Sie schicken ihn nicht nach Korsika?« fragte Mademoiselle Pelbec entsetzt.

»Warum sollte ich?«

»Nun, er meldet sich nie ohne guten Grund. Das Verhältnis

zwischen ihm und Monsieur Latille war ganz bemerkenswert. Solange ich mich erinnere, mußte Monsieur Latille diese Leute niemals holen lassen. Sie meldeten sich von selbst, sobald sie in der Zeitung lasen, daß jemand Wichtiges nach Paris kam. Es war ein ungewöhnlicher Fall von Zusammenarbeit zwischen dem potentiellen Verbrecher und dem potentiellen Strafverfolger. Wären alle Verbrecher so sozial gesinnt wie diese sechs, dann gäbe es keine Verbrechen mehr.«

»Genau«, sagte Plageot trocken. »Ich glaube, sie sind völlig harmlos.«

»Ist denn irgendeiner von uns völlig harmlos?« fragte Mademoiselle Pelbec. »Sie haben niemals jemanden in Frankreich umgebracht, das ist wahr. Aber in Makedonien ist ihr Strafregister fürchterlich.«

»Woher wissen Sie das?«

»Monsieur Latille hat es mir gesagt.«

Plageot brummte. »Hier gibt es keine Anhaltspunkte dafür«, sagte er.

»Monsieur Latille hätte doch solche Erkenntnisse nicht erfunden. Warum sollte er?«

»Frage ich mich auch. Das wär's, Mademoiselle Pelbec.«

Würdevoll ging sie ab und murmelte etwas von Emporkömmling und Undankbarkeit.

Plageot starrte aus dem Fenster, wo ein Sommertag ausklang. Dann telephonierte er mit einer anderen Abteilung der Sûreté Nationale. Auf seine Frage nach der Ankunft des Imam erfuhr er, daß der Potentat Mittwoch morgen, neun Uhr zwölf, mit Flug 264 der Air France aus Genf kommen und als Gast des Präsidenten der Republik absteigen werde. Grimmig lächelnd legte er den Hörer auf. Er war bereit, die Angelegenheit für den Moment aus seinem Gedächtnis zu verdrängen, als das Telephon klingelte. Der Mann am anderen Ende sagte ihm, er habe eben eine falsche Auskunft bekommen. Der Imam werde nicht im Elysée-Palast absteigen, sondern im Hotel Raphael.

Plageot fluchte. »Aber sagen Sie mir«, fragte er, »fliegt er von Genf aus und nicht aus Bagdad?«
»Die Auskunft, die ich Ihnen über den Flug gegeben habe, ist richtig«, sagte die Stimme.
»Und wohin fährt der Imam nach seinem Besuch in Paris?«
»Monte Carlo.«
»Monte Carlo, nicht Marseille?«
»Nein, nein, Monte Carlo. Der Imam kommt zwar, um das Schicksal seines unterprivilegierten Volkes zu verbessern, aber er selbst ist unermeßlich reich und macht gern ein Spielchen.«
Plageot lächelte. »Und ich vermute«, fügte er hinzu, »er wird nach Nizza fliegen und von dort mit dem Auto weiterfahren.«
»Nein«, sagte die Stimme. »Er reist direkt mit dem Train Bleu.«
»Was? Vielen Dank.« Plageot hängte auf und dachte nach. Von den Fakten, die der Alte geliefert hatte, waren zwei richtig, zwei waren falsch. Verdacht zu schöpfen, war die Aufgabe eines Polizisten. Und doch war es viel leichter, jemanden zu verdächtigen, der den Verdacht zu zerstreuen suchte, als jemanden, der den Verdacht auf sich zu ziehen versuchte. Es wäre schrecklich, wenn der Imam ums Leben käme, in die Luft gejagt durch den traditionellen Blumenstrauß, der in seinen duftenden Tiefen die Höllenmaschine birgt. Sein Gewissen wäre unauslöschlich befleckt, falls so etwas passieren sollte; nie wieder könnte er Mademoiselle Pelbec in die Augen sehen, das war sicher. Verfluchter Zvoinitch! Bei all seiner Unbeholfenheit wußte er, was er tat, als er diese Zweifel wie kleine Kugeln ins Rollen brachte. Er war einfach zu unheimlich, um nicht lächerlich zu sein, aber nicht lächerlich genug, um ganz harmlos zu sein. Plageot ließ sich die Akten der Leute bringen, die Zvoinitch als seine Mitarbeiter angegeben hatte. Ihre polizeilichen Register waren bemerkenswert ähnlich. Alle hatten sie zahlreiche Decknamen.

Plageot stellte einige schnelle Berechnungen auf seinem Block an und kam zu dem bemerkenswerten Ergebnis, daß ihr Gesamtalter sich auf 508 Jahre addierte, wobei Yahuda Achron mit neunundsiebzig der jüngste der Gruppe war, Madame Perlescu mit zweiundneunzig die älteste.

Es wurde immer beunruhigender, immer absurder. Es gab nur einen Schlüssel zu dem Rätsel – Latille. Plageot suchte die Nummer aus seinem Kalender und rief Latille zu Hause an.

»Hallo, ist Monsieur Latille zu Hause?« fragte er.

Eine Frauenstimme schien zu zögern. »Wer spricht da?«

»Ambroise Plageot. Sind Sie Madame Latille?«

»Ja.«

»Ah, Madame. Hier spricht Plageot, der Nachfolger Ihres Herrn Gemahl. Vielleicht erinnern Sie sich an mich, von der kleinen Party, mit der wir vorgestern die Pensionierung Ihres Mannes feierten. Mich hatte man ausersehen, ihm das Tintenfaß als Andenken zu überreichen.«

»Ja, natürlich, ich erinnere mich, Monsieur. Das Tintenfaß steht bei uns auf dem Kamin. Es ist ganz wunderschön, wirklich, genau wie Ihre Ansprache.«

»Ich darf mir schmeicheln, daß ich Glück hatte mit der Wahl meiner Worte. Ist der Herr Gemahl zu Hause, Madame?«

»Augenblick«, sagte sie.

Monsieur Latille kam ans Telephon. »Hallo, Plageot. Wie läuft es im Büro, alter Knabe?«

»Ja, eben, Latille. Ich habe da eine Frage, die nur Sie beantworten können. Hätten Sie einen Moment Zeit, mich zu treffen?«

»Können Sie's mir nicht gleich sagen?«

»Nein.«

Am anderen Ende entstand eine Pause. »Oh, na gut. Kommen Sie gleich herüber, wenn es so dringend ist.«

»Danke«, sagte Plageot und fühlte sich schon etwas mehr als Herr der Lage.

Plageot war unverheiratet, aber er hatte eine Geliebte, die

ebensogut seine Frau hätte sein können, denn er war ihr nicht völlig treu. Dies war zufällig ihr Geburtstag. Er rief sie an. »Annik«, sagte er mit seiner autoritärsten Stimme, »ich verspäte mich eine Dreiviertelstunde. Was höre ich? Du bist fertig angezogen zum Ausgehen? Um so besser, dann wirst du mich nicht warten lassen, wenn ich komme.«
Er setzte seinen flotten schwarzen Hut auf und verließ für diesen Tag das Büro.

»Mein lieber Plageot«, sagte Monsieur Latille beim Eintreten in sein bescheidenes Wohnzimmer, »bitte entschuldigen Sie die Unordnung. Aber wir fahren morgen früh nach Dinard.«
Er war eine malerische Erscheinung, dieser Latille, mit seiner wilden grauen Mähne, seinem schütteren Spitzbärtchen und seinen wäßrig-blauen Augen, dem Äußeren nach mehr ein Künstler als ein Beamter. Plageot, so korrekt, so dogmatisch, so rasiermesserscharf, fühlte sich unbeholfen in Gegenwart solcher Ungezwungenheit.
»Mir ist klar, Sie sind sehr beschäftigt. Ich kann ohnehin nur einen Moment bleiben, darum will ich gleich zur Sache kommen. Es geht um einen gewissen Zvoinitch.«
Monsieur Latille verlor seine Herzlichkeit und setzte sich schwerfällig.
»Ja«, sagte er, »ich habe befürchtet, Sie würden mich nach ihm fragen. Als ich heute früh die Zeitung aufschlug und sah, daß der Imam von Hidschas morgen kommt, war mir der ganze Tag verdorben. Ich regte mich auf und rechnete mit dem Schlimmsten. Ich hoffte nur, noch wegzukommen, bevor der Sturm losbrach.«
Auch Plageot setzte sich. »Aber wo liegt das Geheimnis?« fragte er. »Entweder ist der Bursche gefährlich, oder er ist es nicht. Es müßte doch relativ einfach sein, diese Frage zu entscheiden.«
»Es ist alles andere als einfach«, sagte Latille betrübt. »Im Moment fühle ich mich wie der Chefkassierer einer Bank,

dem alle vertrauen und der plötzlich bei der Veruntreuung von Millionen Franc ertappt wird.«

»Warum kommen Sie sich so vor?« fragte Plageot in gewichtigem Ton.

»Weil – weil ich mir nie schlüssig werden konnte, ob diese überalterten Revolutionäre gefährlich sind oder nicht. Schließlich konnte ich die Ungewißheit nicht mehr ertragen und entschied im Zweifel zu ihren Gunsten.«

»Wollen Sie damit sagen, Sie gaben ihrer Forderung nach und schickten sie nach Korsika – ohne ersichtlichen Grund?«

»Genau.«

Plageots Haltung wurde steif und selbstgerecht. »Ist Ihnen klar, Latille, daß Sie für solche Marotten das Geld des Steuerzahlers ausgegeben haben?«

»Natürlich ist mir das klar, mein lieber Freund. Auch wenn ich nicht behaupten kann, daß es mir viel Kopfzerbrechen bereitet hätte. Das Endergebnis ist bei den meisten Steuergeldern weit weniger nützlich und weniger wohltätig. Denken Sie an die Summe, die in die Maginotlinie gesteckt wurde. Und wieviel Gutes hat sie gebracht?«

»Wenn jeder dächte wie Sie, dann hätten wir das Chaos!«

»Chaos entsteht in jedem Fall, mein lieber Plageot. Nicht weil alle so denken wie ich, sondern weil die Menschen verschieden denken. Wie Voltaire weise sagte, sollte jeder von uns seinen eigenen Garten bestellen. Zwei Teile gesunden Menschenverstands, gegeneinandergestellt, können leicht zum Chaos führen. Dagegen können wir nichts tun. Wir können nur unser eigenes Haus in Ordnung halten.«

Plageot sprang auf und durchmaß das Zimmer in großer Erregung.

»Ich bin nicht gekommen, um mich auf metaphysische Debatten einzulassen.«

»Nein«, sagte Latille nachsichtig. »Sie sind gekommen, um zu fragen, ob sechs alte Attentäter gefährlich sind oder nicht. Ich gebe Ihnen meine Antwort. Ich weiß es nicht.«

»Sie überraschen mich, Latille, und Sie schockieren mich. Jetzt verstehe ich, warum Zvoinitch mir sagte, er habe ein sehr angenehmes Arbeitsverhältnis mit Ihnen gehabt.«
Latille lächelte. »Sagte er das? Das war sehr freundlich von ihm, wenn auch ein wenig taktlos, nachdem er sich noch gar kein Urteil über Sie bilden konnte.«
Plageot blieb wie angewurzelt stehen. »Was wollen Sie damit sagen?« platzte er heraus. »Suchen Sie jetzt Ihre Handlungsweise zu rechtfertigen?«
»Ich glaube, sie bedarf keiner Rechtfertigung. Bis gestern war Ihre Abteilung meine Abteilung. Ich habe sie acht Jahre geleitet, und ich bedaure meine Entscheidung hinsichtlich dieser Männer nicht. Ich fürchtete lediglich den Tag, an dem ich mein Verhalten erklären müßte. Es gibt einen Unterschied zwischen Erklärung und Rechtfertigung.«
»Jetzt ist keine Zeit mit spitzfindigen Interpretationen zu vertrödeln!« schrie Plageot. »Erklären Sie sich also.«
Latille sprach leise und leicht amüsiert.
»Ich erinnere mich an das erste Mal, als Zvoinitch in mein Büro kam. Damals nannte er sich Zbigniew. Es war 1946, und in Paris wimmelte es von alliierten Generalen. Damals war ich überwältigt von seiner Ehrlichkeit. Er erzählte mir, er könne nicht der Versuchung widerstehen, Anschläge auf das Leben ausländischer Würdenträger zu verüben. Ich dachte, ich sollte ihn zum Psychiater schicken, aber irgendwie kam es mir verrückt vor, die Schwächen eines Mannes von über siebzig kurieren zu wollen, die sich laut seiner Akte zu einer unausrottbaren Gewohnheit verhärtet hatten. Wäre er ein junger Mann gewesen, ich hätte nicht gezögert. In Anbetracht seines Alters aber beschloß ich, ihn nach Korsika zu schicken. Zugegeben, ich wurde etwas mißtrauisch, als er plötzlich fünf Freunde vorstellte, die alle an der gleichen sonderbaren Versuchung litten. Nun, was wir am wenigsten gebrauchen konnten, war ein toter Diplomat oder General im Haus, besonders zu einer Zeit, als wir unser Möglichstes taten, um unser

geschlagenes Land attraktiv zu machen für die Touristen. Nach einiger Zeit war ein gewisses Maß an Stabilität wiederhergestellt, und die alten Leutchen durften nach Frankreich zurückkehren.

Dann kam irgend jemand wie Molotov nach Paris – habe vergessen, wer's genau war –, aber plötzlich war die Stadt voll von russischen Sicherheitsbeamten mit erschreckend vollständigen Listen, wen sie alles beseitigt haben wollten. Wenn sie das Wort ›beseitigt‹ gebrauchten, meinten sie, wie ich fürchte, unwiderruflichere Maßnahmen als die bloße Verschickung nach Korsika. In meinem Eifer, den Russen zu beweisen, daß ihre Listen alles andere als vollständig wären, schickte ich unsere sechs Freunde abermals demonstrativ über See. Ich brauchte sie nicht zusammenzutrommeln. Wie immer stellten sie sich von selbst, und in Anwesenheit von General Serov konnte ich den Russen in meinem Büro beweisen, daß Opposition gegen das Regime in einer Demokratie eine Bürgertugend darstellt.

Als Tito kam, wiederholte sich der gleiche Vorgang, und abermals, als Adenauer seine Aufwartung machte. Dann tauchten sie eines Tages ohne besonderen Grund auf. Ich fragte sie, welchem Umstand ich das Vergnügen ihres Besuchs verdanke – und es war wirklich ein Vergnügen, Plageot, das versichere ich Ihnen. Diese Leute vereinigten in sich Emotion und Spaß, wie gute Clowns es tun. Kurz, sie waren eine Erholung von dieser trostlosen Parade verbissener, häßlicher, uncharmanter Gestalten, die tagtäglich unsere Aufmerksamkeit beanspruchen. Ohne mit der Wimper zu zucken erklärten sie, daß der Schah von Persien in Frankreich erwartet werde. Ich lachte. ›Sie werden doch nicht behaupten‹, sagte ich, ›Sie wollten den armen, wehrlosen Schah ermorden. Er hat schon genug Schwierigkeiten, Öl aus der Erde zu buddeln; er braucht nicht noch Schwierigkeiten von Ihnen.‹

An diesem Punkt ergriff Zvoinitch das Wort. Er ist ihr Sprecher. Seine Augen leuchteten mit so offenherziger List, daß es rührend war. ›Schlagen Sie nach in Madame Perlescus Akte‹, sagte er. ›Und sehen Sie, was im Spätsommer 1912 passierte.‹ Das tat ich. Sie war in Isfahan verhaftet und auf Verlangen der persischen Regierung nach Frankreich deportiert worden, weil sie in der Öffentlichkeit immer wieder Beleidigungen des Herrscherhauses herausgeschrien hatte.

›Die Perser waren anscheinend schrecklich empfindlich‹, bemerkte ich.

›Scharfsinnig, scharfsinnig‹, berichtigte er. ›Sie erkannten eine Gefahr, wenn sie sie sahen. In diesen Ländern ist es nicht üblich, Mordanschläge persönlich auszuführen. Man stiftet vielmehr den Mob an, und der erledigt die Sache kollektiv.‹

Die Geschichte war unglaublich, aber so geistreich vorgetragen, und sie hatten ihre wenigen Habseligkeiten so gewissenhaft gepackt, daß ich nachgab.

Etwa neun Monate später gingen sie wirklich zu weit. Sie kamen, gepackt und reisefertig, in mein Büro, unter dem Vorwand, der Fürst von Monaco werde erwartet. Ich sagte ihnen, sie sollten nach Hause gehen. Sie beharrten darauf, die Folgen meiner Entscheidung würden entsetzlich sein. Ich antwortete, daß sie meine Freundlichkeit mißbrauchten. Plötzlich schwang Zvoinitch eine riesige Pistole arabischer Herkunft, die er aus seiner ausgebeulten Manteltasche gezogen hatte.

›Haben Sie dafür eine Genehmigung?‹ fragte ich ihn. In Augenblicken der Gefahr finde ich immer den Mut zur Unbeschwertheit. Er antwortete, die Nihilistische Internationale habe für gar nichts eine Genehmigung, und dies sei Teil ihrer politischen Linie.

Ich fing an zu lachen. Dies schien Zvoinitch zu erregen; er hielt seine Pistole aus dem Fenster und drückte ab. Es gab einen donnernden Knall, der ein starkes Summen in meinen Ohren hinterließ. Die dramatische Wirkung wurde leider von der alten Perlescu etwas verdorben, die schrie: ›Du Narr, das war das letzte Schießpulver!‹

Ich sprang auf und zeigte mit zitterndem Finger auf die Tür.

›Hinaus! Hinaus!‹ brüllte ich. ›Und kommen Sie niemals wieder!‹
Sie verließen verwirrt mein Zimmer, gerade als Leute aus den Nachbarbüros hereinstürzten, um zu sehen, was passiert sei. Als bald darauf gemeldet wurde, daß der Kaiser von Äthiopien uns einen Besuch abstatten wolle, rechnete ich halb damit, daß sie wiederkehrten, aber die Tage verstrichen, und sie stellten sich nicht ein. Ich war von Reue geplagt, Plageot. Vielleicht lag es daran, daß auch ich älter wurde und den gähnenden Abgrund der Pensionierung vor mir spürte, der näher und immer näher rückte. Aus welchem Grund auch immer, ich fühlte mich von schrecklichem Mitleid mit diesen alten Narren gepackt. Nachdem ich sie aus meinem Büro geworfen hatte, bekam ich Schuldgefühle, wie ich sie empfände, wenn ich einen Hund prügelte oder einem Kind ein Bonbon stibitzte. An sich war mein Verhalten belanglos gewesen, aber ich fürchtete, daß es große Bedeutung für diese Leute gewinnen mochte, da ihre Welt so beschränkt war. Ich betete, sie sollten wiederkommen, um mein Gewissen zu erleichtern.
Dann, nur wenige Stunden vor der Ankunft des Negus am Flughafen Orly, wurde die Tür zu meinem Büro zögernd aufgestoßen. Es war Zvoinitch. Ich sprang auf und platzte heraus: ›Mein Gott, wo haben Sie gesteckt? Ich dachte schon, ich müßte kommen und Sie holen!‹
Zvoinitch lächelte schwach und begann zu zittern.
›Dann dürfen wir also nach Korsika fahren?‹
›Hier sind Ihre Papiere‹, sagte ich, mit einem Seufzer der Erleichterung.
Es war das letzte Mal, daß ich sie sah.«

Plageot starrte Latille an, als habe er eben einem Verkauf militärischer Geheimnisse beigewohnt.
»Eines haben Sie noch nicht erklärt«, schnarrte er. »Warum wollen diese Leute nach Korsika? Ist es der Tagungsort der Nihilistischen Internationale?«

»Oh, nein«, sagte Latille, mit einem Lächeln voll bezaubernder Offenheit. »Ich glaube nicht, daß die Nihilistische Internationale noch existiert. Nein, ich glaube, ihnen behagt das Klima von Korsika. Sie betrachten es als Urlaub. Ein Urlaub, den wir bezahlen.«

Plageot schwebte am Rande des physischen Zusammenbruchs. Er war lila vor Zorn.

»Dies ist der skandalöseste Vorgang, der mir jemals zu Ohren gekommen ist!« brüllte er. »Sie sind ein Opfer Ihrer eigenen Schwäche und Sentimentalität, Latille, und auf Grund Ihrer nahenden Senilität projizieren Sie Ihr Selbstmitleid auf eine Gruppe harmloser Schwachköpfe, die –«

Latille hob die Hand, um die Sturzflut aufzuhalten.

»Harmlos?« funkelte er. »Wäre diese Pistole auf einen Menschen gerichtet worden, sie hätte ihm den Kopf abgerissen. Den Leuten fehlt es nicht an Einfallsreichtum, wie Ihnen, Plageot. Sie mögen verrückt sein, aber sie haben Phantasie. In diesem Moment könnten sie in irgendeiner Mansarde hocken und irgendeinen teuflischen Plan austüfteln, um den Imam von Hidschas zu erledigen – nicht, Plageot, weil sie etwas gegen den Imam hätten, sondern weil es ihre Art ist, Ihnen zu sagen, daß es Zeit wird für sie, nach Korsika zu fahren.«

»Also verhaften! Sie ins Gefängnis werfen! Ihnen eine Lektion erteilen!«

»Das ist Ihre Methode, nicht wahr? Gefängnis. Auch dies geschieht auf Kosten der Öffentlichkeit, Plageot. Vielleicht kommt es billiger im Cherche-Midi, aber ihr Essen wird auch dort vom Steuerzahler bezahlt. Das französische Volk muß immer bezahlen, entweder für meine Toleranz oder für Ihre Intoleranz.«

»Dann verweisen wir sie des Landes!«

»Wohin? Wer würde sie aufnehmen? Mein lieber Junge, Sie haben eine sehr geringe Meinung von La France und ihren Traditionen.«

»Frankreich ist kein Wohltätigkeitsverein!«

»Frankreich ist die Heimat des zivilisierten Geistes. Sie sind so ehrgeizig, daß Sie eines Tages den obersten Ast des Baumes erreichen und den Samen Ihrer persönlichen Engherzigkeit weit und breit ausstreuen werden. Ich danke Gott, daß ich nicht Ihr Generationsgenosse bin.«

Plageot zitterte. Sein Mund arbeitete ausdruckslos, seine Augen blickten starr. »Wovon, zum Teufel, reden Sie?« schrie er.

»Warum habe ich mich diesen komischen Typen gegenüber so zivilisiert verhalten? Weil ich glücklich bin. Und der Glückliche ist großzügig. Er möchte andere teilhaben lassen an seinem Geheimnis. Ich bin seit einundvierzig Jahren verheiratet, und nie fiel ein hartes Wort zwischen meiner Frau und mir. Wir hatten Humor und Nachgiebigkeit. Ich wußte, ich würde nie bis zur Spitze aufsteigen, und ich war versöhnt mit meiner Mittelmäßigkeit. Ich konnte sogar bei passender Gelegenheit darüber witzeln. Unsere Töchter sind nicht besonders hübsch. Sie haben das Gesicht meiner Frau und meine Figur. Folglich haben sie Männer gefunden, die sie wegen ganz anderer, feinerer Eigenschaften heirateten, und sie sind alle ebenso glücklich wie wir. Als meine Frau voriges Jahr unser Auto gegen einen Baum lenkte, begrüßte ich die Gelegenheit, wieder zu Fuß zu gehen. Bei jedem Mißgeschick gibt es irgendeinen Vorteil.«

»Was hat das alles mit mir zu tun? Oder mit der rationellen Führung der Behörde?«

»Alles«, sagte Latille. »Sie sind ein ganz und gar erbärmlicher Charakter. Ihr Humor ist sarkastisch, als wären alle Ihre Gedanken im Filter Ihrer Seele ranzig geworden. Als Abteilungsleiter mit Anfang Vierzig gelten Sie als einer der verheißungsvollsten Männer bei der Polizei, und es steht zu erwarten, daß Sie zumindest als Präfekt von Lyon oder Marseille enden werden, um das Leben dort mit Ihren trostlosen, kleinlichen, schikanösen Entscheidungen unerträglich zu machen. Oder Sie enden als Gouverneur in einer unserer kleineren

Kolonien, wo Sie die Einheimischen verwirren und sich die Zeit vertreiben werden, indem Sie tagtäglich die Verkehrsregeln ändern. Ich kenne Ihre Sorte. Das Leben ist ein Dossier, die Erinnerung ist eine Polizeiakte, der Ehrgeiz ist eine Dienstmarke, die Liebe ist eine Vorschrift. Sie sind Junggeselle. Warum? Weil Sie selbstsüchtig sind. Sie brauchen die Frauen mehr, als daß sie Ihnen gefielen, und sie gefallen Ihnen mehr, als daß Sie sie liebten, und Sie lieben sie mehr, als daß sie eine von ihnen lieben könnten. Im Augenblick leben Sie mit einer zweitklassigen Schauspielerin zusammen. Und abermals – warum? Weil Sie einen Dienstgrad erreicht haben, wo es angemessen erscheint, mit einer zweitklassigen Schauspielerin zusammenzuleben. Niemals gehen Sie ein geistiges Risiko ein. Sie sind tot. Sie sehen das, was Sie sehen wollen, fühlen das, was Sie fühlen wollen, und Ihr Charme reicht so tief wie Ihr Eau de Cologne. Gestatten Sie, ich sage dies nur, weil ich Sie mag. Anders als diese unglücklichen Nihilisten sind Sie noch besserungsfähig. Wir können noch einen Menschen aus Ihnen machen.«

Genau in diesem Moment trat Madame Latille ein. Sie war von überraschender Häßlichkeit, aber ihr Lächeln strahlte Fröhlichkeit und Wärme aus. »Jules«, tadelte sie, »du hast unserem Gast nicht mal ein Glas Portwein angeboten.«

Plageot, ernüchtert durch die Anwesenheit einer Dame, sagte: »Bedaure sehr, Latille, aber ich werde eine gründliche Untersuchung Ihrer Vorgehensweise beantragen müssen und diesen Fall vor den Präfekten bringen.«

Latille zuckte die Schultern und grinste traurig. »Tun Sie, was Sie wollen, aber seien Sie nicht überrascht, wenn der Imam in die Luft gesprengt wird, während Sie sich mit Ihren Strafmaßnahmen beschäftigen, und die arabische Welt sich zur Rache gegen uns erhebt, nur weil Sie sich um wichtigere Dinge zu kümmern hatten.«

Plageot stürmte hinaus und stürzte sich in eine höchst unglückliche Geburtstagsfeier mit seiner Geliebten. Annik tat ihr Bestes, um ihren Liebhaber aufzuheitern, aber jetzt sah er nur noch die zweitklassige Schauspielerin in ihr. Er zankte mit dem Kellner um die Rechnung, der Besitzer mußte gerufen werden, das Auto wollte nicht anspringen, und als sie in seiner Wohnung anlangten, war eine Sicherung durchgeknallt. Annik zog einen kurzen, durchsichtigen schwarzen Pyjama an und lag, Verlangen ausstrahlend, auf ihrem rosa Laken, er aber hockte grimmig auf einem Stuhl und starrte die Wand an.

Plötzlich rief er die Sûreté an. »Inspektor Bréval«, sagte er, »haben Sie heute Nachtdienst? Hier spricht Plageot. *Éloignement.* Da sind sechs Leute, die ich verfolgt haben will. Es ist dringend. Höchste Priorität. Ich gebe Ihnen die Namen und die Adressen durch.«

Nachdem er dieses Gespräch beendet hatte, legte er sich aufs Bett und schloß die Augen. Bald war er eingeschlafen. Seine Träume waren von Mördern bevölkert. Jeder trug irgendein tödliches Werkzeug. Mademoiselle Pelbec versuchte ihn mit ihrer Schere zu erstechen. Er konnte keine Tür öffnen, ohne Latille vorzufinden, gefolgt von einem Regiment glücklicher und häßlicher Töchter. Als er an die Postfächer ging, um seine Post zu holen, sah er dort viele kleine nackte Frauen aufgestapelt, eine für jeden Dienstgrad. Das Postfach des Präfekten barg die berühmteste Schauspielerin Frankreichs, zwanzig Zentimeter groß. *»Bonjour,* Plageot«, sagte sie mit gewinnendem Lächeln. »Eines Tages wirst du Präfekt sein, und du wirst mich erben.« Er erwachte schweißgebadet und am Rand der Tränen.

»Verfluchter Latille!« schrie er laut.

Am nächsten Morgen erwarteten ihn zwei Detektive, die ihn sprechen wollten.

»Na«, fragte er, »haben Sie einen von ihnen erwischt?«

»Nein, Monsieur«, antwortete der Detektiv.

»Idioten!« Plageot donnerte mit der Faust auf den Tisch.

»Bei allem Respekt, wir sind nicht verantwortlich für die Abwesenheit der Verdächtigen.«

»Natürlich nicht. Ich habe schlecht geschlafen. Ich bin nervös.«

Langsam schleppte sich der Tag dahin. Plageot konnte nicht arbeiten. Um vier Uhr nachmittags meldete ein telephonischer Anruf Seiner Exzellenz, Dschamil Al Harun Ibn-Ibrahim Al-Salaouis, des ökonomischen Chefberaters Seiner Durchlaucht, des Imam von Hidschas, die Tatsache, daß ein Drohbrief die Delegation in Genf erreicht habe, am Vorabend ihrer Abreise. Der Brief, in Soissons abgestempelt, war offenbar kurz und bündig. Er lautete: »Der Tod erwartet Sie in Paris.« Keine Unterschrift, aber die amateurhafte Zeichnung eines abgeschlagenen Kopfes und eines blutbefleckten Krummsäbels.

Irgendwie war Plageot erleichtert. Jetzt gab es keine Unklarheit mehr, keine Angst mehr, sich lächerlich zu machen. Er informierte alle zuständigen Abteilungen über die Herkunft der Drohung. Um sechs Uhr wurde ein Mann, der sich mit Hilfe zweier Stöcke fortbewegte, verhaftet, aber nach einstündiger Vernehmung freigelassen. Er erwies sich als ein pensionierter Oberst mit glorreicher Vergangenheit. Auch bekundete er die Absicht, die Polizei zu verklagen. Die Operation stand unter einem schlechten Stern.

Um acht rief die Polizei aus Genf an, um den Eingang eines bedrohlichen Telegramms im Hotel der arabischen Delegation zu melden. Es lautete: *Wir meinen ernst, was wir in dem Brief sagten. Der Säbel der Rache ist gezückt.* Es war in Bordeaux abgeschickt worden. Bordeaux? Plageot studierte die Landkarte. Soissons war ziemlich weit entfernt von Paris, Bordeaux noch viel weiter. Dies mußte bedeuten, daß die Organisation größer war, als er geglaubt hatte. Er sah auf die Uhr und wurde nervös. Es blieb nur noch wenig Zeit.

Um acht Uhr hielt der Präfekt, Monsieur Vagny, eine Besprechung ab, an der Plageot teilnahm.

»Meine Herren«, sagte der Präfekt düster, »wir werden alle Vorsichtsmaßnahmen ergreifen, um die Sicherheit des Imam von Hidschas zu gewährleisten. Was ich Ihnen hier sage, unterliegt selbstverständlich höchster Geheimhaltung. Der Imam und sein Gefolge werden in letzter Minute von der Air-France-Maschine, die sie nach Orly bringen sollte, auf eine Maschine der Swissair umgebucht, die in Le Bourget landen wird. Die Swissair-Maschine landet zehn Minuten früher. Von dort wird ein Citroën einen falschen Imam auf direktem Weg ins Hotel Raphael bringen, während der echte Imam in einem Delage einen größeren Umweg fahren wird. Die Etagenkellner im zweiten Stock des Raphael sind allesamt durch Polizisten ersetzt. Den Fahrstuhl wird Inspektor Vaubourgoin bedienen, einer unserer besten Männer. Wir werden das Küchenpersonal mit unseren Leuten durchsetzen. Falls die Attentäter zuschlagen, werden sie uns bereit finden. Wir können es uns nicht leisten, die Gefahr für das Leben des Imam zu unterschätzen oder die Bedeutung seines Überlebens für unser Land zu überschätzen. Das wäre alles, meine Herren. Auf Ihre Posten!«

Kurz bevor die Maschine der Air France in Genf abheben sollte, wurde sie von der Schweizer Polizei durchsucht. Eine Bombe mit Zeitzünder wurde an Bord entdeckt, harmlos unter einem Sitz tickend. Die meisten Passagiere hatten bereits Platz genommen, als einer von ihnen, ein vornehmer Herr von dunklem Teint, einen Zusammenbruch erlitt. Er wurde mit Verdacht auf Blinddarmentzündung von Bord geholt. Unter seinem Sitz fand man die Bombe. Er wurde umgehend von den Schweizer Behörden verhaftet, und wie sich herausstellte, war er Mitglied einer arabischen Geheimgesellschaft, die sich verschworen hatte, den entthronten Onkel des Imam wieder an die Macht zu bringen, einen liederlichen Lebemann mit Wohnsitz in Rom. Als die Franzosen von diesen Erkenntnissen benachrichtigt wurden, befand sich die Maschine der

Swissair bereits im Luftraum über Paris. Die Schweizer teilten noch mit, daß der verhinderte Mörder, guten Glaubens als Blinddarmpatient eingeliefert, in der Notambulanz des Flughafens das Telephon benutzt und in erregtem Ton arabisch gesprochen habe, als die Polizei eindrang, um ihn zu verhaften. Möglicherweise hatte er erkannt, daß der Imam nicht mit dieser Maschine fliegen würde, und vielleicht hatte er die übrigen Mitglieder seiner Verschwörung davon in Kenntnis gesetzt.
Der französischen Polizei, die auf dem Flughafen Orly patrouillierte, fiel eine verdächtige Gruppe Araber auf, die nervös an der Bar Kaffee tranken und sich verstohlen unterhielten. Plageot marschierte mit Inspektor Lagnon auf und ab, entdeckte aber keine Spur von den Nihilisten.
»Hat das Flugzeug Verspätung?« fragte er plötzlich.
»Haben Sie nicht gehört?« antwortete Lagnon unauffällig. »Eben wurde eine Nachricht durchgegeben. Man hat an Bord eine Bombe gefunden. Das Flugzeug kommt überhaupt nicht. Der Mann wurde verhaftet, aber man nimmt an, er habe Zeit gefunden, um die übrigen Mitglieder seiner Organisation zu benachrichtigen, daß der Imam auf Le Bourget landet.«
»Was?« schrie Plageot. »Warum haben Sie mir das nicht gesagt?« Er rannte hinaus, winkte seinen Wagen herbei und raste mit Höchstgeschwindigkeit in Richtung Le Bourget.
In Le Bourget traf er ein, gerade als der Imam und sein Gefolge in einer Wolke von Weiß aus der Maschine wallten; ihre dunklen Brillen blickten und strahlten so intensiv wie ihre Zähne.
Inspektor De Valde trat an Plageot heran. »Alles in Ordnung. Eben kam ein Anruf aus Orly. Man hat alle Meuchelmörder verhaftet. Acht insgesamt. Araber.«
»Denkste!« schrie Plageot. Dort in der Menge stand Zvoinitch mit seinen fünf Alten. »Verhaften Sie diese Leute!«
»Weshalb?« fragte der verblüffte De Valde.
»Das sind die Attentäter!«

»Aber ich sagte Ihnen doch, man hat angerufen – «
»Tun Sie, was ich sage.«
Diskret wurden die sechs Nihilisten umstellt und fortgeschafft.
Zvoinitch blickte triumphierend. »Oh, bitte lassen Sie mich hören, wie das Ding hochgeht«, flehte er Plageot an, als die kleine Gruppe auf dem Bürgersteig stand.
»Welches Ding?« kreischte Plageot und schüttelte Zvoinitch gnadenlos an den Rockaufschlägen.
Zvoinitch klopfte ihm mit einer seiner Krücken schmerzhaft auf die Finger. »Die Bombe«, sagte er.
»Wo ist sie?« Plageot rieb sich die Hand.
»Werden Sie uns nach Korsika schicken?«
Plageot hob den Kopf und sah, wie der Imam und sein Gefolge auf ihren Wagen zuschritten. Von Zollformalitäten wurde im Namen der Gastfreundschaft abgesehen.
»Gut, gut«, zischte er. »Aber wo ist sie?«
»Unter dem Hinterrad des Wagens. Wenn der Wagen losfährt – *paff!*« Zvoinitch machte eine vielsagende Gebärde.
Wie der Blitz rannte Plageot los und hechtete unter den Wagen des Imam. Mit einem schwarzen Kästchen in den Händen raste er los wie ein Irrer, gefolgt von zweien seiner Männer, und stürzte auf die Herrentoilette. Zur Verwunderung der alten Wärterin, die dort stand, ließ er ein Waschbecken volllaufen und tauchte den schwarzen Kasten ins Wasser.
»Hinaus!« schrie er der Wärterin zu, und seine Männer bellte er an: »Dieses Gebiet abriegeln! Und holen Sie das Bombenentschärfungskommando!«
Auf dem Rückweg nach Paris schwamm er in Träumen von Ehre und Ruhm. Er hörte die Glückwünsche von Ministern, las den Neid in den Augen seiner Kollegen und zitterte vor Erregung über seinen eigenen, unglaublichen Mut. Eine halbe Stunde später saß er an seinem Schreibtisch. Napoleon hätte nicht selbstbewußter sein können, als er die Krone aus den Händen des Papstes ergriff. Die sechs Attentäter wurden ihm

vorgeführt. Er bot ihnen keine Stühle an. Besser, wenn sie standen. Er hatte De Valde hereingerufen, als Zeugen seines Triumphes.
»Wie ist der Name Ihrer Kontaktperson in Genf?« fragte er.
»Genf? Wir haben keine Kontaktperson in Genf«, sagte Zvoinitch.
»Und in Soissons?«
»Auch nicht in Soissons.«
»Und in Bordeaux?«
»Nein.«
»Sie lügen.«
Zvoinitch zuckte die Schultern. Mit Flegeln gab er sich nicht ab.
»Vielleicht kann der Name Mohammed-Bin-Mohammed Ihr Gedächtnis auffrischen«, schnauzte Plageot.
Die Attentäter sahen sich an, dann schüttelten sie die Köpfe.
»Das ist kein Name, den einer von uns je benutzt hätte«, sagte Zvoinitch.
»Sie machen wohl Witze«, sagte Plageot mit unangenehmer Betonung. »Ich rate Ihnen, dieses Verhör ernster zu nehmen. In Ihrem eigenen Interesse. Das Spiel ist aus. Das wissen Sie. Mohammed-Bin-Mohammed ist verhaftet. Er hat gestanden.«
»Ich begreife nicht, warum Sie all diese sinnlosen Fragen stellen«, bemerkte Zvoinitch sanft. »Sie haben versprochen, wir dürften nach Korsika fahren.«
»Korsika?« Plageot lachte rauh. »Ich glaube, Sie werden wahrscheinlich an einem schattigeren Plätzchen landen.«
»Aber Sie haben es versprochen!« Zvoinitch war entrüstet.
»Schnauze!«
Alle schwiegen, und das Echo der Grobheit Plageots verhallte im Raum.
»Ich will Ihnen sagen, was passiert ist, da Sie sich weigern, es mir zu erzählen«, brummte Plageot. »Sie hatten den Imam in Orly erwartet, aber wir sind Ihnen zuvorgekommen: Ihr Kon-

taktmann in Genf, Mohammed-Bin-Mohammed, bestieg das Flugzeug als Passagier und deponierte die Bombe sorgfältig unter seinem Sitz. Dann sah er sich um und erkannte, daß der Imam nicht mit dieser Maschine fliegen würde. Er simulierte rasch eine Krankheit und wurde in die Flughafenambulanz geschafft. Während die Schwester ihn allein ließ, rief er Sie unter einer vereinbarten Nummer an und fand Zeit genug, Sie nach Le Bourget in Marsch zu setzen, bevor die Schweizer Behörden ihn verhafteten. Sie begaben sich eilends nach Le Bourget, mit der Bombe, die Sie vorbereitet hatten für den Fall, daß der Anschlag im Flugzeug scheitern würde. Den Wagen, mit dem der Imam fahren sollte, erkannten Sie leicht an der Anzahl von Polizisten, die ihn umringten. Also bückten Sie sich, um Ihren Schuh zuzubinden, und legten die Bombe unter das hintere Rad. Dann tauchten Sie in der Menge unter, um den Erfolg Ihres tödlichen Handwerks zu beobachten. Können Sie dies leugnen?«

De Valde sah Plageot bewundernd an. An Hellsicht und Schläue, an Auffassungsgabe und Beurteilung einer Situation konnte ihm keiner das Wasser reichen. Es war ein Musterbeispiel polizeilicher Arbeit.

»Wir fuhren nach Le Bourget, weil wir vermuteten, daß der Imam dort landen würde«, sagte Zvoinitch.

»Lügen!« keifte Plageot. »Vorgestern haben Sie mir gesagt, der Imam würde mit einer Air-France-Maschine in Orly landen.«

»Habe ich? Das war eine Vermutung. Vermutungen vergißt man meist. Darum ist Ehrlichkeit die beste Politik.«

»Das ist sie tatsächlich. Sie nannten mir sogar die Nummer des Fluges.«

»Habe ich erfunden. Denn ich wußte, Sie würden sie vergessen. Und was die Air France betrifft, das stand in der Zeitung.«

»Aber die Morgenmaschine der Air France aus Genf landet nicht in Le Bourget.«

»Wie hätte ich das wissen sollen?« antwortete Zvoinitch. »Ich verließ mich auf meinen Instinkt. Hätte ich mich geirrt, dann hätten wir doch den Weg ins Hotel Raphael gefunden.«
»Aha! Zumindest ein Geständnis! Und wie wußten Sie vom Hotel Raphael?«
»Oh, das ist leicht«, sagte Zvoinitch. »Das Hotel Lancaster stellt jeden Morgen sehr früh seine Mülltonnen hinaus. Wenn man rechtzeitig da ist, findet man fast jeden Tag die Berichte der Gesellschaftschronik. Sie sind etwas veraltet, bis wir sie bekommen, aber für uns sind sie gut genug. Mitunter melden sie die bevorstehende Ankunft einer Prominenz.«
Plageot lächelte grimmig. »Unterschätzen Sie niemals den Einfallsreichtum eines geschulten Verbrecherhirns«, sagte er zu De Valde.
»Bemerkenswert«, murmelte De Valde.
In diesem Moment trat Monsieur Kellerer vom Polizeilabor ein. Er trug einen weißen Laborkittel.
»Ah«, sagte Plageot. »Jetzt kommt das Beweismaterial.«
»Sind Sie sicher, daß dies der richtige Gegenstand ist?« fragte Kellerer verwundert.
»Absolut«, sagte De Valde. »Ich habe selbst seine Bergung aus dem Waschbecken der Herrentoilette sowie den Transport hierher überwacht.«
»Ist etwas damit nicht in Ordnung?« fragte Plageot.
Kellerer klappte den Deckel auf. »Es ist leer«, sagte er. »Es ist nur ein leeres Kästchen.«
»Aber der Draht, der heraushängt«, stotterte Plageot. »Hat er nichts zu bedeuten?«
»Ganz und gar nicht. Er ist nur außen angelötet.«
»Könnte darin nicht etwas enthalten gewesen sein, das sich im Wasser auflöste?«
»Ausgeschlossen.«
De Valde fing an zu lachen, erst leise, dann hysterisch.
Plageots gereizte Frage: »Worüber lachen Sie, De Valde?« machte die Sache nur schlimmer.

Kellerer fürchtete, das Gelächter könnte ansteckend sein, und ging klugerweise mit dem Beweisstück hinaus; ein Lächeln breitete sich auf seinem Gesicht aus.
»Um Gottes willen, De Valde, reißen Sie sich zusammen!« kreischte Plageot.
»Welche Vorstellung ... Sie brechen den Weltrekord über zweihundert Meter ... um eine leere Schachtel zu entschärfen ... indem Sie sie in der Herrentoilette ins Wasser tauchen. Oh, es ist zu gut, einfach zu gut!« schluchzte De Valde und hielt sich mit beiden Händen am Schreibtisch fest.
»De Valde! Kehren Sie in Ihr Büro zurück!«
Aber es war zu spät. Das Gelächter sprang wie ein Waldbrand auf die Attentäter über. De Valde entfernte sich nur mit Mühe. Plageot stand vor seinem Schreibtisch, Tränen des Zorns in den Augen.
»Ruhe! Ruhe! Ich verlange Ruhe!« brüllte er wie ein Kind auf dem Gipfel eines Wutanfalls. »Ich werde Sie verhaften«, verkündete er, als der Tumult sich etwas beruhigt hatte.
»Aus welchem Grund?« fragte Zvoinitch.
»Ich – ich werde schon Gründe finden ...«
»Voraussichtlich werden wir vor Gericht gestellt, ganz gleich, welche Gründe Sie finden. Der Gerichtssaal wäre ein geeigneter Schauplatz, um diese Geschichten auszupacken, vielleicht sogar unsterblich zu machen.«
»Wollen Sie mich erpressen?«
»Ganz und gar nicht«, sagte Zvoinitch. »Erpressung dreht sich um ein finanzielles Geschäft. Falls wir vor den Richter treten müssen, werden wir schwören müssen, die Wahrheit zu sagen. Ich drohe nur an, genau das zu tun, was ich ohnehin unter Eid werde tun müssen.«
Plageot blickte um sich wie ein Irrer.
»In Ordnung«, sagte er. »Ich werde Sie verschicken, aber es wird die Sahara sein, oder der Tschad – Ubangi-Shari, dort, wo die Hitze unerträglich ist.«
»Monsieur Plageot«, erwiderte Zvoinitch ruhig, »wir sind

uns der Tatsache bewußt, daß es jedesmal, wenn wir aus Frankreich verschickt werden, auf Kosten der Allgemeinheit geschieht. Falls Sie sich an uns rächen wollen, indem Sie uns nach Äquatorialafrika schicken, werden nicht wir die Leidtragenden sein, sondern der arme Steuerzahler. Die Flugpassage ist wesentlich teurer. Es wäre mir eine unerträgliche Vorstellung, daß unser harmloser Spaß als Last für den kleinen Mann auf der Straße endet, nur weil Ihre Gefühle verletzt wurden.«

Genau diese gefühlvolle Rücksicht, vorgetragen mit solch bekümmertem Edelmut, war zuviel für Plageot, der sich einfach hinsetzte und weinte.

Nach einer Weile klingelte er nach Madame Pelbec.

»Die Papiere, Mademoiselle«, sagte er matt, »für Korsika.«

»Hier sind sie«, antwortete Mademoiselle Pelbec und legte sie ihm auf den Schreibtisch.

»Sie hatten sie schon bereit?«

»Oh, ja. Seit ich in der Zeitung las, daß der Imam kommen sollte.«

»Ich datiere sie zurück auf gestern, vor die Ankunft des Imam, für die Akten«, sagte Plageot und überreichte ihnen die Dokumente.

Die Situation war heikel. Die Attentäter nickten nur höflich und gingen hinaus. Sie geruhten nicht mal, ihren Dank abzustatten, aus Angst, einen weiteren Sturm zu entfesseln.

Plageot saß allein, und seine Seele war eine Wüste. Aus dem Büro nebenan hörte er Gelächter, und er konnte sich keinen anderen Grund vorstellen, als daß die Geschichte seiner Schande inzwischen die Runde durch den weitverzweigten Komplex von Gebäuden machte. Er wurde verbittert, und sein Mund spannte sich in einem energischen, melancholischen Bogen. Solche Erlebnisse sollten einen Mann läutern, seinen Starrsinn mildern. Mit einem letzten gequälten Schluchzen im Herzen blickte Plageot zum Himmel auf. Er wußte, er würde es weit bringen.

»Mademoiselle Pelbec«, rief er mit militärischer Stimme, »bringen Sie mir die Deportationsakten neunzehn und einundzwanzig, sofort!«

Nur im Märchen kommt es vor, daß eine läuternde Erfahrung anhaltende Veränderungen im Charakter eines Menschen bewirkt. Monsieur Plageot wurde allenfalls härter und scheußlicher. Er nutzte jede Gelegenheit, um De Valde und auch Kellerer anzuschwärzen, ohne die Gründe für seinen Haß wirklich zu untersuchen. Seine Beziehung zu Annik war kalt, künstlich, gezwungen: Wenn er sie verletzen wollte, nannte er sie eine zweitklassige Schauspielerin. Nur in einer Hinsicht hatte der Zwischenfall mit den sechs Attentätern auf ihn eine Wirkung. Da er wußte, daß sie sich niemals zur Ruhe setzen würden, und er warten mußte, bis sie starben, schlug er die Morgenzeitung niemals mehr ohne ein Gefühl gräßlicher Beklommenheit auf.

Geschenkter Hund

Angela betrachtete sich im Spiegel und taxierte kühl ihren Marktwert. Sie war nackt, und ein paar Tropfen Badewasser glitzerten noch auf ihren Schultern und Armen. Morgen sollte sie heiraten. Und es war die letzte Gelegenheit, sich mit solcher Unvoreingenommenheit zu betrachten. Sie dämpfte das Licht, denn die Helle schien ihr plötzlich zu indiskret. Kaum war das Zimmer ins Halbdunkel getaucht, nahm sie ihren Platz vor dem Spiegel wieder ein, um festzustellen, wie schmeichelhaft Photographie sein kann, wenn die Kunst des Dunklen und das Werk des Lichts zusammenspielen.
Ihr Mann würde mehr bekommen, als er verdiente. Ihr Körper war voll und reif und dennoch verschwiegen in seiner Üppigkeit. Aus allen Blickwinkeln war sie schön, und sie besah sich ihr Antlitz mit einem Ausdruck dahinschmelzender Dankbarkeit, die ihr die Quintessenz inniger Weiblichkeit zu sein schien. Dann verhärteten sich ihre Gesichtszüge, und sie tadelte sich mit einem Blick voll der besten Erziehung.
»Närrin«, sagte sie laut. »Närrin.«
Sie war sechsundzwanzig, ein Alter, in dem eine Frau, die argwöhnt, daß sie niemals heiraten wird, die erste Bestätigung lebenslanger Einsamkeit zu fühlen beginnt. Umgekehrt ist dies ein Alter, in dem jene, die Kinder mehr als jede andere Quelle der Fruchtbarkeit begehren, die ersten Stiche der Verzweiflung zu empfinden beginnen. Sie war beinah eine Ewigkeit mit Bryan Upstreet verlobt gewesen. Sie hatten sich als Kinder gekannt und sich gehaßt. Ihre Eltern waren befreundet

und schienen sich zu verstehen. Jugend und Schulzeit traten dazwischen, und beide waren sie für einige Zeit getrennte Wege gegangen: er an eine berühmte Internatsschule in den Midlands, sie an ein altehrwürdiges Töchterseminar auf den Klippen von Kent. Als sie sich wiedertrafen, betrachteten sie einander mit der scheuen Zuneigung, die kindliche Haßliebe in jungen Erwachsenen hinterlassen kann. Ein Teil ihrer Beziehung war bereits das Resultat von deren Langlebigkeit, eine Eigenschaft, die gewöhnlich das Monopol wesentlich älterer Leute ist. Was sie aber nie erkannten, ist, daß ihre Schulen sie witzigerweise auf genau solch eine Ehe, auf genau solch eine distanzierte, vernünftige Liebe vorbereitet hatten. Sie sprachen mit dem gleichen abgehackten Akzent der britischen Oberschicht, mit den ärgerlichen, groben Verunstaltungen einer Sprache Chaucers und Shakespeares, den schrulligen Abkürzungen, den herausgeschleuderten Vokalen und dem plötzlichen barocken Überschwang, der einen einzigen Laut mit einem Regenbogen von Farben befrachtet, wo grammatikalisch und ästhetisch nur Platz für eine einzige ist.

Sie hielten bei Tanzveranstaltungen Händchen, bis es zur Gewohnheit wurde, verbunden durch ihr Gefühl der Zugehörigkeit, nicht notwendig zueinander, sondern zu einer etablierten Norm. Aber natürlich wäre die Oberschicht niemals zur Oberschicht geworden, hätte sie sich von Anfang an so benommen. Wie alle Dinge ihre Zeit haben, so muß auch Dekadenz zwischen Aufstieg und Wiedererneuerung treten. Die Eleganz von heute ist nur das Resultat der Skupellosigkeit von gestern. Der Ehrenwerte Gyles Carchester-Fielding war es, der dies unter Beweis stellte, und zwar mehr als einmal. Er war selbstverständlich der Erbe eines Lord Sparshot. Selbstverständlich.

Mit *yeah-yeah* hatte er sich einen Weg in Angelas Leben getanzt, ähnlich wie mit Rumba-, Tango- oder Watussi-Rhythmen in manch anderes mehr oder minder unschuldiges Leben, bei einem dieser grandiosen Bälle, die in den nebligen

Tälern der englischen Countryside immer noch eine Illusion trägen Reichtums aufrechterhalten. Als Angela sich nackt im Spiegel betrachtete, erinnerte sie sich an die absurde Jagd durch die Nacht, im offenen italienischen Cabrio auf der Straßenmitte, ohne Rücksicht auf die drängenden Lichter entgegenkommender Wagen, ohne Rücksicht auf die Kälte, ohne Rücksicht auf überhaupt alles. Sie erinnerte sich, wie sie sich in dem Hotel in Maidenhead eintrugen, auch Gyles Drohung, als Mr. und Mrs. Smith zu unterschreiben.

»Wage es nur!« hatte sie gelacht.

Genau dies hatte er getan, und der Nachtportier hatte, ohne mit der Wimper zu zucken, gefragt: »Zimmer vierundzwanzig, wie üblich, Sir?«

Damals hätte sie es wissen müssen, aber es war ihr egal. Sie war berauscht von Champagner und Nachtluft, und sie hatte Verrücktheit im Sinn. Auf dem Zimmer hatte er versucht, sie auszuziehen, doch ihre gute Erziehung war in plötzlicher Aufwallung zu ihr zurückgekehrt, wie eine Ermahnung aus fernen Kindertagen. Sie hatte sich gesträubt, und er hatte sich eine Zigarette angezündet, eine türkische, speziell für seinen Vater hergestellt von einer alten Handwerksfirma in der Stadt. Ein amüsierter Ausdruck lag in seinen Augen, während er ihre Reaktion studierte, ein Ausdruck, der eine Herausforderung war und gleichzeitig eine Verheißung verbotener Wonnen.

Sanft, aber unbarmherzig, begann er sie zu necken. War sie schon einmal im Ausland gewesen? Hatte sie schon mit vielen Männern geschlafen? War sie noch Jungfrau? Die Fragen plätscherten dahin wie in der Sprechstunde eines freundlichen Doktors. Die Peinlichkeit der Unwissenheit überwog auf einmal die Peinlichkeit der Nacktheit, und mit einer kontrollierten und automatischen Kälte, die sie zu anderer Zeit vielleicht in einem Hauswirtschaftskurs im Seminar an den Tag gelegt hätte, stieg sie aus ihrem Abendkleid, ließ ihren Unterrock auf den Boden fallen, knüpfte ihren Büstenhalter auf und hängte ihn über eine Stuhllehne.

Er rührte sich nicht, denn er hatte noch eine halbe Zigarette aufzurauchen.
Nach einem qualvollen Augenblick sagte er: »Du hast hübsche Brüste, weißt du das?«
»Wirklich?«
Verglichen zu werden gab ihr ein sonderbares Gefühl von Trost, von Vertrauen. Er zog tief an der Zigarette und verdarb ihr den Effekt, indem er den Rauchkringeln nachsah, die langsam zur Decke stiegen und sich dort auflösten.
»Du erwartest doch nicht von mir, daß ich aufs Ganze gehe, nicht wahr?« sagte sie mit ihrem abgehackten Akzent, und klang damit abszönerweise angezogener denn je.
Er zuckte mit den Schultern.
»Ich wollte dir ja helfen, aber du wolltest mich nicht lassen«, antwortete er und setzte sich auf einen Stuhl – rittlings, als sei es ein Pferd.
In einem Anfall von Wut (eine Wut, in die sie sich hineinsteigern mußte, anders hätte sie es nicht durchgehalten) zog sie sich Schuhe und Strümpfe aus und kämpfte sich aus ihrem Hüfthalter. Ihre Verrenkungen entlockten ihm ein gutmütiges Lachen.
»Worüber lachst du?« fragte sie feindselig.
»Die Frau ist das wunderbarste Wesen der Schöpfung, verdammt«, kicherte er, »aber um die Schicklichkeit zu wahren, zwängt sie sich in die lächerlichsten Kleidungsstücke, die ein perverses Hirn erfinden konnte. Du siehst aus wie ein seltsames afrikanisches Tier in der Brunftzeit.«
Sie stand in ihrem Höschen und hielt ihren Hüfthalter in der Hand, der jetzt aussah wie ein monströses verschrumpeltes Leukoplastpflaster für eine Blase am Finger eines Riesen, und starrte ihren Verführer an, der noch immer mit weißer Krawatte und Frack dasaß und hinter einer blauen Tabakwolke hervorlachte; es war zuviel. Sie brach in Tränen aus.
»Laß uns nach Hause fahren«, sagte er müde und schickte sich an aufzustehen. »Wo wohnst du?«

Sie weinte bitterlich. Aber die Tränen kamen ihr nur mit Mühe, so daß sie die jämmerlichen Geräusche von jemandem hervorbrachte, der all sein Gefühl zurückzuhalten sucht.
»Du bist hysterisch«, fügte er überflüssigerweise hinzu. »Oder du bist zu jung für dergleichen. Tut mir leid. Ich habe mich geirrt.«
Ihr Zorn kehrte zurück. Sie schrie irgend etwas in dem Sinn, er habe ja noch nichts dergleichen getan. Sie kehrte ihm halb den Rücken zu und zog ihr Höschen aus, mit der Panik von jemandem, der zum ersten Mal einen Kopfsprung macht.
»Prächtig«, sagte er.
»Was ist prächtig?« schrie sie, noch immer von ihm abgewandt, und dann drehte sie sich nach ihm um und fuhr mit herrischer, heftiger Stimme fort: »Ist das alles, verflucht, was du sagen kannst – ›prächtig‹?«
Während sie so dastand, wie Gott und Mrs. Symington-Stobart sie geschaffen hatten, ihr Körper geschüttelt von krampfhaftem Schluchzen, lächelte er, drückte wohlkalkuliert seine Zigarette aus und begann langsam, seine Krawatte zu lösen.

Jetzt, da sie sich erinnerte, war sie wieder nackt, doch diesmal in einer völlig anderen Gemütslage.
Du bist viel älter geworden, und ein bißchen weiser ... vielleicht, sagte sie sich. Es wäre sinnlos gewesen, dich ein Leben lang an einen Mann wie Gyles Carchester-Fielding zu binden, selbst wenn es bedeutet hätte, eines Tages Lady Sparshot zu sein. Es hätte bedeutet, das Unglück herbeizubeschwören. Damit hättest du dich im tiefsten Winkel irgendeiner Grafschaft begraben, wo die Leute nichts anderes zu tun haben, als zu mutmaßen, wer mit wem schläft, und wo die gleichmäßigen Bewegungen der Pferde unter ihnen die müßigen Geister auf Kopulationsgedanken bringen. Die Ehe war eine Festung, aus der man Ausfälle in gefährlichere Gewässer wagen konnte, doch es war unbritisch und vor allem unviktorianisch, die Aufgaben von Ehemann und Liebhaber zu verwechseln.

Gerade um solche Verwechslungen zu vermeiden, hatte die Architektur englischer Herrenhäuser so ein labyrinthisches, aller Logik spottendes Netzwerk von Korridoren hervorgebracht. Sie dachte an Bryan, mit seiner Schülerbrille und seinem leichten Hang zum Stottern. Mit exemplarischer Hartnäckigkeit hatte er sein Examen fürs Foreign Office bestanden, und schon kleidete er sich mit dem lächerlichen Ernst eines Botschafters im Embryonalzustand. Sein Kopf ragte empor wie eine Riesenlakritzpastille, bedeckt mit einer üppigen Schicht pomadisierten gelben Haars, mit unglaublicher Akkuratesse in der Mitte gescheitelt, so daß die weiße Linie seiner Kopfhaut feucht und sauber und gesund hervorschimmerte. Er trug bereits die leicht gebückte Haltung des wißbegierigen, freundlichen und hilfsbereiten älteren Herrn zur Schau, eine Augenbraue immer etwas höher gezogen als die andere, steter Ausdruck seines Eifers, offen zu sein für jeden Scherz und immer empfänglich zu sein für alle Bekundungen von guten Geschmacks. Sein Hang zu gesellschaftlichem Takt wurde unterstrichen durch eine nervöse Gewohnheit, bei einer Unterhaltung das Wort »ja« mit metronomischer Regelhaftigkeit zu wiederholen, während ein anderer sprach, bis eine negative Antwort angebracht war und das »Ja« plötzlich in ein verständnisvolles und mitfühlendes »Nein« umschlug, meist eine Bruchteilsekunde zu spät, um sein Gegenüber zu überzeugen, daß er wirklich zugehört hatte.

Und dies war der Mann, dem sie ihre halb erwachte Weiblichkeit überantworten wollte, ein Mann, der auf dem Liebeslager zweifellos all jene Qualitäten des Takts und der Höflichkeit entfalten würde, die ihn zum geborenen Diplomaten machten.

Ihre Träumerei wurde gestört durch das Eintreten ihrer Mutter, einer Dame, deren Gesicht an einen hie und da angeschlagenen Porzellanteller mit Blumenmuster erinnerte. Ihre Augen verschwanden beinah in den mit Make-up zugecremten Altersfältchen, ihre winzige Nase ragte hervor wie ein ge-

krümmter Finger, und Puder verstopfte die Poren, so daß ihr Gesicht in einem ungesund clowneskem Weiß leuchtete.
»Was machst du da, Darling, in deinem Geburtstagskostüm?« forschte Mrs. Symington-Stobart.
Angela lief nach einem Handtuch und hüllte sich darin ein. Aus unerklärlichem Grund genierte sie sich in Gegenwart desjenigen Menschen, der sie öfter unbekleidet gesehen hatte als jeder andere.
»Nichts, Mutter«, antwortete sie, leicht gereizt.
»Ist es nicht einfach aufregend?«
»Nein, offengesagt nicht. Ich frage mich, ob ich nicht den dümmsten Fehler meines Lebens mache.«
»Oh, das fragen wir uns alle am Tage vor unserer Hochzeit – allerdings ist es besser, du sagst es dir jetzt, als später.«
»Du redest wie Bryan, Mammi«, murrte Angela.
»Was willst du *damit* sagen?« fragte Mrs. Symington-Stobart, die einen Hang zu starken Betonungen hatte.
»Als ich dies Abenteuer mit Gyles Carchester-Fielding hinter mir hatte – «
»Oh, sprich nicht davon!«
»– sagte Bryan genau dasselbe wie du – oder beinah: ›Besser, du kriegst es jetzt aus dem Blut, altes Mädchen, als später, wenn wir verheiratet sind.‹«
Es war eine grausame Parodie auf ihren Verlobten, und Mrs. Symington-Stobart stieß einen Seufzer aus, aber das immerwährende bebende Lächeln kehrte rasch wieder, als Schutzwall gegen die schockierenden Wahrheiten des Lebens.
»Wenn du so alt bist wie ich«, murmelte sie, »wirst du anfangen, etwas vom Wert der Dinge zu verstehen. Na, gute Nacht, mein liebstes Hochzeitskind. Ich bin nur gekommen, um dich zu küssen und um einen Plausch zu halten, falls du gewollt hättest. Das war alles.«
Angela akzeptierte den Kuß mit steinerner Resignation, und da sie offensichtlich nicht zu einem Plausch aufgelegt war, ging ihre Mutter hinaus, mit einem noch tieferen Seufzer als üblich.

Mit Rücksicht auf ihre bevorstehende Hochzeit schlief Angela gut und traumlos.

Der nächste Morgen war in jeder Hinsicht abscheulich. Als erstes entwickelte sich ein großer, pochender Pickel auf ihrer Wange, an einer Stelle, wo weder Schmuck noch die geschickte Drapierung ihrer Frisur ihn verbergen konnten. Ihr Hochzeitskleid saß nicht mehr wie bei der Schneiderin. Zupfend und zerrend kniete Mrs. Symington-Stobart hinter ihrer Tochter, und das gelegentliche Erscheinen Major Symington-Stobarts, halb angekleidet und bereits mit dem widerwärtigen und humorlosen Grinsen eines Mannes auf dem Gesicht, dessen steifer Kragen eine halbe Nummer zu klein ist, trug nicht dazu bei, die Spannung im Hause zu mildern. Die jüngeren Brüder Oliver und Eric flitzen in Unterhosen umher, durchdrungen von einem respektlosen Verständnis für den Anlaß, der sie dazu verführte, zotige Witze auf Kosten ihrer Schwester zu reißen, die sich allmählich wie ein zum Opfer bereitetes Mastkalb fühlte.

Als die Hochzeitsgesellschaft an der Kirche vorfuhr, war die Stimmung gereizt, und mit wahrem Entsetzen bemerkte Angela, daß ein kleiner italienischer Sportwagen direkt vor ihnen parkte. Verstohlen überblickte sie das Spalier romantischer alter Jungfern und sentimentaler Hausfrauen, die bei Hochzeiten mit der gleichen klinischen Aufmerksamkeit umherschweben, die ausgeglichenere Naturen für Verkehrsunfälle aufbringen.

»Kuckuck!« rief Gyles Carchester-Fielding und umfing seine Beute in der Taille.

Die Symington-Stobarts musterten den Eindringling mit Unbehagen, und Angela, jungfräulich wie eine frisch vom Stapel gelaufene Yacht vor ihrem Verderber, sagte: »Was machst du hier?«

»Ich kann nicht zum Gottesdienst bleiben, ach, leider«, murmelte Gyles in seiner besten Verführermanier, seine

Augen sprudelnd vor Bosheit. »Bin ohnehin keine Zier für 'ne Kirche – und Paps ist zurück aus Howth – hat 'ne neue Puppe in der Stadt – aber dies hier, das hab' ich dir mitgebracht – «

Er schlug den Mantel auf und zog einen riesigen Hundewelpen von unbestimmbarer Rasse hervor. Gegen ihren Willen mußte Angela lächeln, und die sentimentalen Ladys gurrten vor Entzücken.

»Oh, wie allerliebst!« rief sie. »Ist es ein Er oder eine Sie?«

»Nie im Leben würde ich dir eine Sie schenken«, sagte Gyles. »Es ist eine Rasse, die Paps zu züchten versucht, er nennt sie Leominster-Bluthunde. Sie sind sehr selten. So selten wie du. Da hast du ihn, mit all meiner Liebe.« Er sprang zu seinem Auto und fuhr davon.

Rasch wurde Rat gehalten, was mit dem unerwarteten Hochzeitsgeschenk zu geschehen habe. Bruder Oliver fand sich bereit, das Tier in die Kirche zu schmuggeln, sich nah an den Ausgang zu setzen und es beim ersten Zeichen von Unruhe hinauszuschaffen. Der Major war zu unsicher, um Einwände zu machen, obwohl er irgend etwas von »armseligem Theater« zischte, und Mrs. Symington-Stobart fragte ganz offenherzig, ob »dieser flotte Lothario« nicht schon genug Schaden angerichtet hätte.

»Mutter, bitte!«

Der Geistliche schaffte es in seiner Ansprache, eine Ahnung davon zu vermitteln, daß die Ehe ein drückendes Joch sei, ein Zustand ungedankter Selbstaufopferung, ein ständiges Schlucken bitterer Medizin, beendet erst durch die Trennung im Tode, was sich auf Grund seiner klagenden Stimme anhörte wie die segensreiche Erlösung vom eintönigen Epos mißverstandener Gesten und bruchstückhafter Freuden. Der erste und einzige, der gegen diese düsteren Prophezeiungen protestierte, war der Hund, der mit einem tiefen, seinen Jahren weit vorgreifenden dantesken Baß zu heulen anfing. Die Leute schauten sich mit empörter Belustigung um, während sich die steinernen Augen des Geistlichen mit Tränen füllten. Oliver,

der erkannte, daß der Hund noch nicht das Alter der Selbstbeherrschung erreicht hatte, brachte ihn schleunigst aus der Kirche. Aber diese Rasse war von Lord Sparshot für waidmännische Sportarten gezüchtet worden, und jetzt gab das arme, entwurzelte Tier seinem Unglück mit voller Stimme Ausdruck, da die widersprüchlichen und verwirrenden Düfte der Straße ihn in der Nase zu kitzeln begannen. Oliver konnte nicht abschätzen, ob das Geheul in der Kirche zu hören sei, doch es schien unwahrscheinlich. Er war im Irrtum.
Bryan wurde immer erregter und warf Angela strenge Seitenblicke zu, die zu verstehen gaben, daß sie für diese Verhöhnung seiner Hochzeit verantwortlich sei. Angela nahm Zuflucht zu einer Miene schlichter Frömmigkeit, doch als ein paar jüngere Mitglieder der Gemeinde zu kichern anfingen, fühlte sie, wie ihre Beherrschung sie verließ. Es war eine Reaktion der Nerven. Ihr Zwerchfell pulsierte von selbst, und dagegen war sie machtlos. Sie fing an zu lachen. Der Geistliche, dessen Quell der Trostlosigkeit unerschöpflich war und der nur in den Pausen zwischen ihren Lachanfällen zu Wort kam, sowie das Bewußtsein der Erwartung machten die Sache für sie noch schlimmer. Als Bryan sich endlich mit dem Ring zu ihr umdrehte, glaubte sie, er würde ihr den Finger brechen. Beim zeremoniellen Kuß spürte sie die Glut seines Zorns in der Verspannung seiner Lippen.
Endlich war die Zeremonie vorbei, aber der Welpe wußte das nicht. Er untermalte das trostlose Orgelspiel, während alle sich hinausbewegten, mit noch verzweifelterer Beharrlichkeit als zuvor. Der Empfang fand in einem der größeren, unpersönlichen Hotels statt, und hier konnte das Hündchen frei umherlaufen und in einem Wald von Beinen nach einem vertrauten Duft schnuppern. Manchmal blickte es mit einem Ausdruck tragischer Dankbarkeit auf, wenn eine freundliche Hand sich regte, um ihm den Kopf zu tätscheln, aber dann taumelte es wieder los – mit der unkoordinierten Tapsigkeit eines sehr jungen Geschöpfes – und verbellte den ganzen Saal

mit unerträglich schrillen Lauten. Ein gewisses Unbehagen lag in Major Symington-Stobarts Stimme, als er die Telegramme verlas, auf die das Hündchen anscheinend allergisch reagierte, denn es begann zu heulen. Solcher Art ist der Masochismus der Briten, wenn sie mit dem Unglück geringerer Kreaturen konfrontiert werden, die ohne den Vorteil sprachlicher Verständigung zu leben gezwungen sind, daß alle Sympathien rasch dem unglücklichen Hündchen zuflossen und eine Atmosphäre der Feindseligkeit gegen jeden menschlichen Übergriff auf den Seelenfrieden des lieben Tierchens entstand.

Als die Torte angeschnitten wurde, hätte es ebensogut die Hochzeit des Hundes sein können, tatsächlich schnappte er sich mit so schneller wie tückischer Bewegung das erste Stück vom Teller und zerfleischte es am Boden, als sei es etwas Lebendiges. Die Gäste fanden seine Gefräßigkeit einfach unwiderstehlich, während Angela aufschrie, als ihre Hand zwischen den Messergriff und den härteren, heißeren Griff von Bryans Hand geriet, die zornig auf die Torte niederfuhr. Die Reden und Toasts waren alle von jener Art, die Hochzeitsfeiern zu Bewährungsproben der wahren Liebe machen. Dr. Upstreet war, sofern überhaupt möglich, noch weniger inspiriert als Major Symington-Stobart. Im Gegensatz zu dessen endlosen Vorbehalten und Beteuerungen seiner Unzulänglichkeit bei Aufgaben dieser Art verströmte Dr. Upstreet eine Sicherheit, eine Kraft und Klarheit, die bei diesem heiteren Anlaß einfach unangebracht schienen. Er schwelgte ausführlich in Erinnerungen an die ersten kindlichen Symptome, die seine Frau und ihn zu dem Schluß führten, daß ihr einziger Sohn das Zeug zum Botschafter hätte. Eine Anekdote nach der anderen wurde zum Ergötzen der Versammlung vorgetragen, Anekdoten, die im Lauf der Zeit ihren Witz, ja sogar ihre Pointe verloren hatten – für jeden, mit Ausnahme des hingebungsvollen Biographen, der nun herzhaft lachte, und zwar allein, während er jede einzelne Erinnerung auskostete. Jetzt

war es an Angela, ihrem frischgebackenen Gatten Blicke voller kühler Feindseligkeit zuzuwerfen, der seinen Vater während der endlosen halben Stunde dieser Ansprache mit Freuden hätte erwürgen können. Endlich kam für das junge Paar die Zeit zum Aufbruch. So liebenswürdig wie möglich winkten sie der Gesellschaft ein Lebewohl.
»Sagen Sie mir, wie werden Sie den Hund nennen?« fragte eine Dame, die für eine Frauenzeitschrift über die Hochzeit berichtete.
»Casanova«, antwortete Angela, ohne nachzudenken.

Die Flitterwochen fanden in einem Hotel in Folkestone statt. Ins Ausland zu reisen kam nicht in Frage, denn Bryan arbeitete hart im Foreign Office und erwartete ohnehin, nach Übersee versetzt zu werden. Das Hotelpersonal sprudelte über von jener widerlichen Komplizenhaftigkeit, die Flitterwochen umgibt, voll Augenzwinkern und Lächeln und zuckersüßem Verständnis, auch wenn man sich reichlich bestürzt zeigte über die Ankunft des Hundes, weil Haustiere in diesem Hotel streng verboten waren, selbst an der Leine.
Um aber keinen Schatten auf das rührende Bild intakter Illusionen fallen zu lassen, gab die Hotelverwaltung in diesem Punkt nach.
»Achten Sie aber darauf, daß das Kerlchen sich möglichst ruhig verhält«, flehte der Empfangschef. »Sonst wollen demnächst auch andere Gäste ihre Lieblinge mitbringen.«
»Das würde man einen Präzedenzfall nennen«, sagte Bryan mit einem pedantischen kleinen Kichern.
»Absolut richtig, Sir«, schnarrte der Portier, der eine Autoritätsperson erkannte, sobald er sie sah.
Angela fragte sich, was sie eigentlich in ihrem Mann gesehen hatte. Ihre Gedanken bewegten sich weiter in diese Richtung, und als sich die Tür hinter ihnen und ihrem ersehnten Alleinsein schloß, versäumten sie es, einander in die Arme zu sinken. Sie setzte sich vor ihren Toilettenspiegel und betrachtete ihr

müdes Gesicht und den pochenden Pickel auf der Wange. In ihrer Beziehung zu Spiegeln lag ganz allgemein etwas Ungesundes. Sie schienen für sie Ratgeber zu sein, und wie stets war der Rat, den sie gaben, bestechlich, parteiisch und unmoralisch. Sie sah Bryan im Hintergrund auf und ab gehen, der so tat, als sei er mit diesem und jenem beschäftigt. Er polierte seine schlechte Laune auf. Die Fahrt in der gemieteten Luxuskarosse hatte man praktisch schweigend hinter sich gebracht, abgesehen von einer kurzen Debatte, ob das Fenster geschlossen oder leicht geöffnet bleiben sollte, ein Höhepunkt dieser ersten Begegnung der Herzen, die so lange vorhalten sollte wie das Leben selbst. Plötzlich spürte Angela eine feuchte Nase an ihrem Knie, und sie richtete all ihre frustrierte Liebe auf Casanova, dessen unstete rötliche Augen hysterisch zwischen Dankbarkeit und dem Verlangen nach mehr und immer mehr Liebe schwankten. Bryan empfand einen Stich der Eifersucht, die wuchs, ganz gleich, wie energisch er sich ermahnte, sich nicht lächerlich zu machen. Schließlich versuchte er, ihr die Liebe des Hundes abspenstig zu machen, indem er am anderen Ende des Zimmers in die Hocke ging und sich bemühte, verspielt dreinzuschauen.
Der rauhe Adelsmann hatte Casanova jedoch so gezüchtet, daß er nur einen Herrn anerkannte, und die Tatsache, daß er Angela in den Arm gelegt worden war, galt ihm als mehr als ein Zeichen. Auf beschämende Weise ignorierte er Bryan, der weiter auf seinen Knien herumrutschte und leise Hundelaute ausstieß. Leise, weil Bryan ein großer Ordnungsfreund war und die Ermahnung der Hotelleitung für ihn bereits Gesetz geworden war. Casanova warf ihm mißtrauische Blicke zu, dann bellte er plötzlich – ein mächtiges Bellen aus archaischer Zeit – und stürzte sich auf Bryan.
»Er hat mich gebissen!« Bryan richtete sich zu voller Größe auf, und seine Würde umhüllte ihn wie eine Pelerine.
»Oh, Schatz, es ist doch nur ein Hündchen«, schrie Angela.
»Schau, bis aufs Blut!«

»Komm, ich küss' es dir weg.«
Auf dem Weg zu ihrem Gatten blieb Angela stehen, um Casanova ein paar präzise Schläge auf seine Schnauze zu geben. Casanova zuckte zusammen und blickte sie voll Verehrung an.
Sie küßte Bryans Finger, und dann küßten sie sich auf den Mund. Der Hund, empört über den Anblick solcher Harmonie, fing an zu kläffen.
»Still!« kommandierte Angela, und Casanova fiel wie ein kleiner Sack zu Boden.
»Ich werde nach Jod klingeln«, sagte Bryan. »Das verdammte Vieh hat wahrscheinlich Tollwut.«
Sie speisten auf ihrem Zimmer, denn immer, wenn sie hinausgehen wollten, um sich in den Speisesaal zu begeben, fing Casanova an zu heulen. Pflichtgerecht prosteten sie sich mit Champagner zu, und als es Zeit wurde, zu Bett zu gehen, entkleideten sie sich, als gelte es, in den Badeanzug zu schlüpfen. Bewußt hatte Angela Bryan noch nie ohne Brille gesehen, und er sah ganz anders aus. Zum erstenmal glichen seine Züge denen seiner Eltern, und sie hatte eine störende Vision von all den Verwandten, die im Geiste ihr Hochzeitsbett teilen würden. Seine Unterwäsche war nicht von modernster Art. Sie war von babyblau-seidener Diskretion, die mehr über seine Geisteshaltung als über seinen Körper verriet. Sein Pyjama war gestreift, rot und schwarz, und ihr schien es, als hülle er sich sogar für die Nacht in die Loyalität zu seinem Club.
Sie bürstete sich ihr Haar, so daß es in jungfräulicher Fülle und Schlichtheit über ihre Schultern fiel, und schlüpfte diskret in einen durchsichtigen Traum aus Lavendel und Spitzen, verziert mit kleinen Unschuldsschleifchen. Ein Zischen erregte ihre Aufmerksamkeit, und sie drehte sich um, rechtzeitig, um zu sehen, wie Bryan ein atemverbesserndes Mundspray benutzte.
»Oh, kalt!« sagte sie, als sie ins Bett schlüpfte.
»Das werden wir bald ändern«, erwiderte er, sichtlich errö-

tend, weil er glaubte, zu weit gegangen zu sein. Zaghaft rückte er an sie heran und spielte eine Weile mit ihrem Haar.
»Du bist die schönste Frau, die ich je gesehen habe«, sagte er ziemlich förmlich.
»Danke«, antwortete sie.
Kurz darauf fragte er, ob es nicht ihrer Meinung nach ein wenig zu hell sei.
Sie pflichtete bei und knipste ihre Nachttischlampe aus.
Im Schutz der Dunkelheit machte er sich verstohlen an sie heran, und sie spürte die Nähe seines Mundes, denn sie versank in einem Nebel von Pfefferminz und Nelken. Dann fühlte sie ein schweres Gewicht über sich, doch es fühlte sich nicht an wie das Gewicht eines Mannes.
»Aus dem Bett!« zischte Bryan. »Runter! Runter! Geh auf dein Kissen!«
In der Dunkelheit überkam Angela die gleiche überspannte Reaktion wie in der Kirche, und sie fing hilflos an zu lachen.
»Du lachst schon wieder!« sagte Bryan vorwurfsvoll.
»Ich kann nicht anders.« Sie lachte um so mehr, als sie eine Pfote auf ihrer Brust fühlte und eine heiße, klebrige Zunge ihr Gesicht einzuseifen begann.
Das Licht ging auf Bryans Seite an. Er setzte die Brille auf und erhob sich in äußerster Wut.
»Ich werde ihn einschläfern lassen!« brüllte er. »Hinunter! Verstehst du mich?«
»Oh, Schatz«, flehte sie. »Er ist doch noch ein Hündchen.«
»Das wirst du noch sagen, wenn er zehn Jahre alt ist und mit dir im Bett liegt und ich im Hundezwinger sitze!«
Dies brachte sie wieder zum Lachen.
»Das ist nicht komisch!« kreischte er. »Das ist eine tragische Wahrheit. Sorge dafür, daß der verdammte Hund dir gehorcht. Auf mich hört er nicht. Mich beißt er nur!«
»Runter! Geh aufs Kissen. Geh, mach die Augen zu«, sagte Angela.

Schuldbewußt glitt Casanova aus dem Bett und trottete zu seinem Kissen. Bryan folgte ihm mit den Augen, und plötzlich brüllte er wieder los: »Schau!«
Da war eine riesige Pfütze am Boden, und die Zierspindel, die am Ende der Vorhangschnur hing, war bis zur Unkenntlichkeit zernagt. Holzsplitter und Stoffetzen lagen überall verstreut.
»Das werde ich alles bezahlen müssen!« kreischte Bryan. »Und das ist erst der Anfang. Wir sind noch eine Woche hier. Zeit genug für ihn, das ganze Hotel zu zerlegen!«
Es klopfte gebieterisch an der Wand.
»Hörst du?« flüsterte Bryan.
»Was?«
»Die Nachbarn. Der nächste wird der Direktor sein. Mach das Licht aus.«
»Es ist deine Lampe, die brennt.«
»Oh, ja.« Bryan drehte sich nach dem Hund um.
»Jetzt bleib, wo du bist!« befahl er mit mahnendem Finger.
Casanova knurrte, und Bryan löschte das Licht. Fast im selben Moment hörte man klirrendes Glas. Beide wußten, daß eine Vase mit teuren Blumen auf einem kleinen Beistelltisch gestanden hatte, mit besten Empfehlungen von der Hotelverwaltung. Angela fing wieder an zu lachen, eine Mischung aus Lachen und Weinen, und Bryan hatte nicht den Mut, das Licht wieder anzumachen. In seiner praktischen Art hoffte er, daß das Blumenwasser auf die Hundepfütze gekippt war und daß man das Ganze als Unfall herunterspielen könne. Unfälle konnten immerhin jedem passieren, und am Ende wäre der Direktor sogar gezwungen, sich zu entschuldigen, daß man die Blumen auf ein so zierliches Tischchen gestellt hatte.
Die Nacht war ruiniert, und damit die Flitterwochen.

Zurück in der Stadt, in ihrem neuen kleinen Haus, probierten sie eine neue Methode aus, die im Hotel unmöglich gewesen wäre. Sie stellten den Hundekorb auf den Flur. Sie taten es voll neuem Besitzerstolz. Es gab einen kleinen Garten, für den man planen konnte, und Möbel – ererbte, geschenkte und gekaufte. Sie waren zu Hause.

In der ersten Nacht benahm Bryan sich absolut zauberhaft. Er war entschlossen, seine Ehe in geordnete Bahnen zu bringen, trotz ihres katastrophalen Anfangs. Ein Tag im Büro, fern den häuslichen Sorgen, hatte ihn in beste Laune versetzt, und er hatte das Gefühl wiederentdeckt, sein eigener Herr zu sein. Er brachte Angela Rosen und hörte sogar mit bewundernswerter Gelassenheit ihre Klagen an. Anscheinend hatten sie Mrs. Bradlock verloren, die Haushaltshilfe, weil sie die Art nicht ertrug, wie der Hund sie anstarrte.

»Macht nichts, ich werde das Geschirr spülen, bis wir eine tierliebende Hilfe finden«, sagte Bryan.

Angela war gerührt durch solch wunderbare Nachsicht und begann wieder, ihrem eigenen Urteil zu trauen. Sie kochte ein Abendbrot, das sie einträchtig und sogar glücklich zu sich nahmen, und Bryan wagte es, über Veränderungen zu spekulieren, die sie vornehmen müßten, falls sich Familienzuwachs einstellen sollte.

Sie gingen zu Bett, gutwillig und mit einem Gefühl von Abenteuer, ohne das die Liebe eine leere Sache bleibt. Der gestreifte Pyjama wirkte jetzt flott, unternehmungslustig, während die Pfefferminzwolke nach einem Hauch Frühling duftete.

Sie löschten das Licht und fanden einander im Dunkeln, voll Freude und voll Erleichterung.

Dann begann das Scharren – das Scharren und dann das Fallen eines schweren Gegenstandes.

»Was war das?« fragte Bryan.

»Oh, Schatz, wen kümmert's?«

»Mich kümmert es.«

Der Zauber war wieder verflogen.

Bryan stieß die Tür auf, und als er zurückkehrte, verkündete er mit rechthaberischer Stimme: »Die Queen-Anne-Standuhr, die dein Vater uns geschenkt hat, ist von oben bis unten zerkratzt. Und der Aufsatz ist heruntergefallen. Er liegt in Stükken.«

»Die Uhr, die Daddy uns schenkte?« schrie Angela erschrokken und stolperte aus dem Bett. Sie entdeckte Casanova und prügelte ihn gehörig durch. Er winselte leise und kroch in sein neues Körbchen, das bereits nur noch ein halbes Körbchen war, denn zernagtes Weidengeflecht lag im ganzen Haus verstreut. Angela brauchte jemanden, an dem sie ihr Schuldgefühl auslassen konnte.

»Wer hat die Tür zum Speisezimmer offenstehen lassen?« fragte sie.

»Ich hatte erwartet, in einem Haus zu wohnen, nicht im Gefängnis.«

»Es ist doch nur logisch, nicht wahr, wenn ein Welpe im Haus ist, ich meine, die Türen zu schließen.«

»Logik ist nur von relativem Nutzen, wenn man es mit einem verrückten Hund zu tun hat – ich bitte um Verzeihung, einem verrückten Welpen.«

»Oh, um Himmels willen, du bist zu Hause, nicht im Büro!«

»Jedenfalls war nicht ich es, der die Speisezimmertür offenließ.«

»Machst du mir Vorwürfe?«

Wieder konnte offensichtlich eine Nacht abgeschrieben werden, und sie endete in den frühen Morgenstunden, als Bryan ein Ultimatum stellte. Sie würde wählen müssen zwischen ihm und Casanova. Eine andere Möglichkeit gab es nicht. Man würde den Hund weggeben oder töten müssen.

Die Tatsache, daß er in seiner geistigen und physischen Erschöpfung vorgeschlagen hatte, den Hund zu töten, empörte Angela, und sie hielt es ihm von nun an auf dem Höhepunkt jeder weiteren Auseinandersetzung vor. Als Kompromiß beschlossen sie, das Tier für ein Weilchen wegzugeben, und mit dem Instinkt einer Mutter, die spürte, daß in der Ehe ihrer Tochter etwas nicht stimmte, fand Mrs. Symington-Stobart sich bereit, Casanova aufzunehmen.

Er wurde vom Chauffeur abgeholt und schaffte es während der kurzen Fahrt, eine Armstütze und einen halben Sitz im Familien-Rolls-Royce zu zerlegen. Die Symington-Stobarts taten ihr Bestes und duldeten jede Peinlichkeit, und am Ende ihrer Geduld waren sie erst angelangt, als Casanova Mrs. Symington-Stobarts Pekinesen totbiß und ihr den Leichnam wie ein gut ausgebildeter Jagdhund im Maul apportierte, während sie im Salon mit drei anderen Damen beim Bridge saß. Sie mußte nach dieser Tragödie zur Schlafkur ins Sanatorium, aber ihr Gatte, rasend vor Wut, konnte Casanova nirgends finden. Er war ausgerissen.
Während seiner Abwesenheit herrschte eine merkwürdige, drückende Stille in Angelas Haus. Wenn Bryan im Büro war, begann sie das Tier zu vermissen, erst heimlich und ungläubig, dann ganz offen. Jetzt, da sie frei war, mit ihrem Tag anzufangen, was sie wollte, wollte sie nichts mit ihm anfangen. Sie bekam jenen harten, spröden Gesichtsausdruck, den unbefriedigte Frauen haben, und in ihrer Zwanglosigkeit lag etwas Gezwungenes. Selbst ihre Zerstreuungen schienen sorgfältig geplant, und ihre Konversation war beängstigend kühl.
Wenn Bryan abends nach Hause kam, fand ihre Unzufriedenheit ein Ziel. Inzwischen war der Hund durch seine Abwesenheit spürbarer zugegen als vorher. Jetzt gab es keine Katastrophen, die die Aufmerksamkeit der beiden von dem beharrlichen Schweigen während ihrer Mahlzeiten und der Stille ihrer Nächte abgelenkt hätten. Sie waren nicht verheiratet. Sie lebten nicht einmal zusammen. Sie wohnten nur unter demselben Dach.
Und in Bryans Abwesenheit geschah es eines Tages, daß Angela in Versuchung geriet. Sie wählte Gyles' Nummer und legte den Hörer auf, bevor jemand Zeit fand abzunehmen. Ihre Wangen glühten vom Gefühl der Gefahr, und sie geriet durch die Verwegenheit ihrer Tat in eine Art ruchloser Ekstase.
Am nächsten Tag ging sie eiskalt noch einen Schritt weiter. Es wurde ihr mitgeteilt, er werde gegen acht zurück sein. Ob sie

eine Telephonnummer hinterlassen wolle? Nein, das wollte sie nicht. Acht sei ein bißchen spät für sie. Sie würde es morgen wieder versuchen.
Sie tat es. Gyles schien entzückt, aber nicht überrascht, ihre Stimme zu hören.
»Wie macht sich das Hündchen?«
»Oh, sehr gut. Vielen Dank. Er ist mächtig gewachsen. Im Augenblick ist er auf dem Land.«
»Im Grunde ist er ein Hund wie geschaffen fürs Land.«
»Ja, ich weiß.«
»Behandle ihn hart. Es sind sehr launische Hunde, und sie lieben es, hart angefaßt zu werden. Eine sehr feminine Rasse, wie man sieht. Übrigens, wie nennst du ihn?«
»Casanova.«
Einen Augenblick herrschte Schweigen.
»Besonders passend«, sagte Gyles. »Und wie läuft die Ehe?«
»Was geht dich das an?« antwortete Angela.
»Ich will es wissen, falls ich mich je versucht fühle, das Geschlecht fortzupflanzen.«
»Sie hat ihre Vor- und Nachteile.«
»Wie ist er im Bett?«
»Du bist das Allerletzte, ehrlich«, sagte Angela, die vor Erregung errötete.
»Wieso? Ist das nicht wichtig?« fragte Gyles unschuldig.
»Das ist es. Sehr wichtig sogar. Falls du's wissen mußt, er ist absolut großartig.«
»Ich hätte dir diese Frage nicht stellen sollen.«
»Warum um Himmels willen nicht?« Angela war plötzlich großzügig.
»Weil es sehr enttäuschend ist, falls es stimmt. Und weil es sehr traurig und sehr tapfer ist, falls nicht.«
Wieder entstand eine Pause, eine sehr lange.
»Wie ist deine Telephonnummer?« fragte Gyles schließlich.
»Typisch.«

»Was ist?«

»Du bist sogar zu faul und arrogant, um im Telephonbuch nachzuschlagen.«

Sie legte auf und stellte sich seine Stimme vor, wie sie am anderen Ende »Angela ... Angela!« rief.

Ihr Tagtraum wurde unterbrochen, als das Telephon klingelte.

Er kann es noch nicht sein, dachte sie, es sei denn, er hätte vorher die Nummer nachgeschlagen.

»Hallo«, sagte sie.

Es war ihr Vater, der sie schalt, sie verbringe ihr ganzes Leben am Telephon. »Konnte einfach nicht durchkommen«, knurrte er und erzählte ihr dann die ganze bedauerliche Geschichte vom Tod des Pekinesen.

»Aber wo ist Casanova jetzt?« fragte Angela aufgeregt.

»Du bist wirklich merkwürdig, Angela«, sagte Major Symington-Stobart. »Li-Pong ist tot, deine Mutter wurde in fortgeschrittenem Schockzustand ins Smallwood-Hill-Sanatorium eingeliefert, und du machst dir nur Sorgen, wo dieser verfluchte Welpe steckt.«

»Ich will wissen, wo er ist«, beharrte Angela in unangenehmem Ton.

»Weißt du, daß er den Rolls praktisch zerlegt hat? Der Tennisplatz ist eine einzige Schweinerei, die Petit-Point-Sessel sind nicht mehr zu reparieren, das ganze Haus liegt bis unters Dach voll Baumwolle und Porzellanscherben, und er hat Ambrose beinah einen Finger abgebissen. Wäre Ambrose nicht schon so lange bei uns – «

»Daddy!« unterbrach Angela mit drohender Beharrlichkeit.

»Was?«

»Ich habe dir eine Frage gestellt.«

»Ich habe nicht die blasseste Ahnung, wo der Satansköter steckt. Und obendrein ist es mir egal! Ich habe die Polizei benachrichtigt, aus Bürgerpflicht. Ich hoffe, sie haben ihn erschossen.« Und er knallte den Hörer auf.

Danach wanderte Angela eine Stunde erregt durchs Haus. Falls es noch Liebe in ihr gab, so galt sie jetzt Casanova. Sie fühlte sich gebraucht – und hilflos. Tränen flossen ihr über die Wangen. Als sie sich eine Zigarette anzündete, merkte sie, daß ihre Hände zitterten. Schließlich hockte sie, wie üblich, vor ihrem Frisiertisch, und im Spiegel sah sie das Portrait einer reifen Frau, tief und unglücklich verliebt.
Sie brauchte nicht lange nachzudenken, denn sie hörte ein leises Kratzen und Winseln an der Haustür. Sie lief hin und öffnete. Da stand Casanova, zitternd und reumütig mit dem Schwanz wedelnd. Sie fiel auf die Knie und umarmte ihn, wie Penelope den Odysseus umarmt haben mochte. Als sie ihre Fassung wiedergefunden hatte, brachte sie ihn ins Badezimmer und frottierte sein nasses Fell mit dem erstbesten Tuch, das ihr in die Hand fiel, zufällig war es Bryans Gesichtshandtuch, mit seinen Initialen in der Ecke. Dann gab sie ihm warme Milch und bettete ihn vor das Gasfeuer des Kamins im Salon. Er revanchierte sich für all diese Fürsorge, indem er ihr mit matter Beharrlichkeit das Gesicht leckte und auf dem Weg vom Bad in den Salon in der Vorhalle eine gewaltige Schweinerei hinterließ.
Als Bryan nach Hause kam, trat er in die Schweinerei, verlor aber nicht die Fassung. Er war unverhohlen guter Laune, ließ seine beschmutzten Schuhe neben dem Schirmständer zurück und trat in den Salon. Der Hund knurrte schwach.
»Hund ist wieder da, wie ich sehe«, sagte er fröhlich.
Angela berichtete ihm die ganze Geschichte so dramatisch wie möglich, doch er schien nur halb hinzuhören, und selbst die fürchterlichsten Einzelheiten ließen ihn bemerkenswert unbeeindruckt.
»Nun, ich habe auch einige Neuigkeiten«, meldete er, nachdem er sich höflicherweise vergewissert hatte, daß seiner Frau die Worte ausgegangen waren. »Ich habe endlich meine Versetzung. Sir Norman Guildforth-Nasmith wird uns mitnehmen, wenn er nächsten Monat als Botschafter nach Bagdad geht.«

»Bagdad!« staunte Angela.
»Ja, Bagdad. Es werden mindestens zwei Jahre sein. Ziemlich heiß dort, soviel ich weiß. Du wirst allerhand Einkäufe machen müssen. Ich habe schon ein anglo-arabisches Wörterbuch bestellt.«
»Bagdad. Wo ist das?« fragte Angela.
»Irak, glaube ich.« Bryan war ernüchtert und bemühte sich angestrengt um einen verständnisvollen Ton.
»Oh, dann bleibt noch das Problem Casanova«, fuhr er fort.
Es war so ungewöhnlich für ihn, den Hund beim Namen zu nennen, daß beide, Angela und Casanova, ihn anblickten.
»Selbstverständlich können wir ihn nicht mitnehmen«, erklärte Bryan. »Wegen der Quarantänebestimmungen. Falls wir ihn außer Landes bringen, können wir ihn nicht ohne sechsmonatige Quarantäne wieder einführen. Und das ist unfair für einen Hund. Es bedeutet dreieinhalb Jahre in einem Hundeleben.«
»Oh, das ist der Grund für deine gute Laune«, murmelte Angela.
»Nein, nein, das sind die kühlen Fakten, Schatz«, antwortete er. »Immerhin weiß ich, wie sehr du an dem ..., an Casanova hängst, und ich würde alles tun, um es zu ermöglichen, daß er mitkommen kann, aber leider ...«
»Du bist ein verdammter Heuchler«, sagte Angela ruhig. »Du haßt dieses Hündchen, und du bist hoch entzückt, mir die schlechte Nachricht überbringen zu können. Es macht dir ein sadistisches Vergnügen, hier hereinzuspazieren und das Unvermeidliche auf deiner Seite zu wissen. Ah, ich habe auch Neuigkeiten für dich. Ich werde nicht nach Bagdad gehen. Du kannst allein gehen.«
»Du bist meine Frau«, sagte Bryan. »Und du wirst mit mir nach Bagdad kommen.«
»Nein, das werde ich nicht.«
»Und außerdem sind wir morgen abend zum Dinner bei Sir

Norman und Lady Guildforth-Nasmith. Es ist eine große Ehre, dort eingeladen zu sein. Das ist der Grund für meine Begeisterung, falls du's wissen willst ... und der Grund für meinen angeblichen Sadismus.«

»Niemals wirst du erraten, wer heute angerufen hat, wie aus heiterem Himmel«, schnurrte Angela, ihre Taktik ändernd.

Bryan ging hinaus.

»Bist du nicht neugierig?« rief sie hitzig.

Er kam mit einem Lappen und einem Topf zurück.

»Ich mach' meinen Job als Haustier«, sagte er. »Ich werde die Schweinerei meines Rivalen aufputzen, die durchs Haus stinkt.«

»Gyles Carchester-Fielding.«

»Was ist mit ihm?«

»Er rief an.«

»Dieser Mann«, sagte Bryan. »Das ist poetische Gerechtigkeit. Da kann Casanova gleich dorthin zurückkehren, woher er gekommen ist.«

Casanova schaute in diesem Moment über seine Schulter und begegnete Bryans Blick. Vielleicht kam es nur daher, daß er seinen Namen gehört hatte, auf den er zu reagieren anfing, aber Bryan sah dort einen beinah menschlichen Haß aufblitzen. Einen Moment war Bryan versucht, sich zu entschuldigen, verscheuchte aber ärgerlich diese verrückte Idee und ließ sich mit hörbarer Anstrengung auf die Knie fallen.

Angela weinte und haderte fast die ganz Nacht, und sie erklärte, sie werde nicht mit nach Bagdad gehen, obwohl sie im Herzen wohl wußte, daß sie es tun würde. Die Vorstellung war einfach zu aufregend. Bryan saß aufrecht im Bett, manchmal tobend und manchmal scheinbar in ein Buch vertieft, das er schon einmal gelesen und langweilig gefunden hatte. Einmal kam er in Versuchung, sie zu schlagen, beherrschte sich aber, als er sich die bis in endlose Zukunft verlängerte Kette der Vorwürfe vorstellte. Noch bemerkenswerter als dieser Familienstreit war die Tatsache, daß Casanova sich während all dessen perfekt benahm und ruhig auf seinem Kissen lag und kein einziges Mal bellte oder auch nur winselte.

Das Frühstück wurde schweigend eingenommen.

»Ich werde rechtzeitig zurück sein«, sagte Bryan, als er ins Büro aufbrach.

»Sei bitte so freundlich und lege nur den Smoking heraus. Die Guildforth-Nasmith' wohnen in Chelsea. Das Dinner ist um Punkt acht.«

Angela verbrachte den Tag am Telephon mit ihren Freundinnen, denen sie erzählte, daß sie in Kürze in Bagdad sein würde.

»Oh, Liebste, wie aufregend!«

»Nicht wahr? Bryan hat dort einen schrecklich guten Posten ergattert. Es ist nur ein erster Schritt, natürlich, aber Sir Norman soll riesig nett sein – wir sind dort heut abend zum Dinner – und man sagt, Sir Norman ist eigentlich der geborene Mann für Paris und Washington – und weil er so große Stücke auf Bryan hält ...«

Um halb sechs etwa begann Angela die Wanne zu füllen. Sie hatte Bryans Smoking ordentlich auf seiner Seite des Ehebettes zurechtgelegt. Daneben ein sauberes Hemd, frische Unterwäsche, seine Manschettenknöpfe und seine Smokingspange, seine Abendsocken und sein Menthol-Mundspray. Auf dem Weg ins Bad fiel ihr auf, daß Casanova vor der Haustür stand.

»Du möchtest nach draußen, mein Liebling?« fragte sie erstaunt. Bisher hatte er nie hinausgewollt und war ganz zufrieden mit dem Teppich gewesen. Er wedelte mit dem Schwanz. Sie öffnete die Tür und sah ihn zur Hecke hinüberlaufen, wo er ein Bein hob.

»Wir werden aus dir noch einen anständigen Hund machen«, sagte sie und fügte hinzu: »Du wirst jetzt dort bleiben und das Haus bewachen, während Mami ein Bad nimmt.«

Bryan kehrte heim, während Angela in der Wanne lag, und kaum hatte er die kleine Pforte geschlossen, die von der Straße zum Garten führte, als Casanova ihn mit solcher Wucht ansprang, daß er taumelte und seine Brille auf den Kies fiel. In blindem Schrecken, sich der Nähe des Hundes bewußt, sank er auf alle viere und tastete nach seiner Brille. Der Hund packte ihn am Nacken, wie sein Instinkt ihm befohlen hätte, einen wilden Eber oder Hirsch zu fassen, und kaum lag Bryan auf der Erde, grub er seine Zähne tief ein und zerfetzte das schutzlose Fleisch mit der rasenden Disziplin eines Tieres, das dem Gesetz der Natur gehorcht. Nachdem er sein Werk getan hatte, beschnupperte er mit offenkundiger Gleichgültigkeit Bryans reglose Gestalt und trollte sich ins Haus, als wäre nichts geschehen.

Angela kam aus dem Badezimmer – nackt, bis auf die Duschhaube – und ging in ihrem Zimmer hin und her. Sie machte sich nicht mal die Mühe, die Gardinen vorzuziehen. Weil sonst niemand da war, mit dem sie hätte sprechen können, sprach sie mit Casanova, der sie vergnügt anschaute.

Sorgfältig machte sie sich für die Abendgesellschaft zurecht.

»Der alte Knabe übertreibt's ein bißchen, findest du nicht?«

Casanova wedelte einmal mit dem Schwanz.

»Viertel vor sieben, und noch keine Spur von ihm. Das sieht ihm nicht ähnlich, was? Punkt sieben Uhr dreißig, Frühstück. Halb sieben abends, Schlüssel ins Haustürschloß – pünktlich wie die Uhr. Gott, sehe ich müde aus. Verdammte Dummheit. Die Nacht ist zum Schlafen da, oder ... Ach, na, reden wir nicht darüber, mein Casanova, auch wenn es ein bißchen deine Schuld ist. Die Liebe. *L'Amour. Amore. Love.* Wie sagt man auf hündisch, frage ich mich?«

Von einer nahen Kirche schlug es sieben.

»Wir kommen zu spät! Na, einmal wenigstens nicht meine Schuld.«

Ihr Ärger wuchs, und statt ihr Abendkleid anzuziehen, legte sie sich aufs Bett. Seine Schuld, immerhin, wenn er sie unbekleidet vorfand.

»Was, du bist noch nicht fertig?« würde er fragen – und dann, als empörter Nachsatz: »Zieh wenigstens die Gardinen vor, wenn du schon so herumliegen mußt!«
Während sie in solch attraktiv-perversen Gedanken schwelgte, gab es im Bett einen unangenehmen Ruck, und Casanova stand oben, den Kopf gesenkt, und starrte auf sie herab.
»Was machst du da? Sofort hinunter! Sofort!«
Der Hund machte keine Anstalten, ihr zu gehorchen.
Sie lächelte, unwillkürlich ein wenig erschreckt, und sagte: »Na gut, bleib also oben, aber leg dich hin, und laß dich nicht vom Alten erwischen, sonst ist die Hölle los. Dein Leben wäre, wie meines, nicht mehr lebenswert.»
Casanova legte sich neben sie und starrte sie an, seine orangeroten Augen leuchtend und reglos wie die einer Eule.
Träge begann sie mit seinem Ohr zu spielen, faltete es und klappte es wieder auf, während sein Maul sich öffnete und er zu hecheln anfing, die Augen jetzt halb geschlossen, wie in Ekstase. Die Wärme seines Fells an ihrem Schenkel war nicht unangenehm. Es war auch seltsam beunruhigend für sie, daß sie ihren Sklaven ein wenig fürchtete.
»Oh, mein Casanova«, murmelte sie, »mein ruchloser Casanova, du bist jetzt nur ein Hündchen ... wie wirst du erst sein, wenn du ein Hund bist?«

Das Leben ist eine Operette

Im Winter 1927 geschah es, daß Mizzis Traum wahr wurde. Das kleine Mädchen vom Stadtrand von Kekesféhervar gab ihr Debüt in einer Operette, aus der Feder des großen Imre Dobos persönlich. Böse Zungen flüsterten, daß sie, um ihre Ziele zu erreichen, sich selber Dobos schenken mußte, und bedauerlicherweise, wie es so oft der Fall ist, hatten die bösen Zungen auch recht. Doch sie sang hübsch, war Anlaß für die vierte Scheidung Dobos', und das Stück, befeuert zweifellos von Liebe und einem Auflodern plötzlicher Jugend im Herbst des Lebens, wurde als Meisterwerk seiner Art beklatscht.

Mizzi hatte sich immer zur Operette hingezogen gefühlt; schon in der Schulzeit kannte sie alle Melodien und alle Texte der gängigen Schlager. Ihr erster Liebster, Lajos Palotai, war ein sanfter, langhaariger Bursche, leidvoll kurzsichtig, dessen Geschmack mehr zur ernsten Musik tendierte; doch seiner schwarzäugigen Liebsten zu gefallen, hämmerte er die frivolen Melodien auf dem Klavier. Gemeinsam, an Ufern glitzernder Sommerflüßchen, in kleinen Cafés, schmiedeten sie ihren Traum. Einst würde sie eine große, große Sängerin sein. Seine Rolle in diesem Traum wurde nie recht klar, doch Lajos war zu verliebt und zu schüchtern, um Anspruch auf ein bestimmtes Register in ihrem Ehrgeiz zu erheben. Es schmeichelte ihm, nur dazusitzen und ihr zu lauschen und Händchen zu halten.

Als sie achtzehn wurde, ging sie nach Budapest.

Lajos brachte sie zum Bahnhof, ohne böse Ahnungen, aber

mit einem Dschungel der Traurigkeit im Herzen, die er männlich hinter unbeholfener Galanterie zu verbergen suchte. Das Vorsingen führte in das vierpfostige Himmelbett in Dobos' Villa, auf dem Umweg über ein kerzenbeleuchtetes Lokal mit Zigeunern und eine nächtliche Fahrt in einem offenen Hispano Suiza.

Lajos kam zur Premiere von *Liebe im Zigeunerwagen* und saß allein in einer Loge, die Mizzi bezauberndерweise für ihn reserviert hatte. Weder war die Handlung der Operette durch überraschend neue Einsichten zum Zigeunerproblem gekennzeichnet, noch verriet die Musik mehr als Spuren eines melodischen Talents. Im ersten Akt schlug eine wandernde Gruppe von Roma ihr Lager unwissentlich auf den Ländereien eines Fürsten auf, der zufällig seine Verlobung beging, indem er seinen üblen Husarenkameraden erlaubte, sich in der Ahnengalerie schlecht zu benehmen. Im zweiten Akt gingen die Husaren auf die Jagd und stießen auf die Zigeuner. Ihr berechtigter Zorn auf Leute, die nicht in Schlössern lebten, verrauchte plötzlich, als der Fürst einen Blick auf die von Mizzi dargestellte Tochter des Zigeunerkönigs warf. Unterlegt mit einem gesummten Csàrdàs, sang er die Arie *Einsam blüht eine Blum' im Herbst,* die späterhin zur beliebten Zugabenummer für hohe Tenöre überall auf der Welt wurde. Er vergaß seine Verlobung mit der Gräfin Etelka, einer drallen Blondine in weißem Pelz, und machte Mizzi mit der unerbittlichen Verve eines talentierten Kavallerieoffiziers den Hof. Der Zigeunerkönig ermahnte seine Tochter in hallendem Baß: *Hüte dich vor Fürstenliebe* und beschwor sie, dem Wanderleben und Besenbinden treu zu bleiben und einen Gefährten aus ihren eigenen Reihen zu wählen. Als seine Argumente nicht verschlugen, sperrte er sie in ihren Wohnwagen ein.

In der Nacht schlich sich der Fürst, in Lumpen gehüllt und mit einem bunten Tuch um den Kopf, in das Lager und sang seiner Angebeteten ein Ständchen, das berühmte *Schätzchen, mein Herz pocht in deiner Brust.* Hier fand Mizzi wahrhaft zu sich selbst, wenn sie ihm mit dem welterschütternden Schlager antwortete: *Deine Stimme klingt wie eine Symphonie.* Alles endete glücklich mit einer Abwandlung des Raubs der Sabinerinnen – einer Rhapsodie auf die ungarische Völkervereinigung, wobei die Husaren fröhlich zappelnde Zigeunermädchen in den Armen schleppten, während der grausam konservative *Zingari*-König sich durch die allgemeine Stimmung erotischer Ausgelassenheit an den wogenden Busen der Gräfin Etelka schwemmen ließ.

Der Applaus war stürmisch, und ein zitternder, in Tränen aufgelöster Lajos drückte anschließend in der blumenüberhäuften Garderobe Mizzi die Hände. Er war ein wenig verstimmt, weil sie nicht zusammen zu Abend essen konnten, aber sie hatte eine wichtigere Verabredung mit dem großen Dobos (»Geschäfte, du verstehst doch, Schatz meines Herzens«). Gleichwohl sagte er, er verstünde, was nicht der Wahrheit entsprach, aber er war nicht der Typ, der dies ausgesprochen hätte.

Er sah sie selten während der nächsten Woche, denn Dobos schien unglaubliche Mengen an Geschäftsbesprechungen zu haben. Zehn Tage später komplizierte sich die Lage zusätzlich, nicht etwa durch eine verhärtete Haltung von seiten Lajos' oder durch vermehrte Aufmerksamkeiten ihres Geliebten, sondern durch den Umstand, daß sie sich plötzlich in Ferenc Ferensci verliebte, den hohen Tenor, der in der Operette die Rolle des Fürsten spielte. Sie war nicht die Frau, die sich allabendlich Ständchen bringen und küssen ließ, ohne davon ungerührt zu bleiben.

Dobos erbleichte, denn er war erstens sehr prominent und zweitens nicht mehr jung. »Verdammte Undankbarkeit!« schnaubte er, und das Echo seines *Cri de cœur* brach sich an allen Kaffeehauswänden von Budapest. Lajos fühlte mit ihm.

Eines Abends, bald darauf, sandte der junge und liederliche Fürst Szent-Mihaly einen gewaltigen Blumenstrauß zum Büh-

neneingang. Diesem folgte am nächsten Abend ein noch größerer. Dann folgte das Unvermeidliche; noch mehr Violinen, ein dazu passender Mond, wieder eine hektische Fahrt durch die Nacht – diesmal in offener Kalesche mit Familienwappen am Schlag und einer Equipe gelangweilter Dragoner, die nebenhergaloppierten – und ein riesiges, knarrendes Bett, in dem Generationen von Szent-Mihalys gestorben waren, geliebt hatten und zur Welt gekommen waren.
Ferensci begann in seiner Depression sehr flach zu singen – und schrill in Augenblicken des Zorns. Lajos und Dobos konnten es ihm beide nachfühlen. Nach einer Weile aber wurde Fürst Szent-Mihaly von seiner schrecklichen Mutter ernstlich gemaßregelt und zur Strafe nach Monte Carlo geschickt. Ausgerechnet zu diesem Zeitpunkt beschloß Dobos, sich an der Schönheit wieder eines anderen Mädchens zu berauschen, das ihm vorgesungen hatte, und er erklärte der Presse, er habe die Stimme des Jahrhunderts entdeckt. Die doppelte Demütigung war zuviel für Mizzi. In einer Orgie der Zerknirschung beichtete sie Lajos alles, und sie hielten wieder Händchen.
Das Leben, sinnierte sie, ist nun mal so. Was sie meinte, war: Das Leben ist wie eine Operette. Die Raffiniertheit der Liebe eines ältlichen Wüstlings, der Witz und das Funkeln seiner schmalzigen Konversation, das Knallen von Champagnerkorken, das von hysterischem Verlangen angeheizte Kichern, während die gewichsten Schnurrbartspitzen eines Fürsten ihre nackte Schulter kitzelten, das Herz brennend nach unverzüglicher Hingabe, durch die Tiefen der Sinnlichkeit geführt vom fiebrigen Schmachten einer schluchzenden Geige – führte all dies zu Erfüllung und Glück? Nein, nein und abermals nein. Wahre Liebe fand sich nach dem Ende des dritten Akts, in Armut, in den fleckigen Gehrock eines geplagten Musiklehrers gehüllt, des lieben Treuen, der schweigend zu ihr gestanden und gelitten hatte, während sie, die flatterhafte, unwiderstehliche Nachtschwärmerin, tief aus dem flitterigen Kelch der Illusionen geschlürft hatte.

Kaum hatte sie dieses profunde Gefühl der Läuterung erfahren, begann sie auch schon, den sprachlosen, unentschlossenen Lajos entschieden langweilig zu finden. Er hatte für den Moment seinen Zweck erfüllt. Sie hatte ihr Geständnis hervorgesprudelt, und er hatte nur unter Tränen gelächelt, als sei eine verlorene Seele in den Schoß der Kirche zurückgekehrt. Ihr Gewissen war wieder rein. Der Budapester Triumph wiederholte sich in Wien, doch mit einem österreichischen Tenor, in den sie sich verliebte, weil es zur Handlung dazugehörte. Sie kaperte auch den berüchtigt modernistischen Komponisten Manfred von Ilch, der in einer selbsterfundenen, dreizehnwertigen Tonleiter schrieb und sich damit den unversöhnlichen Haß derer zuzog, die mit religiöser Sucht an einer Leiter von nur zwölf Tönen festhielten. Mit bemitleidenswertem Mangel an Urteilskraft, wie die meisten großen Männer ihn beweisen, wenn sie sich verlieben, befand der ansonsten unbeirrbare Dr. von Ilch, daß Mizzi genau das richtige Timbre für seine gefährdete Muse besäße, und schrieb eigens für sie seine fragmentarischen *Vier grausamen Lieder*, die auf den Gesängen mittelalterlicher Flagellanten beruhten und eingerichtet waren für eine weibliche Sprechstimme, eine durch Schwachstrom absichtlich verzerrte Elektrogitarre, Käseraspel, Kastagnetten und vier Peitschen unterschiedlicher Größe. Die einzige Aufführung des Werks war ein Desaster, denn Mizzi konnte, kaum hatte sie Publikum vor sich, nie der Versuchung widerstehen, den allereinschmeichelndsten Ausdruck auf ihr Gesicht zu zaubern, und folglich geriet dieser eindringliche Vorstoß in die finsteren Abgründe des menschlichen Unterbewußtseins lediglich komisch – die Selbstverspottung irgendeines Avantgarde-Kabaretts. Je mehr das Publikum kicherte, desto verlegener wurde Mizzi, und kurz darauf nahm sich Dr. von Ilch das Leben und hinterließ nichts als einen rätselhaften Brief in Latein.

Mizzi, wieder einmal in den Fängen eines köstlich tragischen Schuldgefühls, rief Lajos nach Wien. Sie sagte ihm, sie sei verzweifelt einsam, ein Gefühl, das sie stets hatte, wenn ein Verhältnis gerade zu Ende war und bevor sie Zeit gefunden hatte, ein anderes einzugehen. Der leidgewohnte Lajos blickte ihr tief in die Augen und sagte zu ihr: »Mizzi, eines Tages wirst du meinen Wert erkennen. Du lächelst jetzt, weil du lieb bist. Aber eines Tages wird niemand mehr dasein – die Fürsten, die Komponisten, die Tenöre, sie alle werden verschwunden sein. Dann wirst du im Kessel der Erinnerung rühren und jemanden suchen, dem du dich zuwenden kannst. Plötzlich wird dein Gesicht aufleuchten, du wirst meinen Namen rufen, und es wird für immer sein.«

»Es ist jetzt schon für immer«, sagte sie, ihre Augen groß und unschuldig, als sei sie unerklärlicherweise mißverstanden worden.

»Ich glaube dir«, log er, und Tränen der Rührung standen ihm in den Augen, »und ich werde bei dir bleiben, die kleine Klasse aufgeben, die ich in Budapest aufgebaut habe.«

»Klasse? Welche Klasse?« Sie wurde kokett. »Ich habe eigentlich nie gewußt, was du in deiner freien Zeit machst. Ich war absurd eifersüchtig. Was für eine Klasse?«

»Klavier und Theorie.«

»Wie interessant.«

»Du meinst es nicht ernst.«

Mizzi funkelte. »Morgen werd' ich dir zeigen, wie ernst ich es meine. Wir werden zusammen nach dem Theater im Sacher essen, und wir werden Pläne machen, große Pläne, wie wir es in alten Zeiten taten.«

Als Lajos im Restaurant eintraf, sah er, daß Mizzi mit einem älteren Herrn dinierte. Er zog sich verwirrt ins Foyer zurück und schrieb ein Briefchen, das sie an ihre Verabredung erinnern sollte. Nervös gab er es dem Kellner und setzte sich, um die weiteren Entwicklungen abzuwarten. Nach einer scheinbaren Ewigkeit kehrte der Kellner mit einer Karte zurück, auf der geschrieben stand:

Liebster Freund,
ich habe dich überall zu erreichen versucht. Vergebens. *Nicht* heute abend, mein Lajos, nicht *diese Woche.* Ich bin mit Mr. Nate Schiffnick aus *New York* zusammen. Könnte höchst wichtig sein *für uns beide.*

Deine *kleine* Gans
Mizzi

Lajos verließ das Café mit krankem Herzen.
Liebe im Zigeunerwagen ging in New York Ende 1931 über die Bretter, herausgebracht von Wyant und Schiffnick, und in den Hauptrollen Mizzi und Diego de la Luna, ein Stummfilmdarsteller, der zum Musical gefunden hatte, als man entdeckte, daß seine Sprechstimme unmöglich hoch lag für die Schurkenrollen, auf die er festgelegt war, während seine himmelhohe Singstimme ihn zur idealen Besetzung für die Rolle des Fürsten am Broadway machte. Bis der heldenmütige Lajos auf dem Weg über die ungarische Einwanderungsquote in die Vereinigten Staaten gelangte, hatte Mizzi nicht nur in der Operette Triumphe gefeiert, sondern auch ihre Affäre mit Diego de la Luna hinter sich gebracht. In ihrem Austausch der Leidenschaften hatte er spanisch gemurmelt, während sie auf ungarisch kreischte, weil ihrer beider Englischkenntnisse für einen Gedankenaustausch nicht ausreichten.

Lajos kam an seinem ersten Abend in Amerika ins Theater, wo man ihm sagte, daß Miss Mizzi Somlos keine Besuche empfangen könne. Als er an der Theaterkasse eine Karte zu kaufen versuchte, sagte man ihm, daß es keine gäbe, und wenn es welche gäbe, wären sie sündhaft teuer. Bar aller Bestechungsmittel, lungerte er bis zum Schluß der Vorstellung jämmerlich um das Gebäude herum und stellte sich dann vor den Bühneneingang, zusammen mit ein paar neurotischen Autogrammjägern, die starre, schwachsinnige Augen hatten und Selbstgespräche führten.

Einer nach dem anderen tauchten die anderen Schauspieler auf, dazwischen Orchestermitglieder, die ihre Instrumente trugen. Endlich kam Mizzi heraus, in teurem Zobel ertrinkend und in Parfumnebel getaucht, am Arm des ältlichen, bleichen Mr. Schiffnick, der einen Frack trug. Eine Sekunde lang trafen sich Mizzis und Lajos' Augen, und sie schaute rasch weg, eher verärgert denn überrascht, und bückte sich, um in die Limousine einzusteigen, die sie und ihren kahlköpfigen Zauberprinzen in einen vergnügten Abend entführen sollte.

Gleich am nächsten Tag und mit einem kleinen Empfang für ein paar hundert Gäste heirateten Mizzi und Nate Schiffnick auf dem Dachgarten eines eleganten Hotels. Alles war arrangiert mit erlesenem Geschmack und jener lobenswerten Zurückhaltung, die alle künstlerischen Unternehmungen Mr. Schiffnicks kennzeichnete. Eine Orgel wurde von einer Dame gespielt, die Zylinder und Frack trug, doch sonst fast gar nichts. Die Lichter in der Orgel wechselten je nach Stimmungslage der Liturgie ihre Farben. Eine Torte in Mizzis Gestalt wurde hereingerollt und von Mr. Schiffnick angeschnitten, der sich bei jedem Messerschnitt lüsterne, aber freundliche Bemerkungen gegenüber seinen vielen Bekannten erlaubte.

Diesen Abend stand Lajos wieder am Bühneneingang, und es gelang ihm, das Wort »Mizzi« zu rufen, als sie auf dem Bürgersteig auftauchte. Diesmal ignorierte sie ihn nicht. Mit größter Kälte und Verärgerung sah sie ihn an. »Du verstehst nichts. Gar nichts«, sagte sie.

Lajos zitterte vor Wut, wie er sie noch nie empfunden hatte. »Ich verstehe, und du nicht!« schrie er. »Das Leben ist keine Operette. Man kann es nicht leben, als ob's eine wäre!«

»Belästigt dich dieser Mann, Schatz?« fragte Mr. Schiffnick.

»Ja.«

»Burger!«

Der Bühnenportier tauchte auf und machte eine drohende Bemerkung.
»Vergiß nicht«, rief der zurückweichende Lajos, »du wirst mehr leiden als ich. Lebe wohl, für immer!«
Zwei Wochen später, in direkter Folge seines schonungslosen Versuchs, das Leben eines viel jüngeren Mannes zu führen, verstarb Mr. Schiffnick. Sein Begräbnis, in Szene gesetzt von Mr. Wyant, seinem ehemaligen Partner, war ebenso majestätisch, wie seine Hochzeit intim gewesen war. Seine größten Hits wurden von einem gigantischen Orchester während des Gottesdienstes gespielt. Mr. Wyant erwies seinem alten Kompagnon alle Ehre. Als aber das Testament verlesen wurde, entdeckte man zur allgemeinen Überraschung und zu Mizzis Entsetzen, daß er nichts als Schulden hinterlassen hatte. Schiffnick war ein Verschwender gewesen, ein Mann, fasziniert von einem gefährlichen Leben im Jetzt und Hier, und auch ein wenig ein Gauner. Die ihm Nahestehenden waren sich alle einig, daß er gerade rechtzeitig gestorben sei, um der massiven Vergeltung zu entgehen, die sich im Lauf der Jahre zusammengebraut hatte, um ihn einst zu ereilen. Manche nannten ihn nach seinem Tod sogar den »Glücklichen Nate Schiffnick«.
Mizzi kleidete sich von Kopf bis Fuß in Schwarz und weinte tüchtig, wie um sich selbst zu überzeugen, daß ihre Ehe mit diesem Mann, der im Leben wie im Tod wie aus vergilbtem Elfenbein geschnitzt ausgesehen hatte, die Folge wahrer Liebe gewesen sei. Auch wenn sie es nie eingestand, dachte sie stets an den Tod ihres Vaters, wenn Tränen gefragt waren. Die Leute argwöhnten, sie sei im Leben eine bessere Schauspielerin als auf der Bühne.
Der erste Erfolgsrausch begann zu verfliegen, und bald schleppte sich *Liebe im Zigeunerwagen* nah am Rand des Verlustes dahin. Die Budapester Zeitungen, die Mizzis Bruder ihr schickte, sprachen von ihrem großen Erfolg in der Neuen Welt. Bald verfing sie sich zwischen Realität und Legende. Es

war ihr unmöglich, jetzt noch zurückzukehren. Nachdem die New Yorker Spielzeit zu Ende war, tingelte sie auf Tournee und molk die Kuh alter Erfolge, bis das Letzte herausgeholt war. Sie trug immer noch Trauer – aus Ehrerbietung für den Mann, den sie kaum gekannt hatte.

Sie belagerte die Büros der Agenten, aber Zigeunermädchen waren nicht mehr gefragt, und ihre Beherrschung des Englischen blieb hartnäckig unverbessert. Das Geld wurde knapp, und ihre Liebe zu Gulasch und Sachertorte begann ihren Tribut zu fordern. Sie wurde rundlicher, stämmiger. Männer fielen ihr nicht mehr zu Füßen. Sie fiel ihnen zu Füßen und verschreckte sie durch ihre lebhafte Entschlossenheit, ihre schrillen Lachkaskaden, ihr schwülstiges Gerede von schicksalhafter Liebe – alles Nachahmungen von Techniken der Verführung, die Mata Hari als veraltet abgelehnt hätte. Sie dachte an Selbstmord, nicht im Ernst, aber romantisch.

Eines Abends, während sie niedergeschlagen in ihrer Einzimmerwohnung saß, klopfte es an der Tür. Es konnte nur ein Gläubiger sein, sagte sie sich. Beim dritten Klopfen schlich sie auf Zehenspitzen zum Schalter und machte das Licht aus. Vergeblich. Es klopfte weiter. Eine saftige Beleidigung auf der Zunge, riß sie die Tür auf.

»Lajos!«

Sie verbarg ihr Gesicht. »Schau mich nicht an. Ich bin alt und häßlich.«

»Du bist neunundzwanzig und schöner denn je.«

»Wo hast du gesteckt? Und wie hast du mich gefunden?«

»Ich wußte immer, wo du warst. Cleveland, Cincinnati, Columbus. Ich wußte sogar, daß deine Ehe nicht von Bestand sein würde. Ich konnte nicht ahnen, daß das Ende so plötzlich, so schrecklich kommen würde, aber ich wußte, irgend etwas würde passieren.«

»Woher wußtest du?« fragte sie geheimnisvoll, denn sie hatte eine Vorliebe für das Okkulte, vielleicht, weil sie so lange eine Zigeunerin gespielt hatte.

»Ich wußte es, weil es Gerechtigkeit gibt in dieser Welt«, antwortete er erhaben, »und weil ich wartete.«
Ermutigt durch diese Bekundung von Großmut, konnte sie sich ein wenig Verbitterung leisten. »Weißt du, er hinterließ keinen Penny, aber er hatte ein goldenes Herz.«
»Aber warum, warum hast du ihn geheiratet?«
Das war es, worauf Mizzi gewartet hatte, die Frage, die alle ihre frustrierten theatralischen Talente herausforderte.
»Weil ich eine Närrin war«, heulte sie los, »eine Närrin. Wie ein Schmetterling war ich von der Flamme angezogen. Ich war eine kleine magyarische Cinderella, verwirrt durch den Glanz der Glaskugel, und ich habe meinen Traum voll ausgelebt!«
Die nächste Stunde lang konnte Lajos kein einziges Wort einwerfen, so stürmisch war die Flut konventioneller Klischees, die seine Trommelfelle sprengten. Sie posierte, sie versteckte ihr Gesicht, nur um es noch dramatischer wieder vorzuzeigen, sie spielte ihre Version der *Kameliendame* vor brechend vollen Rängen, sie sang ein paar Takte mit sorgsam gebrochener Stimme, sie warf sich auf einen Diwan, wälzte sich in nonnenhafter Selbstkasteiung am Boden, sprang dann wieder ungestüm auf, um der Welt zu trotzen, und Wimperntusche floß ihr übers Gesicht wie Schatten von Gefängnisgitterstäben. Endlich erreichte sogar ihre Energie eine Grenze, und sie setzte sich schwer atmend auf einen Küchenstuhl, ihr Haar auf der Stirn schweißverklebt, ihre dralle Figur geschüttelt von unkontrollierbaren Nervenkrämpfen.
»Heirate mich«, sagte Lajos.
Sie streckte eine vorzeitig blau geäderte Hand aus, die Hand einer alten Frau. »Liebster Junge«, murmelte sie.
Lajos erhob sich und sprach mit tonloser Stimme: »Ich arbeite als Musikkritiker für ein ungarisches Wochenblatt.«
»Davon kann man nicht leben.«
Er stotterte: »Ich spüle auch Geschirr, im ›Come-n-Gettit Steak House‹.«

Tränen quollen wieder in ihre schwarzen Augen.
Verlegen fügte er hinzu: »Ich habe meine Adresse aufgeschrieben, falls du mich brauchen solltest.« Er legte einen Zettel auf den Tisch und ging.
Sie starrte ihm geistesabwesend nach, dann blickte sie in den Spiegel. Rasch machte sie sich zurecht, erneuerte den Puder, das Rouge, die Mascara, den Lippenstift, und prüfte sich dann mit einem Blick voll rätselhafter Faszination.
»Ich bin nicht alt genug, um Lajos zu heiraten«, stellte sie fest.

Ihr Abstieg war um so qualvoller, als er schrittweise erfolgte. Als das Geld aus war, suchte sie sich einen Job als Ungarischlehrerin an einer Sprachenschule, aber wenngleich ihre Kenntnisse des Ungarischen ausreichend waren, waren es ihre Englischkenntnisse nicht, und ihre Schüler machten keine Fortschritte. Schließlich schlug sie sich als selbständige Näherin durch und plagte sich mit Aufträgen anderer, anerkannter Bekleidungsfirmen. Sie nannte sich Mrs. Mary Schiffnick, denn sie behauptete stolz, der Name Mizzi Somlos würde nur mit Glanz und Ruhm in Verbindung gebracht.
Lajos besuchte sie etwa einmal pro Woche und versäumte nie, seinen Antrag zu erneuern. Etwas Verzweifeltes lag in seiner Zurückhaltung, etwas beinah Verrücktes in seiner Beharrlichkeit. Die Zeit verging, und damit wuchs die Verbitterung. Der Krieg brach aus, aber Mizzi konnte sich noch immer nicht überwinden, eine Entscheidung von solcher Tragweite zu treffen. Immer noch ging sie zum Vorsingen und nannte sich Mary Schiffnick, immer exzentrischer gekleidet in Sachen, die sie sich selber nähte – aber vergebens. Sie probierte es mit Namen wie Mary Buda, Maritza Liszt und Marimka Csàrdàs, aber anscheinend lag kein Zauber in solchen Pseudonymen.
Lajos zuliebe pflegte sie zu sagen, daß sie beide ja mehr oder minder verheiratet wären, da keiner von ihnen andere Versuchungen kenne. Was ihn betraf, hatte sie recht; doch ihre Augen

hatten sich angewöhnt, auffordernde Blicke nach links und nach rechts zu werfen, eine Gewohnheit, die sie als unerläßlich in ihrem Beruf ansah. Ihre kunstlose Flirterei, die immer jämmerlicher wurde, war nicht dazu angetan, Lajos zu trösten, der zu schwer gelitten hatte, um noch klar urteilen zu können.
Während des Krieges wurde Mizzi sonderbar patriotisch und weinte ausgiebig beim Gedanken an ihre »arme Heimat« unter den Händen »dieser Deutschen«. Wenn man sie hörte, konnte man meinen, sie sei eine entthronte Kaiserin, die den Verlust ihrer Ländereien und Kronen beklagte.
»Nie wird die jüngere Generation das Leben kennenlernen, das wir führten«, pflegte sie säuerlich zu predigen, »die Husaren mit ihren blitzenden Tschakos, ihren pelzbesetzten Jakken, so sorglos über die Schulter geworfen, ihre Galanterie – ah, wie die Komplimente flossen! Am Schluß eines fürstlichen Banketts ritten sie dann auf weißen Pferden über die langen Tische und verschonten die Tokaier-Flaschen mit solcher Eleganz, ach, mit solcher Eleganz!«
In dieser Schilderung des Lebens in der Heimat gab es nichts, was Lajos wiedererkannt hätte. Die Wahrheit ist, Mizzi hatte zur Flasche gegriffen, weil die Realität ihr zu trübselig war, und betrunken lebte sie in der rauschenden Welt des Musicals. Bei einer Gelegenheit erlaubte Lajos es sich, die Geduld zu verlieren, und schrie sie an: »Ich habe es dir schon einmal gesagt, und ich sage es dir abermals, das Leben ist keine Operette!«
Er knallte die Tür, nur um die Demütigung zu erfahren, ihre betrunkene Stimme in verwaschenem Gewürzgurken-Sopran auf zuckrigen Passagen aus *Deine Stimme ist wie eine Symphonie* entschweben zu hören. Anscheinend hatte seine Erwähnung des Wortes »Operette« sie in Stimmung gebracht.
Der Krieg ging vorbei, und Lajos wurde melancholisch. Er war nicht mehr bei bester Gesundheit. Er wünschte, er hätte die Charakterstärke, sich von der unerträglichen Last seiner

Verpflichtung gegenüber dieser Frau zu befreien, aber eine seltsame Schicksalhaftigkeit band sie aneinander. Diese sinnlose Romanze hatte so viel von seinem Leben beansprucht, daß er sich ohne sie ganz verloren gefühlt hätte, als drohte einem mit seiner Blindheit versöhnten Mann in so spätem Alter das Augenlicht geschenkt zu werden, daß es ihm nichts mehr bedeutete. Seine Liebe war eine Krankheit geworden, ohne die der Körper nicht mehr auskommen konnte.

Er besuchte sie häufiger – tatsächlich jeden Tag. Er kochte sogar für sie, wenn er ein paar Stunden frei hatte. Sozialer Aufstieg hatte ihn ereilt, und das »Come-n-Gettit« war in eine solidere Gegend umgezogen und hatte sich den Namen »Filet Mignon« beigelegt. Jetzt war er stellvertretender Oberkellner des Etablissements und schien einen gewissen Stolz daraus zu schöpfen, daß er rund um die Uhr einen Frack trug. Selbst außer Dienst trug er sein feierliches Gewand und reckte sein hageres Haupt hoch unter seinem Wust grauen, drahtigen Haars. Die Kellner nannten ihn »den Diplomaten«.

Der Grund für diese sonderbare Gemütsruhe war, daß Mizzi in einen Zustand halb hilfloser Gleichgültigkeit abgeglitten war. Sie erlaubte ihm, manche Dinge für sie zu tun, ohne zu protestieren. Eine Melancholie hatte sie erfaßt, eine Resignation. Sie sprach nicht mal mehr soviel, und wenn sie es tat, dann ohne Farbe, ohne Erfindungsgabe. Sie waren verheiratet – in allem, bis auf den Namen. Sie hielten nicht mehr Händchen, aber sie gestattete ihm, ihre Hand in seine zu nehmen, ohne zu reagieren. Die zahnlose Löwin hatte womöglich noch Träume von Glanz und Ruhm, doch sie behielt sie majestätisch für sich. Sie war abgeklärt geworden.

Nur gelegentlich bildete Lajos sich ein, einen beunruhigenden schrägen Blick voll unendlicher List in ihren Augen zu bemerken, meist, wenn sie sich nicht beobachtet glaubte. Eines Tages, er hatte gerade Kohlrouladen für sie gekocht, bemerkte er diesen verstohlenen dunklen Blick, zugleich berechnend, boshaft und schrecklich.

»Woran denkst du?« fragte er.
Sie wachte aus ihrem Tagtraum auf. »Rache«, antwortete sie schlicht.
»Rache? An wem?«
»An euch allen«, antwortete sie in genau demselben Ton wie vorher.
Es entstand eine Pause.
»Das Leben ist keine Operette«, erklärte sie leidenschaftslos.
»Du hast keine Ahnung, wie du mich verletzt hast, als du das sagtest.«
»Ich, dich verletzt? Wieso? Ich muß zugeben, ich war sehr wütend.«
»Wütend? Ich bin oft wütend gewesen. Das ist gar nichts. Aber verletzt zu werden... das kann ein Leben lang vorhalten. Du erlaubtest mir zu träumen, als ich jung war. Du wußtest es, nicht wahr? Wie grausam du warst, wie grausam.«
Ihre grüblerische Ruhe war viel beunruhigender als die Wutanfälle der Vergangenheit. Mit zitternden Händen wusch er das Geschirr und ging. Vielleicht war sie abgeklärter, aber sie wurde allmählich verrückt.

Die ungarische Revolution brach 1956 aus. Lajos hörte die Nachricht, hatte aber den Abenddienst vor sich, und es wurde Mitternacht, bevor er auf Mizzis Zimmer eilen konnte. Es schimmerte kein Licht unter der Tür. Er klopfte, ohne Antwort zu bekommen. Er drückte die Klinke herunter. Die Tür war offen. Das Zimmer war leer. Es sah aus, als sei es geplündert worden. Ihre Schmuckschatulle war und leer und lag am Boden. Alte Briefschaften waren überall im Raum verstreut. Eine Schürze lag auf dem Bett. Entsetzt schaute er sich um. Plötzlich fiel sein Blick auf einen Brief, der am Spiegel lehnte. Er war an ihn adressiert. Er riß ihn auf. Als einziges enthielt er den rätselhaften Satz: »Ist das Leben keine Operette?«
Zerstreut wanderte er durch die Straßen und versuchte zu entscheiden, was er tun sollte. Er war kein Mann, der sich ohne

Grund mit der Polizei einließ. Immerhin mochte dies nur ein Teil jener verrückten Rache sein, von der sie geredet hatte. Vielleicht hatte sie die Nachricht dort hinterlassen, um ihm einen tüchtigen Schreck einzujagen. Er war tief verärgert. Dann verfiel er auf die Idee, es könnte der Abschiedsbrief einer Selbstmörderin sein. Vielleicht schwamm sie jetzt schon im East River. Die Polizei würde wissen wollen, was die Botschaft bedeutete. Wie könnte er es ihnen erklären? Seine Fingerabdrücke waren überall in dem Zimmer. Falls sie etwas Unwiderrufliches getan hätte – würde er nicht verdächtigt werden? Wie sollten seine Fingerabdrücke auf den Brief gekommen sein, wenn er vorgab, nicht in dem Zimmer gewesen zu sein? Er war ein potentiell Verdächtiger, und zwischen einem Verdächtigen und einem Verbrecher liegt nur ein kleiner Schritt. Er sah sich unter den grellen Lampen der Ermittlungsbeamten, und seine Story klang immer unglaubwürdiger und zusammenhangloser. Es wäre wohl besser gewesen, zur Polizei zu gehen, und doch konnte es sein, daß er damit nur in Mizzis listige Falle tappte. Es gab keine Lösung. Er ging nach Hause und saß die ganze Nacht wach und dachte sich Alibis aus. Je weiter er sich von der Wahrheit entfernte, desto unglücklicher wurde er. Im Morgengrauen lief er hinaus und kaufte die Morgenzeitung. Nirgendwo wurde ein Selbstmord erwähnt. Er seufzte erleichtert, bis ihm der Gedanke kam, die Leiche könnte vielleicht noch nicht gefunden sein. Er war weiß wie der Tod und gelb vor Erschöpfung.

Mizzi traf an diesem Abend per Flugzeug in Wien ein. Ihr amerikanischer Paß wurde gestempelt, und nach einem raschen Imbiß im Flughafen nahm sie ein Taxi zum Bahnhof. Sie war in alte Sachen gekleidet und trug keinen Schmuck, aus dem einfachen Grund, weil sie alles versetzt hatte, um die Reise möglich zu machen – die Platin- und Smaragdbrosche von Dobos, die sagte »Auf ewig«, Fürst Szent-Mihalys Anhänger aus Rubinen und Diamanten, der dasselbe besagte, und die anderen Tapferkeitsmedaillen ihrer horizontalen Siege. Auf dem Bahnhof sicherte sie sich ein Billet dritter Klasse im Personenzug nach einer Stadt, die wenige Meilen vor der ungarischen Grenze liegt. Wegen Überlastung der Strecke kroch der Zug durch die Nacht, mit häufigem Halt, während Streckenbeamte einander anbrüllten und mit bunten Laternen geheimnisvolle Muster in die Luft zeichneten. Es fing an zu regnen, nicht allmählich, sondern mit taktloser Intensität, als habe eine Brigade Flamenco-Tänzerinnen auf halber Strecke plötzlich mit ihrem Auftritt begonnen. Kurz vor vier Uhr morgens rollte der Zug endlich in den Bahnhof. Ein paar Gestalten standen auf dem Bahnsteig gegenüber, und aus ihrem Geschrei erkannte Mizzi sie als Ungarn. Eilig verließ sie den Bahnhof. Ein paar Last- und Lieferwagen standen auf dem Parkplatz; mindestens zwei waren Krankenwagen, mit großen rot aufgemalten Kreuzen; ein anderer war offensichtlich die mobile Aufnahmestation irgendeines Rundfunksenders. Es herrschte beträchtliche Aktivität, und Mizzi hörte Englisch, Französisch und mehrere skandinavische Sprachen, während sie rasch durch die schlafende Stadt schritt. Bald erreichte sie den Punkt, wo die Hauptstraße das Städtchen durchschnitt, und dort fand sie den unvermeidlichen Wegweiser, der in einer Richtung nach Wien, in der anderen zur Grenze zeigte. Sie spähte nach der beleuchteten elektrischen Uhr, die über einem geschlossenen Café hing. Es war vier Uhr einundzwanzig. Es galt, keine Zeit zu verlieren. Tapfer lenkte sie ihre Schritte zur ungarischen Grenze.

Es gab keine Dämmerung an diesem Tag. Verwirrte Hähne krähten mit schwacher Überzeugungskraft über das öde Land. Plötzlich blendeten Scheinwerfer sie. Sie kullerte in einen Graben. Das Auto raste vorbei und bespritzte sie mit einem Schauer gefrorenen Schlamms. Es war ein österreichisches Militärfahrzeug. Fluchend erhob sie sich, und ohne der Tatsache zu achten, daß sie durchnäßt war, stapfte sie entschlossen weiter.

Bald wurden ein paar schwarze Gestalten auf der Straße vor

ihr sichtbar. Sie versteckte sich hinter einem Gebüsch und wartete, und weil sie warten mußte, fing sie an zu zittern. Ihre Zähne ratterten wie ein Maschinengewehr, und sie hielt sich die Hand vor den Mund, überzeugt, daß das Geräusch meilenweit zu hören sei. Die düstere kleine Prozession schritt vorbei – vier bis fünf Männer, mehrere Frauen, ein weinendes Kind, ein Karren. Sie sprachen Ungarisch. Als sie verschwunden waren, setzte Mizzi ihre Wanderung fort. Sie hörte Schüsse, und dann das Bellen von Hunden. Nicht das ziellose Gebell irgendeines bäuerlichen Hofwächters, sondern diszipliniertere Laute, das tiefkehlige, beängstigende Grollen mehrerer großer Hunde von gleicher Rasse. Die Grenze. Sie bog von der Hauptstraße ab und marschierte eine gelbe Karrenspur entlang. Etwa nach einer Meile kam sie auf ein sumpfiges Feld, das sie halb stürzend, halb stolpernd überquerte, wobei sie sich parallel zur Hauptstraße hielt. Es wurde unangenehm hell. Das Feld ging in eine scheinbar endlose Wiese über. Plötzlich, in einem Gehölz, stand sie vor einem seichten, vom Regen angeschwollenen Bach, der rasch dahinfloß und heftige Wasserwirbel um aufragende Felsbrocken bildete. Kopflos stürzte sie sich hinein, stolperte, stürzte und erreichte das andere Ufer, eine Böschung, die ins Ungewisse führte. Mit Tränen der Panik in den Augen kämpfte sie sich einen Kilometer am Ufer entlang, bis sie einen sanften Pfad erreichte, der den jähen Hang hinaufführte. Stöhnend vor Erschöpfung, kletterte sie langsam hinauf, nur um oben vor einem Stacheldrahtverhau zu stehen.
Jetzt konnte sie nicht mehr aufgeben. Sie zog ihren Mantel aus und legte ihn über den Draht. Dann versuchte sie hinüberzukriechen. Immer wieder mußte sie sich zurückziehen, während die grausamen Stacheln ihr in die Haut schnitten. Sie verlor die Geduld und trat auf die Rolle, aber dabei schnellte ihr der übrige Draht entgegen. Sie weigerte sich zurückzuweichen. Kniend, fallend, rollend, zwängte sie sich hindurch. Ihre Beine und Hände bluteten, aber sie war drüben.

Nach einer Atempause marschierte sie am Stacheldrahtverhau entlang, am Ostufer des Baches, wo das Gelände hoch und fest war. Sie wollte zurück zur Hauptstraße. Endlich sah sie ein kleines Haus, mit Fahnenmast daneben, und einen rotweißgrünen Schlagbaum, flott gestreift wie die Ladenreklame eines Friseurs. Während sie sich dem Haus näherte, hörte sie drinnen Anzeichen eines Tumults. Ein paar Leichen, die achtlos am Straßenrand lagen, konnten sie nicht beruhigen. Sie hielt inne, und dabei merkte sie, wie ihre Wunden schmerzten. Sie betrat die Zollbaracke.
Ein paar zu Tode erschrockene Bauern standen herum, während ein grimmiger Mann in der Uniform eines Majors der Staatssicherheit auf und ab ging, mit Papieren herumfuchtelte und brüllte. Seine Augen und sein Schnurrbart waren so schwarz, daß sie mineralisch blau schimmerten. Hinter ihm standen zwei Zollbeamte in einer Haltung des Schreckens und stummen Protests.
»Wir haben heute morgen schon acht von den Schweinen erschossen!« brüllte der Major. »Ihr seid sechs. Das macht vierzehn vor dem Frühstück. Gute Ausbeute an faschistischen Hyänen, nach allen Richtlinien!«
Plötzlich entdeckte er Mizzi.
»Wer sind Sie?« schrie er und fuhr fort, ohne eine Antwort abzuwarten: »Aha, da haben wir eine feine Dame, die so darauf brennt, das sozialistische Paradies zu verlassen, daß sie es sogar mit illegalem Ausbruch versucht. Ich seh's am Zustand der Beine der Gnädigsten, daß sie versucht hat, den Stacheldraht zu überwinden, den die Staatsführung vorsorglich zu unserem Schutz um unsere Grenzen gespannt hat. Aber da sie feststellen mußte, daß unsere Pioniere tüchtige Arbeit geleistet haben, stellt sie sich seelenruhig den Zollbehörden und erwartet, hindurchgewinkt zu werden.«
»Sie mißverstehen völlig – «
»Ruhe!« donnerte der Major. »Diese Grenzkontrollbeamten haben sich schwerer Pflichtversäumnisse schuldig gemacht

und werden bestraft werden. Über hundert Bürger unseres Landes konnten nach Österreich hinüberwechseln. Dies ist eine unerträgliche Situation. Zweifellos haben sie geglaubt, solch eine kriminelle Ausreise sei möglich. Ich bin hier, um ihnen zu sagen, daß Sie sich geirrt haben. Ein Exempel wird an euch allen statuiert werden!«

»Ich bin amerikanische Staatsbürgerin«, sagte Mizzi gelassen und zog ihren Paß aus der Tasche.

Die Augen des Majors verengten sich. »Lassen Sie mich sehen«, fauchte er. »Mrs. Schiffnick. Geboren in Kekesféharvar. 9. Juli 1908.«

»Mußten Sie der vollzähligen Versammlung das Datum laut vorlesen?« fragte Mizzi erbost. »Es müßte 1918 heißen.«

»Kekesféhervar? Für unsere Zwecke sind Sie Ungarin.«

»Ich bin Amerikanerin, und der Konsul in Budapest weiß, daß ich hier bin«, sagte Mizzi.

»Sie hatten heute in den frühen Morgenstunden einen Herzanfall«, antwortete der Major mit einem, wie er sich vorstellte, liebenswürdigen Lächeln. »Die Volksregierung wird Ihrem Freund, dem Konsul, ihr Beileid aussprechen.«

Das Lächeln schwand aus seinem Gesicht. »Bringt sie raus, und erschießt sie!« schrie er.

Die Bauern gerieten in Panik, aber Mizzi blieb bemerkenswert ruhig. Sie kannte keine Operette mit solchem Schluß. Genau in diesem Moment klingelte das Telefon. Der Major hob den Hörer ab. Während er dies tat, hörte man das Geräusch eines Motorrads.

»Was? Unmöglich!« brüllte der Major. »Wiederholen Sie das langsam, zum Mitschreiben. Ich kann es nicht glauben. Was sind das für Geräusche, die ich höre? Schüsse? Szilay – Szilay, antworten Sie! Ich befehle Ihnen, zu antworten!«

Während dieses stockenden Gesprächs war ein junger Mann in Lederjacke hereingekommen und hatte aufgeregt mit den zwei Zollbeamten geflüstert. Kaum hatte der Major den Hörer aufgelegt, wurde er von den drei anderen Männern

ergriffen und trotz heftiger Gegenwehr aus dem Raum geschleppt. Nach kurzer Pause hörte man drei Schüsse.
Die Zollbeamten kehrten zurück, und der Ältere von ihnen, ein großer, blonder, asketischer Mann, verkündete, daß eine ausgewachsene Revolution durch das Land fege.
»Dies ist das Geschäft der jüngeren Leute«, fügte er hinzu. »Es steht Ihnen frei, zu gehen.« Und zu Mizzi gewandt, sagte er: »Mütterchen, ich rate Ihnen, keine Tricks mit gefälschten Pässen zu versuchen. Wenn er uns nicht getäuscht hat, wird er gewiß auch nicht die Amerikaner täuschen.« Und damit warf er ihren Paß in den Papierkorb.
»Warum haben Sie mich Mütterchen genannt?« fragte Mizzi, tief verletzt. »Bin ich so alt?«

Am selben Abend fand Mizzi sich in einem Flüchtlingslager an der Straße nach Wien wieder. Eine holländische Krankenschwester hatte ihre Wunden versorgt, sie trug warme Kleidung, aus Italien geschickt, und sie hatte einen Schnupfen, den sie selbst beigesteuert hatte. Man hatte noch nicht entschieden, was mit den Flüchtlingen geschehen solle, und sie saßen schwatzend und rauchend in einem kahlen Raum herum.
Im Verlauf des Abends kam ein Photograph hereinspaziert. Seine Kleidung und seine Manieren verrieten den Amerikaner, und es lag etwas überaus Erfolgreiches in seiner Ungepflegtheit und der kalkulierten Art, wie der Kaugummi in seinem Mund ihm nachdenken half. Er war mit Kameras und Blitzlichtern behängt. Mit geübtem und berechnendem Auge blickte er sich in dem überfüllten Raum um.
Mizzi wußte, der Vorhang war aufgegangen, und ohne die Spur von Schüchternheit füllte sie ihre Lungen mit Luft, die dann mit den Klängen von *Deine Stimme ist wie eine Symphonie* verströmte. Alle Köpfe im Raum wandten sich ihr zu, um zuzuhören. Die Blitzlichter leuchteten auf und der Gummi wurde mit doppeltem Tempo gekaut.

Als Mizzi spürte, daß die Kamera in ihre Richtung zielte, dachte sie schnell an den Tod ihres Vaters und begann ausgiebig zu weinen, ohne zuzulassen, daß ihre Tränen auch nur einen Moment ihre Stimme oder ihren Atem beeinträchtigten.
Als der Auftritt endete, gab es stürmischen Applaus. Der Photograph kniete neben ihr.
»Das war einfach riesig«, sagte er. »Mein Name ist Cy Endhouse, vom ›Be-Magazine‹. War das nicht der Schlager *Deine Stimme ist wie eine Symphonie?«*
»Ja«, sagte Mizzi spröde.
Cy kramte in seinen Erinnerungen. »War das nicht aus *Liebe im Zigeunerwagen?«*
»War es. Ja.«
»Sang dieses Lied in New York nicht – «
»Mizzi Somlos«, unterbrach sie. Es wäre zu peinlich gewesen, hätte er sich geirrt.
»Jaja. Jaja. Richtig. Mizzi Somlos. Was ist überhaupt aus ihr geworden?«
»Ich bin Mizzi Somlos«, sagte sie mit unermeßlicher Wehmut.
»Sie! Aber, wieso – warum sind Sie hier?«
»Ich habe die Freiheit gewählt«, antwortete sie mit fatalistischem Schulterzucken und fügte hinzu: *Sie* wollten mich nicht singen lassen, aus politischen Gründen.«
Die nächste Nummer des »Be-Magazines« brachte ein ganzseitiges Photo von Mizzi, brillant aufgenommen aus ungewöhnlicher Perspektive und untertitelt: »Die Stimme der Freiheit«. Für dieses Bild erhielt Cy Endhouse schließlich den Pulitzerpreis für Photographie, und zwar verdientermaßen.
Eine Woche später empfing Lajos folgenden Brief:

Liebster Träumer,
ich bin in Wien, nach *vielen unglaublichen* Abenteuern aus Ungarn geflüchtet. Ich will Dir alles erzählen, wenn wir uns

wiedersehen. Ich warte hier darauf, nach *Amerika* zu fahren, und ich habe Deinen Namen als *Bürgen* angegeben. Ich werde natürlich als *Flüchtling* kommen. Aber, mein süßer Lajos, *Liebster* meiner Jugend, in bin in *schrecklichen Schwierigkeiten,* und Du *mußt mir helfen,* wie Du allein es kannst. Infolge des Bildes von mir, das im »Be-Magazine« erschien, habe ich die Geschichte meines Lebens unter den *Kommunisten,* die mich am Singen *hinderten,* weil mein Vater ein *Großgrundbesitzer* war, für 100 000 Dollar an den Film verkauft. Bitte, mein Herzliebster, laß mich nicht im Stich. *Träume,* wie Du es einst so *wundervoll* konntest, und schreibe unverzüglich die Geschichte meines *Lebens* auf. Ich weiß, ich kann Dir *vertrauen,* wie *immer.*

Stets Deine *kleine* Gans
MIZZI

Der Brief erreichte Lajos, als er in seinem Bett im Krankenhaus saß, nach einem totalen Nervenzusammenbruch infolge seines Schuldgefühls wegen Mizzis mutmaßlichen Selbstmordes. Bevor er einen unerwarteten Rückfall erlitt, hatte er eben noch Zeit, sich zu überlegen, daß für einige seltene, unmögliche, gefährliche und undurchschaubare Menschen das Leben, alles in allem, eine Operette ist und nie etwas anderes sein kann.

Gott und die Staatlichen Eisenbahnen

Um diese Geschichte ganz zu verstehen, braucht man praktische Kenntnisse der Gewerkschaftsbewegung in Italien. Da es keinen Italiener gibt, der diese Kenntnisse besäße, kann es wohl sein, daß die Geschichte unverständlich bleibt, und doch kommt meist Gott in solchen Fällen zu Hilfe und bringt eine wenn auch vielleicht rudimentäre Ordnung in ein Chaos, daß zunächst allumfassend schien.

Ich habe in meinem Leben viele Götter gesehen. Es gibt einen russischen Gott mit mahnend erhobenem Finger und braunen Augen von Mißbilligung, ein Terrakotta-Phantom mit einer Beziehung zu steifen Gesängen, Gerüchen der Erde, feuchten Klöstern und Weihrauch, mit glitzernden Goldspuren an den Rändern; es gibt einen anglikanischen Gott, vernünftiger und weniger theatralisch, das Opfer eines tragischen Justizirrtums, bei dem sein einziger Sohn mit einem Rechtssystem in Konflikt geriet, das keinen der Vorzüge britischer Gelehrsamkeit auf dem Gebiet der Jurisprudenz aufwies, ein außergewöhnlich verständnisvoller und zurückhaltend trauriger Gott, angebetet mit einer Inbrunst, die, wenngleich merkwürdig zwanglos, deshalb nicht weniger feierlich ist; es gibt einen Gott von Hollywood, nur von hinten zu sehen in der Gestalt Christi, oder als beunruhigendes Beben an einem Himmel, zu tiefblau, um wahr zu sein, eine Erscheinung, die römische Peitschen mitten im Schlag verharren läßt, die mißbilligendes Runzeln auf die Stirnen von Prokuratoren und Centurionen zaubert, während sie sich zu im voraus verlorenen Schlachten rüsten, das Zeichen zum Einsatz für eine Hundertschaft weiblicher Stimmen, sich in verzücktem Hymnus bis an die Grenze ihrer Tonskala emporzuschwingen, begleitet von den Klangreserven eines mittelviktorianischen Orchesters; es gibt den Gott der frommen Funkhäuser in den Sendegebieten der amerikanischen Fernseh-Prediger, ein Gott der randlosen Brillen und der ernsthaften Begegnung von Mensch zu Mensch, ein Gott der elektrischen Orgel, des neugotischen Spitzbogens, ein Gott von der Straße, ohne nutzlose Vorliebe für barocke Kunst.

Man braucht nicht Katholik zu sein, um eine Ahnung vom italienischen Gott zu haben – nicht der bärtigen Gestalt, wie die Maler der Renaissance sie abbildeten, sondern des Widerscheins im himmelwärts gerichteten Auge der schlichten Witwe, für die alles zu kompliziert geworden ist, um sich noch ein Urteil zu bilden, geschweige denn eine Lösung zu finden. Es ist die letzte Instanz der Vernunft, nach aller Enttäuschung über eine irdische Gerechtigkeit, die letzte Stimme, die der Polizei, den Richtern, den Anwälten, den Regierungsbeamten ins Gewissen redet, all jenen, die Papiere zu unterschreiben, Karten zu lochen, Briefmarken zu stempeln haben, diese Last, die jeder Sterbliche für die Frist seines Erdendaseins wie ein Atlas auf den Schultern schleppt – und je ärmer das Land, desto größer die Last. Manchmal gehen sogar den zungenfertigen Italienern die Argumente aus, und dann wird ein Streik ausgerufen. Niemand ist sich recht sicher, wer ihn ausgerufen hat, und diejenigen, die ihn ausrufen, sind sich nie ganz sicher, ob der Aufruf zum Streik befolgt werden wird. Weil die Gewerkschaften nicht über die Mittel für längere Protestaktionen verfügen, haben solche Streiks nur den Wert von Störaktionen. Sie sollen die Regierung daran erinnern, daß die Gewerkschaften existieren, doch sie erinnern die Regierung auch daran, daß die Gewerkschaften verhältnismäßig schwach sind.

Am 8. November wurde in ganz Italien ein Streik der Eisenbahner ausgerufen. Aufrührerische Transparente gingen hoch, mit viel Gerede von Brot, Lohn und Ehre. Mitternacht sollte die Stunde der Aktion sein. Um zwanzig vor neun – oder vielmehr um zwanzig Uhr vierzig – geht jeden Abend von Rom ein Zug nach Florenz, Mailand, Domodossola und Genf ab, mit Kurswagen nach Dünkirchen, Hamburg, Zürich und Brüssel. Mehrere Schlafwagen sind an die regulären Waggons angekuppelt, und deren Insassen sind ausnahmslos hochgradig international. Ich kann verbindlich nur über die Reisenden im Schlafwagen Nummer drei sprechen, mit Zielort Genf, denn ich war einer von ihnen.

Ich kam etwa zehn Minuten vor Abfahrt des Zuges am Bahnhof an. Die Mehrheit der Gepäckträger wirkten verdrossen. Entweder waren sie streiklustig oder sonst irgendwie befangen. Als ich unter der Last meines Gepäcks von meinem Taxi wegtorkelte, deutete ein Träger auf einen anderen, der auf seinem Karren saß und auf einen dritten deutete, der an der Wand lehnte und auf einen vierten deutete. Dann tauchte aus dem Nirgendwo ein fünfter auf, hilfsbereiter, als ein Gepäckträger es sein sollte. Worte fielen.

»Italien wird noch an Dummheit ertrinken, solange es Kreaturen wie dich gibt«, sagte der erste Träger. Der zweite spuckte nur aus. Dies war seine Art von Beredsamkeit.

Mein Träger stellte meine Koffer ab. »Leute, ich will euch was sagen – «

»Von Streikbrechern wollen wir nichts hören«, sagte der dritte.

»Geh in die Heilige Messe«, sagte der vierte, der ins Leere starrte und einen Löwenzahnsamen kaute.

»Der Streik wird erst nach Mitternacht ausgerufen«, fuhr mein Gepäckträger fort, »aber ihr Leute tut so, als hätte er schon angefangen. Das ist nicht ehrlich.«

»Du arbeitest extra hart, um die Zeit gutzumachen, die du während des Streiks verlieren wirst. Nennst du das ehrlich?« Der erste Träger geriet in Rage.

»Ist doch zwecklos, mit einem Idioten zu diskutieren. Geh in die Heilige Messe, das ist's, wo du hingehörst – zu den Priestern.«

»Es geht gar nicht um die Priester«, gab mein Gepäckträger zornig zurück, »sondern um die Ehre, und darum, ob wir eine *bella figura* vor den Ausländern machen. Nach Leuten wie euch beurteilen die meisten Ausländer unser Land.«

»Tut den Ausländern ganz gut, unser Land zu sehen, wie es wirklich ist«, sagte der dritte Träger. »Und außerdem, zum Teufel mit den Ausländern.«

»Wo wäre unsere Wirtschaft ohne die Ausländer?« sagte mein Träger. »Wollt ihr mir das beantworten?!«

»Wir könnten allesamt reich sein, wenn die Schätze des Vatikans unter das Volk verteilt würden«, sagte der erste.

Ich erlaubte mir, mich einzumischen. »Mein Zug fährt in sieben Minuten.«

Mein Träger hob mein Gepäck auf und warf es auf seinen Karren. »Die Schätze des Vatikans verteilen«, brummelte er, halb im Laufschritt. »Die Kommunisten finden immer solch eine negative Lösung. Gut, verteilen wir die Schätze der Kirche. Für einen Nachmittag wären wir alle reich – und was dann? Wir würden alle wieder arm sein, einschließlich der Kirche. Es ist besser, wenn es auch Reiche gibt, es ist beruhigend. Eh! Das Geheimnis ist, daß es schwerfällt, reich und ein Kommunist zu sein. Ich weiß nichts über die anderen, die Russen, aber hier hat jeder Kommunist die Hoffnung, sich irgendeine erfolgreiche Masche auszudenken, damit er kein Kommunist mehr zu sein braucht. Der Kommunismus ist, strenggenommen, für die Habenichtse, und jeder will etwas haben. So tief geht das, und nicht weiter.«

Nach all der Hetze war die Atmosphäre vor Schlafwagen Nummer drei überraschend ruhig, sogar ernst. So viele grausame Waffenstillstände sind in Eisenbahnwaggons unterzeichnet worden, daß nicht viel fehlt, um sie mit einer Aura von Verhängnis und Schwermut zu umgeben. Jetzt stand eine kleine Gruppe von Beamten vor der Eingangstür, die mitein-

ander tuschelten, während der Dampf träge unter dem Zug hervorkreiselte und sich um ihre Beine wand. Sie verglichen Dokumente, machten Notizen, strichen Dinge aus.
Der Schaffner sah mir direkt in die Augen, und schon fühlte ich mich wie ein General in der Niederlage. »Es ist doch klar«, sagte er, »daß Sie auf eigene Gefahr reisen.«
»Ja«, sagte ich. Es war eine bedingungslose Kapitulation, aber was blieb mir übrig? »Wieviel schulde ich Ihnen?« fragte ich meinen Träger.
»Was Sie wollen, *Dottore.*« Er zuckte fatalistisch die Schultern, was das Bild notleidender Kinder beschwor, die sich mit einer Brotkruste begnügen würden. Es war unehrlich, aber brillant. Es gibt eine feststehende Gebühr pro getragenem Gepäckstück. Das wußte ich, aber ich gab ihm trotzdem zuviel. Ich wünschte nicht, daß jemand gerade in diesem Moment seinen Glauben an den Kapitalismus verlöre.
»Wie sieht es aus?« fragte ich den Schaffner.
»Schlecht«, erwiderte er. »Vor einer halben Stunde war es besser; vor einer Viertelstunde war es dann schlechter. Jetzt ist es einfach nur schlecht.«
Er war ein gutaussehender Mann, dieser Schaffner, dem es gelang, in seiner braunen *Wagon-lit*-Uniform militärisch zu wirken. Er war jung und von dunklem Typ, mit dem berechnenden Blick eines Mannes, der gern die Initiative ergreift und das Gefühl hat, den Finger am Puls der Ereignisse zu haben.

Ich stieg ein und sah die meisten Insassen des Waggons auf dem Korridor. Die Dame im Nachbarabteil wirkte herrisch und zugleich besorgt. Später erfuhr ich, daß sie die Herzogin von Calapiccola war und daß wir absolut keine gemeinsamen Freunde hatten. Sie hielt ein winziges Hündchen im Arm, das wie ein Chamäleon mit ihrem bräunlichen Tweed verschmolz. Es war unsichtbar, bis es bellte, was es manchmal auf eine ganz eigene Art tat, etwa wie das bronchiale Rülpsen eines sehr alten und sehr dicken Mannes. Leute, die diese Stimme gehört, nicht aber den Hund gesehen hatten, neigten dazu, die Herzogin meist voll Überraschung anzublicken, ein Blick, dem sie mit einem Zurückstarren von melodramatischer Feindseligkeit begegnete. Weiter entfernt auf dem Gang stand eine ältere Nonne von irgendeinem seltenen Orden. Der kleine Teil ihres Gesichts, der sichtbar war, gab keinen Hinweis auf dessen wahre Dimensionen. Vielleicht hatte sie einen Hang zur Fettleibigkeit, oder vielleicht war sie spindeldürr; ich wußte es nicht und wollte es auch nicht wissen. Was ich sehen konnte, war weniger rosig als vielmehr weiß, mit purpurnen Rötungen, dazu ein so in sich gekehrter Gesichtsausdruck und ein so rätselhaftes und beharrliches Lächeln, daß ich nur den Wunsch hatte, jeden Kontakt mit ihr zu meiden. Ohnehin hatte sie Gesellschaft, in Gestalt eines hageren, säuerlichen Priesters mit Schuppen auf den Schultern. Sie unterhielten sich flüsternd, wobei er sie mit einer gelblichen, galligen Intensität anblickte und sie mit kaum wahrnehmbarer Lippenregung antwortete, ihre Augen so sittsam gesenkt, daß sie wie die groteske Karikatur eines wohlerzogenen kleinen Mädchens wirkte.

Dann gab es natürlich den unvermeidlichen amerikanischen Individualisten, der überall irgendwie in Eile war, dauernd seine Uhr mit anderen Uhren vergleichend, Fahrscheine studierend, die ihm zu Hause in Dayton, Ohio, verkauft worden waren, und ein Büchlein voll *Hundert nützlichen Wendungen Italienisch* durchblätternd, ohne einen sagbaren Satz zu finden, der seiner Stimmung entsprochen hätte.

»Bahn fahren, um Zeit zu sparen«, sagte er ohne Gewißheit, daß irgend jemand ihn verstehen würde, »und du landest direkt mitten in einem Streik. Schätze, man kann nicht gewinnen.«

Der Hund der Herzogin, als er einen Mann mit ungewohntem Timbre in der Stimme sprechen hörte, stellte zwei Ohren auf, beinah so groß wie er selbst, neigte den Kopf zur Seite, fing an, wie ein Epileptiker zu zittern, und bellte. Der Amerikaner reagierte wie alle anderen und sah die Herzogin an, dann erblickte er den Hund.

»Hallo, Kerlchen«, sagte er und streckte eine liebevolle Hand aus, mit einem riesigen Verbindungsring am vierten Finger. Der Hund, der eine große, fünfzackige Waffe gegen sich vorrücken sah, verziert mit einer goldenen, von einem roten Stein und kabbalistischen Runen geschmückten Kugel, bekam einen trotzigen Wutanfall. Er mochte klein sein, aber er hatte dennoch den Instinkt eines Hundes, und zwar eines bissigen Hundes. Jetzt setzte er sich zur Wehr und verteidigte seine Herrin. Die Herzogin legte ihm eine blaugeäderte Hand über die Augen, und da seine Welt unverhofft in Dunkelheit versank, schniefte er kurz vor frustrierter Blutgier und schlief binnen Sekunden ein, seine Träume voll von Gewalt und ungezügeltem Haß.

»Tut mir leid«, sagte der Amerikaner verwirrt. »Was ist das? Ich dachte, es sei ein Chihuahua, aber dafür scheint er zu klein.«

Die Herzogin starrte ihn mit unverhülltem Abscheu an.

»Jedenfalls süß. Nur schwierig, nicht draufzutreten, würde ich meinen.«

Die Herzogin trat in ihr Abteil und schloß die Tür. Der Amerikaner, der sich geschnitten fühlte, schaute den Priester an, der unglücklich von irgendwo aus dem Mittelalter zurückstarrte, das Weiße seiner Augen beinah so dunkel wie die Pupillen. Selbst das Lächeln der Nonne zeigte eine Spur von Tadel.

Verwirrt, ins Unrecht gesetzt und mißverstanden, zog sich der Amerikaner in sein Abteil zurück. Ich sah den Priester an und versuchte nicht, meine Mißbilligung zu verbergen. Plötzlich lächelte er zurück. Sein Ausdruck war schockierend freundlich und offen. Es war mir unmöglich, nicht darauf einzugehen.

»Hoffen wir, daß wir alle rechtzeitig unser Ziel erreichen«, sagte er achselzuckend. »Eisenbahnen und Autos und Flugzeuge haben uns träge gemacht – sie haben uns Hoffnung geschenkt und uns nachlässig gemacht. Dank ihnen verschieben wir alles auf den letzten Moment. Vor tausend Jahren wären wir zu Pferde aufgebrochen, mit genügend Zeit in Reserve.«

»Damals gab es keine Streiks«, sagte ich.

»Oh, es gab Schlimmeres als Streiks. Ich kann es den Eisenbahnern nicht verübeln, daß sie ihre Klagen zum Ausdruck bringen.«

»Es ist alles eine Frage der Verständigung«, antwortete ich. Der Gesichtsausdruck des Priesters, den der Amerikaner als vorwurfsvoll aufgefaßt hatte, war in Wirklichkeit nur Geistesabwesenheit. Wahrscheinlich hatte er den Hund nicht mal bellen hören. Was die Herzogin betrifft: Wäre der Amerikaner schamlos galant gewesen und hätte er ihr ein paar nichtssagende Komplimente gemacht, statt seine Munterkeit an den Hund zu verschwenden, so hätte sie diesem wahrscheinlich einen tüchtigen Klaps versetzt, wegen der Störung im unrechten Augenblick. Wenn das Leben schon in seinen unbedeutenden Augenblicken schwierig war, um wieviel schwieriger war es in Augenblicken von Bedeutung. Die Nonne hatte wahrscheinlich recht, jeden Kontakt zu meiden, außer mit den Wandgemälden, den Kruzifixen, den kühlen Korridoren ihrer Phantasie, einer statischen Welt ohne Überraschungen. Und dennoch, war dies nicht eine Form von Verzicht, von Selbstgenügsamkeit auf Kosten des Lebens?

Ich schaute auf meine Armbanduhr. Es war neun Uhr zwölf. Der Zug stand immer noch im Bahnhof. Ich löste das Rouleau, das hochschnellte, und kurbelte das Fenster herunter. Der Schaffner war allein.

»Wie sieht's jetzt aus?« rief ich ihm zu.

Er lächelte grimmig. »Hätten Sie mich vor fünf Minuten gefragt, dann hätte ich gesagt: schlimmer. Jetzt weiß ich nicht recht.«

Der Zug ruckte und begann loszukriechen.

»Florenz jedenfalls werden wir erreichen«, rief der Schaffner und richtete sich mit der Eleganz eines Menschen auf, der es gewohnt ist, auf rollende Gegenstände zu springen. »Und von dort an – *beh!*« Er schnitt eine Grimasse und schwang sich auf den Zug.

Ich versuchte zu lesen, jetzt, da ich allein war. Die Nonne, so vermutete ich, fühlte sich in der Eisenbahn ganz zu Hause, denn ich stellte mir das klösterliche Leben ähnlich vor wie die Existenz in einem Schlafwagen, die gleiche embryonale Wärme und Intimität, die Isolation, das Gefühl, in den eigenen Gedanken umherzuschweifen. Wenn ich ein Mönch wäre, hätte ich nur die eine Angst, in eine große Zelle eingewiesen zu werden. Das wäre das Schlimmste von beiden Welten.

Nebenan bellte das Hündchen. »Halt's Maul«, sagte ich laut, aber nicht so laut, daß die Herzogin es hören konnte. Ich legte mein Buch weg und schlief ein.

Als ich aufwachte, bewegte sich der Zug nicht mehr. Ich sah auf die Uhr. Es war weit nach Mitternacht. Der Streik hatte angefangen. Ich vernahm Stimmen, nicht nur die üblichen Stimmen eines Bahnhofs. Jemand hielt eine Rede. Es gab Zwischenrufe.

Ich spähte durch das Rouleau. Es war wie eine Szene aus einem frühen sowjetischen Film. Fast konnte ich den schmetternden Soundtrack hören, der solch eine Sequenz begleiten würde, hauptsächlich Blechbläser, einen Halbton zu flach aus technischen Gründen, aber auch mit der Bürde einer epischen Trauer. Die Eisenbahnarbeiter waren auf dem Bahnsteig versammelt. Es war kalt. Immer wenn einer von ihnen sprach, explodierte sein Atemhauch in das Mitternachtsblau. Die Beleuchtung war eisig, unfreundlich. Sie ließ alle hungrig aussehen. Papier lag auf dem Bahnsteig. Ein Rollwagen mit Erfrischungen stand verlassen da – seit Punkt zwölf Uhr, stellte ich mir vor. Bauchige Chiantiflaschen, Schokoladenriegel, alle vier Räder in verschiedene Richtungen gedreht.

»*Ragazzi!*« sagte der Sprecher. »Auf Anordnung des Zental-

komitees der –« Es war schwer zu verstehen; der Inhalt solcher Ansprachen ist immer ziemlich vorhersagbar. Wie würdig der Anlaß auch sei, revolutionäre Resolutionen verlieren stets ihren Schwung in einem Nebel sinnloser, vorhersagbarer Rhetorik. Wem so etwas gefällt, der mag es aushalten.
Ich sah nicht mehr hin, hörte nur noch zu. Anfangs gab es sehr wenig Widerspruch, nur vereinzelte Rufe. Dann setzte eine neue Stimme sich durch, eine Stimme, die ich rasch als die unseres Schlafwagenschaffners erkannte. Er sprach mit einer gewissen – mangels eines besseren Wortes möchte ich sagen – Würde. Da gab es kein Bemühen um großes Pathos; er erlag keiner der Versuchungen, die das Italienische für jene bereithält, die mit einer allzu klangvollen Stimme oder einer allzu barocken Phantasie begabt sind. Er sprach einfach, wie ein Ausländer, und vielleicht weil er sich wie ein Ausländer anhörte, hörten sie ihm zu.
Der Streik, behauptete er, sei darauf angelegt, als Schikane zu wirken. Er sei auch sorgfältig so geplant, daß er nichts anderes bewirken könne. Auch könnten die Gewerkschaften, in ihrer gegenwärtigen Struktur, nie darauf hoffen, irgend etwas besser zu organisieren. Er verglich den Wert der Aktion mit dem Treiben von Straßenjungen, die auf Türklingeln drücken und dann wegrennen. Er stellte der Versammlung eine rhetorische Frage: War dies eine würdige Beschäftigung für Familienväter?
Er erinnerte die Zuhörenden daran, daß die Italiener stets eifersüchtig auf fremde Laster und nachlässig mit ihren eigenen Tugenden wären. »Warum sollten wir uns schämen oder schwach fühlen, weil wir eine gastfreundliche Nation sind? Manche von uns wünschen sich, wir wären in Rußland. Manche von uns sind in Rußland gewesen und sind jetzt froh, hier zu sein. Ich wäre lieber hungrig in Italien«, erklärte er am Schluß unumwunden, »als vollgestopft mit Buchweizen in einem mir vorgeschriebenen Paradies!«
Es gab Applaus, weniger für den Inhalt als für die Darbietung.

Eine Art Abstimmung fand statt, und nach fünf Minuten rollte der Zug zögerlich aus dem Bahnhof.
Ich zog meinen Morgenrock an und ging hinaus, um dem Schaffner zu gratulieren.
»Meinen Sie das im Ernst, was Sie sagten?« fragte ich ihn.
»Nein.« Oh, er war absolut ehrlich.
»Meine Pflicht ist es«, sagte er, »den Zug aus Italien hinauszubringen. Dafür werde ich bezahlt. Ich mag mit meinem Lohn unzufrieden sein, aber jetzt, mit einem Zug voller Reisender, ist nicht der richtige Zeitpunkt.«
»Und waren Sie während des Krieges in Rußland?«
»Nein«, antwortete er ausdruckslos. »Aber ich habe nicht gelogen. Ich sagte nicht, ich wäre dort gewesen. Ich sagte nur, einige von uns wären dort gewesen, und das ist die Wahrheit. Allerdings würde ich sehr gerne eines Tages hinfahren.«
»Woher hatten Sie den Einfall mit dem Buchweizen?«
»Oh, ich bin nicht ungebildet. Ich weiß, was andere Völker essen. Man läßt einen solchen Satz fallen, und diejenigen, die in Rußland waren, werden nie auf die Idee kommen, einen zu fragen, ob man selbst dort gewesen ist.«
»Sie sollten in die Politik gehen«, sagte ich.
»Ah, *Dottore*, ich bin ja nicht unehrlich«, antwortete er. »Ich gebrauche nur meinen Kopf, um es nicht sein zu müssen. Die Politik würde mich korrumpieren.«
Der Amerikaner spähte auf den Korridor hinaus. »Haben Sie Mineralwasser mit Eis?« fragte er.
»Ja, Sir«, antwortete der Schaffner.
»Übrigens«, fuhr der Amerikaner fort, »ich würde gern Ihren Namen erfahren.«
»Warum, Sir? Habe ich etwas getan, was Ihnen mißfallen hat?« Der Schaffner war nicht im geringsten aus der Fassung gebracht.
»Im Gegenteil«, sagte der Amerikaner mit einem bewundernden Augenzwinkern. »Ich habe gesehen, wie sie gerade mit einer ziemlich häßlichen Situation fertig wurden. Oh, wirk-

lich, Sie haben eine kühlen Kopf behalten. Ich verstehe natürlich nicht Italienisch, aber ich habe, schätze ich, genügend Erfahrung mit solchen Sachen, um zu würdigen, was Sie getan haben.«

»Vielen Dank, Sir«, antwortete der Schaffner. »Aber darf ich Sie fragen, was Sie mit meinem Namen vorhaben?«

»Ich bin nächste Woche, wenn ich aus Genf zurückkehre, beim Generalkonsul der Vereinigten Staaten in Milano zum Lunch. Ich möchte Sie ihm empfehlen.«

»Zu welchem Zweck?«

»Nun, ich dachte, Ihnen einen Gefallen zu tun. Außerdem brauchen wir jeden Freund, den wir bekommen können. Das weiß ich, und Sie wissen es auch.«

Der arme Mann kam ein bißchen ins Schleudern. Er hatte sogar ›Milano‹ statt Mailand gesagt, eine Geste der Solidarität. Er war tief überzeugt, daß die meisten Menschen Brüder seien. Verzweifelt war er bemüht, seine Brüderlichkeit denen aufzudrängen, die er ihrer für würdig hielt.

»Nun, nehmen Sie doch meine Karte«, sagte er. »Falls Sie jemals in Schwierigkeiten kommen, erinnern Sie sich an William C. Rosencrantz. Ich bin, wie man so sagt, ein Troubleshooter, bei der –« Und hier nannte er eine Ansammlung von Initialen, die für eine der vielen sich überschneidenden Agenturen der US-Regierung standen. Der Schaffner nahm die Karte, bedankte sich und ging das Mineralwasser holen, das der Amerikaner wahrscheinlich gar nicht haben wollte, sondern nur zur listigen Eröffnung eines Gesprächs benutzt hatte.

»Ja, das war eine ziemlich häßliche Situation«, sagte Mr. Rosencrantz.

»Oh, schlimmstenfalls hätte es passieren können, daß der Zug nicht weitergefahren wäre«, sagte ich.

»Glauben Sie das nur nicht. Es braucht lediglich einen Funken, um solch eine Situation zu entflammen. Jemals in Laos gewesen?«

»Nein.«
»Na, wären Sie dort gewesen, dann wären Sie nicht so optimistisch.«
Ich fand es womöglich zu grausam, ihn aufzuklären, daß wir nicht in Laos waren. Darum sagte ich ihm, um des lieben Friedens willen, daß er wahrscheinlich recht haben könnte. Er nahm mein Zugeständnis sehr übel auf.
»Ich weiß verdammt genau, daß ich recht habe«, schnappte er. »Überhaupt habe ich viel zuviel Gleichgültigkeit in Europa gesehen.«
»Gleichgültigkeit wogegen?« fragte ich scharf.
»Die internationale kommunistische Verschwörung!« bellte er zurück.
»Ach, das.« Ich entspannte mich und lächelte. »Darf ich Sie fragen, wie lange Sie schon hier sind?« fragte ich.
»Wo?«
Ich beschloß, die Initiative zu ergreifen. »Wir sind im Moment in Italien, nicht in Laos.«
»Ich war sechs Jahre in Laos«, sagte er.
»Und hier?«
»Nächsten Donnerstag werden es zwei Wochen sein.«
»Na also. Sollten wir mehrere Tage in diesem Zug aushalten müssen, dann werde ich mir mit größtem Respekt anhören, was Sie über den Fernen Osten zu sagen haben. Aber ich sehe mich offenbar doch gezwungen, das, was Sie über Italien sagen, nicht ganz wörtlich zu nehmen.«

Der Schaffner kam mit dem Mineralwasser zurück, gerade als die Herzogin ihre Tür aufstieß. »Es ist eine Schande!« schrie sie. »Der Zug fuhr gerade aus dem Bahnhof, als ich mich anschickte, meinen Hund spazierenzuführen.«
»Normalerweise haben wir in Florenz nur zehn Minuten Aufenthalt«, antwortete der Schaffner. »Heute nacht hatten Sie mehr als eine Stunde Zeit, Ihren Hund auszuführen.«
»Widersprechen Sie nicht«, sagte die Herzogin feindselig.

»Wollen Sie damit sagen, daß wir schon eine Stunde Verspätung haben? Es ist ein Skandal! Ich fahre nur mit dem Zug, weil mein Hund Luftreisen gesundheitlich nicht verträgt.« Sie betrachtete das Hündchen mit einer – gemessen am Maßstab der griechischen Tragödie – besitzergreifenden Liebe: »Deine Öhrchen ertragen die Höhe nicht, ja?«
»Signora Duchessa, lassen Sie doch den Hund auf dem Korridor umherlaufen. Falls er ein kleines Geschäftchen macht, werde ich es aufwischen.«
»Wie, wenn jemand darauf tritt? Könnte die Eisenbahn mir den emotionalen Verlust ersetzen?«
»Ich werde auf sie aufpassen. Es ist eine ›Sie‹, nicht wahr?«
»Überzeugen Sie sich selbst.«
»Kann ich nicht ohne meine Brille.«
Die Herzogin lächelte grimmig und gab dem Hund ein paar letzte Belehrungen, bevor sie ihn dem Schaffner aushändigte. Das Hündchen schien weder auf sie zu hören, noch den zeitweiligen Besitzerwechsel zu beachten.
»Wer ist diese alte Hexe?« fragte Mr. Rosencrantz, nachdem die Herzogin sich zurückgezogen hatte.
»Sie ist keine Kommunistin, wie Sie vielleicht glauben«, antwortete ich. »Genau wie Sie kein Kommunist sind – was sie vielleicht glaubt.«
»Glaubt sie, ich bin Kommunist?«
»Sie glaubt zweifellos, daß die gesamten Vereinigten Staaten kommunistisch sind, und nach ihren Maßstäben hat sie recht. Die *Bill of Rights* ist ein schreckliches Stück freiheitlicher Rechtsprechung; der Süden hatte wohl recht; und es gibt kaum Unterschiede zwischen Washington und Lenin. Beide glaubten sie nicht an das Gottesgnadentum der Könige, und das genügt, um sie beide ins Lager des Aufstands gegen die bestehende Ordnung zu stecken.«
»Das ist lächerlich«, sagte Mr. Rosencrantz hitzig. »Wieso –«
»Ich spreche nur die vermutlichen Überzeugungen der Herzogin von Calapiccola aus«, unterbrach ich. »Hat keinen

Zweck, mir zu sagen, daß sie lächerlich sind. Sagen Sie's ihr.«
»Ich spreche nicht Italienisch.«
»Sie spricht zweifellos besser Englisch als wir beide. Sie muß ein Regiment von britischen Gouvernanten gehabt haben, als sie klein war.«
Mr. Rosencrantz war so unglücklich, daß ich ihm entgegenzukommen suchte. »Wie fühlt man sich plötzlich als Linker, zusammen mit Benjamin Franklin, Admiral Radford und dem Erzbischof von Canterbury?«
Der Schaffner versuchte, das Hündchen abzusetzen, aber das Schaukeln des Zuges war zuviel für seine Beinchen, und es schwankte hin und her wie ein winziger Trunkenbold. Noch schwieriger erwies es sich, es wieder aufzuheben. Die Nonne tauchte auf und bückte sich, mit einem Blick selbstverleugnender Sanftheit. Die Tatsache, daß der Hund es schaffte, sie zu beißen, während er an ihren flehenden Händen vorbeischlidderte, diente nur dazu, ihre Leidensmiene noch mehr zu versüßen.
Der Priester hatte die ganze Zeit auf dem Korridor gestanden. »Das haben Sie gut gemacht«, sagte er zu dem Schaffner, »aber ich glaube ehrlich, diese armen Leute hätten mehr Lohn verdient, als sie bekommen.«
»Ich bin einer dieser armen Leute«, sagte der Schaffner. »Erwarten Sie also nicht von mir, daß ich Ihnen widerspreche. Niemand bekommt jemals genug Lohn auf dieser Welt, mit Ausnahme derer, die zuviel bekommen.«
Der Priester genoß diese Bemerkung und nickte traurig. Ich übersetzte das Gespräch für Mr. Rosencrantz, der die Stirn runzelte.
»Glauben Sie, der Priester steckt mit in der Verschwörung?« flüsterte ich.
»Es gibt 'ne ganze Menge gutwilliger Idealisten, die Fellowtravellers sind, ohne es zu wissen«, vertraute er mir an.
Dem Hund gelang es, sich des Fingerhuts voll Wasser zu entle-

digen, den er während des Tages getrunken hatte, und der Schaffner brachte ihn der Herzogin zurück, die eine so gute Erziehung hatte, daß sie darauf verzichten konnte, ihm zu danken. Vielmehr bestellte sie Kaffee, sehr heiß und sehr schwarz, pünktlich acht Uhr dreißig, zusammen mit einem halben Glas lauwarmen Wassers, merken Sie sich, lauwarm, 45 Grad, um damit eine Medizin einzunehmen; und sollte der Zug an einem Bahnhof halten, auch eine Morgenzeitung sowie ein Päckchen türkischer Zigaretten, und falls der Zug nicht an einem Bahnhof hielt, wünsche sie die Gründe dafür zu erfahren, und im übrigen habe sie Beziehungen.

Der Schaffner lächelte, als sie gegangen war, und erklärte dem mißtrauischen Mr. Rosencrantz, daß die Herzogin von Calapiccola einer der ältesten Familien Roms entstamme und daß sie den größten Teil der Provinz Basilicata besitze.

»Mir scheint sie eine sehr undankbare Lady zu sein«, bemerkte Mr. Rosencrantz mit einer Zurückhaltung, die dem Wunsch entsprang, sich versöhnlich zu zeigen – bis zu dem Zeitpunkt, da er genau wüßte, wer mit wem fellow-travellte und wohin, und besonders warum.

»*Wir* besitzen keine Provinz, Sir«, sagte der Schaffner. »Wir können es uns leisten, freundlich zu sein. Niemand verlangt etwas von uns.«

»Erwarten Sie noch weitere Schwierigkeiten?« fragte Mr. Rosencrantz, um das Gespräch wieder in eine vertrautere Richtung zu lenken.

»Im Norden könnten sie schwerer zu überzeugen sein.«

»Wegen der Industrie?« schnappte Mr. Rosencrantz messerscharf.

»Ja.«

»Gilt das auch für Laos?« fragte ich.

»Ja«, antwortete er ernsthaft, »insofern, als es dort nicht viel Industrie gibt. Sehen Sie, es ist ein vorwiegend agrarisches Land, hauptsächlich gestützt auf –«

»Reis!« warf ich ein, jetzt selber messerscharf.

»Richtig!« schrie Mr. Rosencrantz. Ich hatte einen Freund gewonnen.

Ich schlief gut, bis mir bewußt wurde, daß der Zug sich nicht mehr bewegte. Etwas unangenehm Endgültiges schien diesmal in der allgemeinen Atmosphäre von Ruhe und Frieden zu liegen. Ich sah hinaus. Wir befanden uns am Rande eines großen, unsäglich trostlosen Bahnhofs. Der Frühnebel war von lähmender Freudlosigkeit. Eine Lampe brannte in einem Signalwärterhäuschen, und ein Mann las. In mittlerer Entfernung leuchtete ein Fenster auf. Eine Frau mit ungemachtem Haar schien einen Tisch zu decken, während ein Mann in langen Unterhosen immer wieder auftauchte und verschwand. Soviel ich sah, sprachen sie nicht miteinander.
Ich wusch mich, putzte mit die Zähne und kleidete mich an. Anschließend fühlte ich mich immer noch so, als hätte ich mich weder gewaschen noch meine Zähne geputzt oder mich angekleidet. Soviel zu Schlafwagen.
Mr. Rosencrantz war auf dem Korridor. »Wir stehen schon mehr als eine Stunde hier«, sagte er grimmig, als triebe die Situation merklich auf eine diplomatische Auseinandersetzung zu.
»Wo sind wir, in Mailand?«
»Schätze ja. Unser Mann versucht herauszufinden, was los ist.«
»Oh! Zigarette?«
»Nein, danke trotzdem. Habe vier Päckchen täglich geraucht. Gab es auf, als ich am Blinddarm operiert wurde, mit Komplikationen, Bauchfellentzündung. Seither habe ich's nicht mehr angefangen.«
Diesem Gesprächsthema hätte ich sogar Laos vorgezogen, und daher kehrte ich in mein Abteil zurück, um der Dinge zu harren.
Nach einer Viertelstunde kam der Schaffner zurück. »Ist bald in Ordnung«, sagte er. »Der Streik war nur teilweise erfolg-

reich. Hier oben sind sie alle zu müde, um viel zu unternehmen. Es gibt nichts Anstrengenderes, als die ganz Nacht wachzusitzen und die Arbeit bewußt zu meiden. Ein paar von ihnen halten noch durch, aber ich habe sie beschwatzt, uns ausfahren zu lassen.«

Bald waren wir wieder unterwegs, und als die Sonne aufging, überraschend und strahlend über der friedlichen Weite des Lago Maggiore, unverschämt heiß für die Jahreszeit, so daß die Falten im Fleisch der schneebedeckten Berge sich rötlich und grau abzeichneten, begann ich, in fröhlicher Erwartung meiner Ankunft in Genf, meine Reisegefährten halb zu vergessen. Dann, fünf Kilometer vor der schweizerischen Grenze, verlangsamte der Zug unerwartet seine Fahrt und kam schließlich zum Stehen. Ich ließ das Fenster herab und lehnte mich hinaus. Das Signal stand auf Rot. Ich sah, daß wir bei der üblichen Umstellung der Waggons gleich hinter die Lokomotive aufgerückt waren, und jetzt standen wir neben dem Fünfzig-Meter-Bahnsteig eines, so schien es, Dorfbahnhofs. Es gab eine Art Bahnhofsgebäude, aber es wirkte wie ein Spielzeug. Es gab ein kleines Buffet, aber kein Lebenszeichen.

Der Schaffner sprang auf den Bahnsteig.

»Hält der Zug hier normalerweise?« fragte ich ihn.

»Ich bin seit zwölf Jahren bei der Bahn«, antwortete er, »aber ich habe noch nie hier gehalten.« Dann rief er dem Lokomotivführer etwas zu, mit einem Schwenken der gewölbten Hand, die er vor den Körper hielt, der italienischen Geste für: Was, zum Teufel, ist los?

»Die Ampel steht auf Rot!« brüllte der Lokomotivführer.

Der Schaffner stemmte die Hand in die Hüfte und stand einfach eine Weile da, enttäuscht.

Dann kam der Auftritt des Bahnhofsvorstehers. Es lag wenig Tröstliches in der theatralisch perfekten Wahl seines Zeitpunkts. Er stieß die Glastür in der Bühnenmitte auf und trat vor – mit den kleinen, energischen Schritten eines korpulen-

ten Tenors, der sich seiner Berühmtheit und daher des Beifalls sicher ist. Sein Blick war kampflustig, unerbittlich.
»Was gibt's?« fragte der Schaffner.
»Es ist Streik. Wußten Sie nichts davon?« fragte der Bahnhofsvorsteher kampflustig.
»Sie wollen behaupten, Sie halten den Zug auf, um den Streikaufruf zu befolgen?«
»Gewiß.«
»Wie lange?«
Der Bahnhofsvorsteher konsultierte eine alte, gußmetallene Uhr. »Noch achtzehn Stunden und sechsundvierzig Minuten.«
Der Schaffner lächelte gewinnend. »In Florenz und Mailand haben sie uns durchgelassen.«
»Das ist deren Fehler.«
»Wollen Sie behaupten, daß wir bis hierher gekommen sind, nur damit Sie uns fünf Kilometer vor der Grenze aufhalten?«
»Gewiß. Streikaufrufe werden erlassen, um befolgt zu werden.«
»Nun, sehen Sie mal –«
»Es gibt keine Debatten bei mir!« schrie der Bahnhofsvorsteher. »Keine Debatten!«
Der Schaffner blickte zum Lokomotivführer hinauf.
»Es wird mich die Stellung kosten, wenn ich ein Signal überfahre!« rief der Lokomotivführer.
Der Banhofsvorsteher nickte mit grimmiger Befriedigung. »Auf jeden Fall habe ich die Weichen umgestellt, damit ihr, falls ihr so frech wärt weiterzufahren, auf dem Abstellgleis landen würdet.« Damit zeigte er auf zwei unter eine feuchte Felswand geschmiegte Puffer.
Weitere Schaffner tauchten auf, ein Bahnpolizist, sogar der Oberkellner des Speisewagens, die sich durch den Zug gezwängt hatten.
»Wie ist der Name dieses Bahnhofs?« fragte der Schaffner.
»Mine di Trasquera«, antwortete der Bahnhofsvorsteher.

»Steht nicht auf der Karte. Ist die Schuld des Staates, nicht meine.«
»Aber wo liegt das Dorf?«
»Es gibt kein Dorf. Nur eine Zementfabrik und eine Kapelle, um den Arbeitern Sand in die Augen zu streuen.«
Gesichter tauchten jetzt an allen Fenstern auf: die Nonne, eine ältere Nonne, die mit ihr reiste, sich aber frühzeitig zurückgezogen hatte, der Priester, der Amerikaner, die Herzogin, sogar der Hund – alle waren sie da, und noch viele mehr.
»*Figlio mio*«, sagte der Priester.
»Oh, Sie sind es.« Der Bahnhofsvorsteher erkannte ihn.
»Warum machen Sie so abfällige Bemerkungen über etwas, das für so viele eine Quelle des Trostes ist?«
»Sie kennen meinen Standpunkt, Don Gioacchino. Die Kirche ist ein Element des Rückschritts. Ihre Macht beruht auf der Unwissenheit, in der sie die arbeitenden Massen hält. Sie sagen, der Herr habe Seine Kirche auf Sankt Petrus gebaut. ›Auf diesen Felsen will ich bauen meine Gemeinde.‹ Der Felsen heißt Aberglaube. Der Felsen heißt Dummheit. Der Felsen heißt Hexerei!«
Beide Nonnen bekreuzigten sich.
Der Priester lächelte. »Immer beweisen Sie in der Diskussion eine erstaunliche Kenntnis der Bibel.«
»Der große Stalin wurde in einem Priesterseminar erzogen. Es gibt keine bessere Ausbildung für einen Führer des Volkes. Das gebe ich zu.«
»Danke. Wenigstens geben Sie mir das Gefühl, daß wir nützliche Arbeit leisten«, antwortete der Priester ruhig.
»Auf Ihren Sarkasmus kann ich verzichten, Don Gioacchino«, fauchte der Bahnhofsvorsteher.
»Ich kann auf den Ihren verzichten – und doch höre ich ihn mir geduldig an. Nun, können wir ein Taxi nach Iselle di Trasquera bekommen?«
»Sie können tun, was Sie wollen, aber Sie können nicht mein Telephon benutzen.«

»Wir haben Mutter Maria bei uns. Es geht ihr schlecht. Wir waren eben in Rom, um einen Spezialisten aufzusuchen.«
»Tut mir leid. Wir sind im Streik.«
»Oh, machen Sie meinetwegen keine Zugeständnisse«, sagte die ältere Nonne barsch, unfähig, ihren Ärger zu verhehlen.
Die Bahnbeamten versuchten, den Bahnhofsvorsteher umzustimmen, aber es war vergebens. Er gefiel sich zu sehr in der Rolle eines Politkommissars, um sich erweichen zu lassen.

Während die Sache sich hinzog, wandte ich mich an Mr. Rosencrantz, der im Geiste wieder mal in Laos war. »Na, wie fühlt man sich, wenn man der Realität begegnet?« fragte ich ihn. »Kein Fellow-traveller, kein Mann, der vorgibt, ein zuverlässiger Staatsbürger zu sein, sondern ein bekennender, stolzer, unbußfertiger Kommunist.«
»Ist er das? Ein Kommunist in einer Schlüsselposition, in einem Land, das durch Vertrag mit den Vereinigten Staaten verbündet ist?«
»Durch ein Militärbündnis«, verbesserte ich.
»Richtig. Um so schlimmer. Wie heißt dieser Ort?«
»Mine di Trasquera.«
»Würden Sie das buchstabieren?«
Ich tat es.
»Und wo ist das?« erkundigte er sich.
»Etwa fünf Kilometer –«
»Das heißt, drei Meilen.«
»– So ungefähr ... von Iselle di Trasquera entfernt, das an der schweizerischen Grenze liegt.«
»Das heißt an der italienischen Grenze zur Schweiz.«
»Falls Ihnen das lieber ist.«
Mr. Rosencrantz machte sich ausgiebig Notizen. »Würden Sie ihn bitte nach seinem Namen fragen?«
Ich versuchte die Beachtung des Bahnhofsvorstehers zu finden, aber es war nicht leicht, weil er in eine ideologische

Debatte mit den Bahnbeamten verwickelt war. Schließlich kam er zu uns herüber. »Ja?«

»Dieser Herr möchte gern Ihren Namen wissen.«

»Wozu?«

»Er ist ein hoher Beamter der amerikanischen Regierung.«

Der Bahnhofsvorsteher lächelte boshaft. »Cavalieri, Ferruccio, Bahnhofsvorsteher, Sekretär des Partito Communista Italiano, Sezzione Iselle di Trasquera.«

»Würden Sie das buchstabieren?« bat Mr. Rosencrantz mich wieder.

Ich tat es, umständlich. Mr. Rosencrantz war eher gewöhnt zu diktieren, als sich diktieren zu lassen.

»Insgesamt sieben Jahre von den Faschisten eingesperrt.«

Genosse Cavalieri war erpicht auf einen umfangreichen und korrekten Eintrag im Schwarzbuch des State Department.

»Major in der Stoßbrigade ›Pariser Commune‹ des Partisanenheers«, fuhr er fort. »Dreimal verwundet, einmal schwer. Ausgezeichnet mit sieben Orden, einem amerikanischen, der versprochen, der aber nie geliefert wurde.«

Die Herzogin konnte diese Beschwichtigungspolitik nicht mehr ertragen. »Ich bin die Herzogin von Calapiccola«, zischte sie.

»Das tut mir sehr leid«, antwortete der Bahnhofsvorsteher, ihr seine Aufmerksamkeit zuwendend.

»Mein Schwager ist Graf Parri-Ponte, der Bevollmächtigte der Staatlichen Eisenbahnen.«

»Sie sollten sich schämen.«

»Dafür werde ich Sie feuern lassen.«

»Das hat man versucht, das hat man versucht, glauben Sie mir. Aber Bahnhofsvorsteher von meiner Qualität und Erfahrung wachsen nicht auf den Bäumen. Ich wäre heute für einen richtigen Bahnhof verantwortlich, wäre ich nicht meinen Überzeugungen treu geblieben. Padua, Parma, Brescia – ein Bahnhof, auf den ein Mann stolz sein kann. Man läßt mich hier sitzen, aber man wagt es nicht, mich loszuwerden. Wenn

ich ginge, würde die Hälfte aller Bahnhofsvorsteher im Norden aus Solidarität mitgehen.«
»Ich werde Sie hinauswerfen lassen!« schrie die wütende Herzogin. »Ich bin eine sehr kranke Frau. Ich bin in einer Klinik in Lausanne angemeldet. Ich werde sterben, wenn ich nicht heute nachmittag in der Klinik bin.«
»Es gibt in Iselle ein sehr angesehenes Bestattungsinstitut, geleitet von Ronco, Giuseppe, einem Mitglied unserer Zelle.«
Die Herzogin spuckte dem Bahnhofsvorsteher ins Gesicht. Bedauerlicherweise hatte der Bahnhofsvorsteher wenig Erfahrung mit der solche Fälle regelnden Etikette und spuckte zurück, mit größerer Kraft und Treffsicherheit. Der Hund, zu seiner ewigen Schande sei es gesagt, unterließ es zu bellen.
Die Beamten hatten sich wieder bekümmert auf ihre Posten im Zug begeben. Der Priester und die zwei Nonnen waren ausgestiegen und standen jetzt mit ihrer Habe auf dem Bahnsteig. Ich hörte die Herzogin nebenan das Mobiliar zertrümmern. Mr. Rosencrantz schoß ein Photo vom Bahnhof.
Die Schlacht war vorbei. Der Bahnhofsvorsteher beherrschte das Schlachtfeld. Der Priester und die Nonnen standen herum wie Kriegsgefangene, die darauf warten, daß man ihnen Befehle gibt. Sogar der so erfolggewohnte Schaffner saß im Korridor, den Kopf in die Hände gestützt. Es galt nun, achtzehn Stunden zu warten. Achtzehn Stunden des Schweigens, und nichts zu tun, außer die Zeiger über das Zifferblatt kriechen zu sehen.

Ich blickte zum Himmel auf. Falls es einen italienischen Gott gab, dort droben im italienischen Himmel, dann war dies gewiß der Zeitpunkt, um einzugreifen. Nur fünf Kilometer entfernt lag das Reich des Schweizer Gottes, so stur, vernünftig und korrekt, der wahrscheinlich die achtzehn Stunden verstreichen lassen würde, denn er ist der Gott der Uhren und Chronometer. Auch die Nonnen blickten himmelwärts.

Könnte es sein, daß aus so ungeheurer Höhe die Grenzen sich ein wenig verwischten?
O Dio, siamo Italiani!
Dann geschah es. Vor Erregung zitternd, tauchte der Assistent des Bahnhofsvorstehers aus seinem Schalterhäuschen auf. Ein Junge von achtzehn Jahren, ein Meter neunzig groß, der schielte und stotterte.
»Weiter oben an der S-t-trecke«, keuchte er.
»Was? Sprich deutlich!« schrie der Bahnhofsvorsteher.
»Ein Erdrutsch, beim Tunnel –«
»Ein Erdrutsch?«
»Gleich hinter der Kurve, wo die S-s-signale sind!«
»Ein Erdrutsch!« Der Bahnhofsvorsteher war wie vom Donner gerührt.
In missionarischer Ekstase wandte der Junge sich an den Zug: »Hätte der Zug weit-t-terfahren dürfen, dann w-w-wäre er entgleist. Ihr alle wäret t-t-tot!«
Die junge Nonne fiel auf die Knie. »*Un miracolo!*« kreischte sie.
Der Bahnhofsvorsteher stand da, bleich wie der Tod, gedemütigt, meuchlings getroffen.
»Würden Sie das übersetzen bitte?« fragte Mr. Rosencrantz.

Wir fuhren im Bus über den Simplonpaß und dann mit den Schweizer Bundesbahnen unserer verschiedenen Wege.
Zwei Tage später, in Genf, fiel mir zufällig eine italienische Zeitung in die Hand. Die Schlagzeile lautete: »Geistesgegenwärtiger Bahnhofsvorsteher rettet internationalen Zug vor Katastrophe.« Ich las den Artikel. Er war in Form eines Interviews mit Cavalieri, Ferruccio, Bahnhofsvorsteher von Mine di Trasquera, gehalten.
»Ja«, sagte der Bahnhofsvorsteher zu dem Journalisten, »ich bin seit sechsunddreißig Jahren im Dienst der Staatlichen Eisenbahnen, unterbrochen natürlich durch sieben Jahre in

einem faschistischen Gefängnis. Man kommt nicht umhin, Erfahrung zählt in jedem Beruf. Ich wußte, daß der nahende Winter viele Gefahren mit sich bringt, vor allem in Bergregionen. Erst vor zwei Tagen hatte ich zu Finzi, Cianni, meinem Assistenten, gesagt: ›Ich würde mich nicht wundern, wenn wir eines schönen Morgens einen Erdrutsch vor diesem Tunnel hätten, dort, wo die Signale stehen.‹ Ich weiß nicht, warum, aber als der Expreß gestern einfuhr, zögerte ich, ihn weiterfahren zu lassen. Oh, sie versuchten, mich zu überreden. Sagten, sie wären durch irgendeinen Streik unten im Süden aufgehalten worden. Brachten alle möglichen Gründe vor, um mich zu bewegen, den Zug fahren zu lassen, aber ich blieb unerbittlich.«

»Der Kardinal-Erzbischof von Mailand äußerte die Vermutung, es sei die göttliche Vorsehung, die Sie so hartnäckig bei Ihrer Weigerung bleiben ließ«, warf der Journalist ein.

»Ich bin ein zu demütiger Mann, um die Wahrheit zu ergründen«, fuhr Cavalieri fort, »aber ich darf wohl behaupten, daß, während ich mit mir haderte, ob ich das Signal umstellen sollte oder nicht, eine Stimme in meinem Innern immer wieder sagte: ›Nein.‹«

»Einfach ›nein‹?«

»Nein. ›Du sollst nicht lassen den Zug durchfahren!‹«

Ich wunderte mich über die außerordentliche Loyalität des Assistenten zu seinem Chef, bis ich unten auf der Titelseite ein Photo sah. Er und Cavalieri wurden beide von Graf Parri-Ponti beglückwünscht, dem Bevollmächtigten der Staatlichen Eisenbahnen, dem Schwager der Herzogin von Calapiccola, und beide strahlten vor Freude. Ordensverleihungen würden zweifellos folgen, sagte die Bildunterschrift, und die Versetzung an einen größeren Bahnhof.

Der Leitartikel der Zeitung übertrug das Thema der Treue des Menschen zu seiner Pflicht ins Mystische und stellte die brennende Gewissensfrage Italiens: »Wie viele solche Menschen gibt es in unserem Land, an entlegenen Orten verborgen, nur um durch eine Laune des Schicksals als das entdeckt zu werden, was sie sind: schlichte, vertrauensvolle Helden mit der Fähigkeit, die Stimme Gottes zu verstehen, wenn sie sie hören? Es ist an der Zeit, daß unsere Politiker die einfache Wahrheit erkennen, die sich mit kristallener Klarheit aus einem solchen Fall ergibt. Italiener zu sein, heißt zu glauben. Das ist die Stärke des Ferruccio Cavalieri. Das ist auch unsere Stärke.«

O milde lächelnder Gott Italiens, Du weißt: Während anderswo vielleicht Geld die Menschen korrumpiert, oder Macht, oder etwas anderes aus Myriaden von Lastern, die der Mensch wählen mag zu seiner irdischen Lust und seinem endlichen Verhängnis, in Deinem Land liegen die Dinge nicht so einfach. Alexander VI., der Borgia-Papst, war nicht der beste unter den geistlichen Führern – manche behaupten gar, er sei ein Ausbund des Lasters gewesen. Und dennoch: Um wieviel ungehemmt lasterhafter hätte er sein können, wäre er nicht Papst gewesen! In seinem Fall, wie im Fall des Ferruccio Cavalieri, Bahnhofsvorsteher von Mine di Trasquera, korrumpiert die Tugend den Menschen. Nie wieder kann der arme Kerl mit der Härte und Klarheit seines Herzens eine kategorische Entscheidung treffen, nie wieder kann er mit der absoluten Überzeugung, im Recht zu sein, vor eine Versammlung hintreten, nie wieder kann er die dogmatische Geste des sowjetischen Theoretikers einnehmen. Warum nicht? Weil er Italiener ist, und weil auch Du, sein Gott, Italiener bist. Was immer er von nun an tun oder sagen mag, er wird nicht verhindern können, daß sein Blick himmelwärts schweift – in der Vorahnung Deines nächsten Fingerzeigs.

Der seidene Dolch

Der Staub hatte sich noch nicht gelegt über Europa: Es gab noch immer unbeerdigte Leichen. Hie und da leisteten Fanatiker, die nicht bereit waren, ihre Träume aufzugeben, noch immer verrückten Widerstand und bevorzugten, wenn es sein mußte, die zufällige Kugel der absichtlichen.

Für Giuseppe Gargaglia war es zu spät für Spekulationen dieser Art. Er hatte seine Chance gehabt, und er hatte sie verpaßt. Schmählich in den Kleidern einer alten Frau gefangengenommen, saß er jetzt in einer Zelle, und zur Gesellschaft nichts als seine Gedanken. Er hätte es vorgezogen, allein zu sein.

Um alles schlimmer zu machen, waren seine Gefängniswärter Italiener und daher mitfühlend. Sie machten endlose kleine Gesten, in der Hoffnung, es ihm annehmlich zu machen. Einer von ihnen, Arnaldo, ein stupsnasiger Junge aus Reggio Emilia, ging sogar so weit, ihn um ein Autogramm zu bitten. Sein Autogramm?

»Eh«, sagte Arnaldo schulterzuckend, »man weiß nie, wie die Geschichte sich wenden wird. Eines Tages kann ich vielleicht Ihre Unterschrift meinem Sohn geben und sagen, sie sei ihm gewidmet, von Exzellenz Gargaglia, dem Staatssekretär des Innern während der letzten Tage der faschistischen Ära.«

Gargaglia lächelte ein wenig bitter. Die Haltung des Wärters war vertraulich und doch ehrerbietig, als wäre ihm klar, daß, wiewohl sein Schutzbefohlener ein seiner Rechte entkleideter Häftling war, der Sturz in die Ungnade doch aus schwindelnder Höhe erfolgt war.

»Na gut«, knurrte Gargaglia mit einer Spur seiner gewohnten Energie, »geben Sie mir Papier und Federhalter.«
Arnaldo grinste. »Ich habe etwas Passenderes als Papier.« Und aus der Tasche zog er einen fleckigen Ausschnitt aus einer illustrierten Zeitschrift, der Gargaglia auf dem Gipfel seiner Laufbahn zeigte, zähnefletschend auf einem Balkon, die Nase in Falten gekräuselt vor Haß und Verachtung, sein Mund teuflisch bis an die Augenwinkel hochgezogen, während seine Hand mächtig in die Luft ausgriff, um irgendeinen imaginären Feind herabzuzerren. Neben ihm stand der Duce in einer Haltung nachdenklicher Anerkennung und heroischer Zufriedenheit.
»Um Gottes willen! Wo haben Sie das her?«
»Es liegen eine Menge alter Zeitschriften herum.«
Jemand, der sich gut auf Diplomatie verstand, mochte vielleicht die Möglichkeit eines Hinweises in Arnaldos ausweichende Antwort hineinlesen. Gargaglia musterte ihn scharf.
»Sind Sie Faschist?« fragte er leise.
»Nein. Nie gewesen. Natürlich mußten wir so tun.«
Aufreizend, dieser junge Bursche. Man konnte nicht wissen, wie intelligent er tatsächlich war.
Während Gargaglia schwungvoll seinen Namen schrieb, schöpfte er eine gewisse Befriedigung daraus, wieder einmal die flüssige Fanfare seiner Unterschrift zu spüren. »Wie heißt der Junge?« fragte er.
»Benito.«
»Nach dem Duce?«
»Nach dem Vater seiner Mutter, einem Märtyrer für die Sache.«
»Die Sache?«
»Wir sind Kommunisten«, sagte Arnaldo im Ton einer sachlichen Mitteilung.
Gargaglias Kehle war trocken. Die letzten vierundzwanzig Stunden waren voll von Verwirrung gewesen, und zwar geistig und seelisch. Er hatte nicht gut dagestanden, als er in den

gestohlenen Lumpen einer alten Vettel die Straße entlangstolperte. Er mochte ein feuriger Redner sein, aber er war kein Schauspieler. Seiner Darbietung hatte es an Überzeugung gefehlt. Er war sich dumm vorgekommen, es auch nur zu versuchen. Noch immer klang ihm das Gelächter der Partisanen in den Ohren, als ihm die Kleider vom Leib gerissen wurden, und auch die plötzliche stumme Ehrfurcht, als sie die Größe ihres Fangs erkannten.
Jetzt fuhr er sich mit müder Hand über die schlaflosen Augen. »Wenn Sie Überzeugungen dieser Art vertreten, warum, zum Teufel, bitten Sie mich um ein Autogramm?« fragte er.
»Oh, wie gesagt, man kann nie wissen«, antwortete Arnaldo freundlich. »Nur wenige Männer dürfen die Geschichte auch nur für ein Weilchen beherrschen. Ich bin wohl Kommunist, aber ich bin gewiß keiner von jenen. Ich habe kein Talent. Das ist der Grund, warum ich Gefängniswärter bin und nicht Offizier, ein Mann, der Entscheidungen trifft, und seien es kleine. Aber mein Sohn liebt Autogramme. Er hat schon etliche Filmstars beisammen, und ein paar Berühmtheiten aus anderen Bereichen des Lebens. Nun, ich liebe meinen Sohn. Er ist klein, aber es ist nicht meine Schuld, daß er noch nicht viel von seiner Kindheit gehabt hat. Wenn er Autogramme haben will, ist es das mindeste, was ich tun kann, sie für ihn zu besorgen. Und sie sind billiger als Spielsachen. Ich meine, ich habe nichts übrig für Hitler, doch wenn die Chance bestünde, sein Autogramm zu bekommen, würde ich es mir holen, verstehen Sie? Ich weiß nicht, was man in ein paar Jahren über Sie sagen wird. Vielleicht wird man Sie als Verräter ansehen, oder als Mann, der für Italien viel Gutes getan hat, oder man wird Sie vergessen. Die Geschichte läßt sich nicht voraussagen. Also dachte ich mir, besser auf Nummer Sicher gehen, für Benito. Darum habe ich Sie um Ihr Autogramm gebeten.«
»Klingt logisch«, murmelte Gargaglia, aber er hatte nicht die Kraft, das Gesagte ironisch klingen zu lassen.
Es entstand eine Pause, während Arnaldo die signierte Photo-

graphie ordentlich zusammenfaltete und in seiner Tasche verstaute. »Einen Becher Wasser?« fragte er.
Gargaglia wollte eigentlich kein Wasser, aber er nickte sparsam, wie er es getan hatte, als er im Amt war. Ein Kopfnicken, das Autorität unterstrich.

Während Arnaldo draußen war, erinnerte sich Gargaglia an eine Operation, bei der ihm die Gallenblase entfernt worden war. An der immer wiederkehrenden Gelbsucht war Afrika schuld gewesen. Er war einer der Pioniere in diesen grausamen Wüsten, die Italiens Wirtschaft enorme Anstrengungen kosteten, im Tausch für den bloßen Titel eines Imperiums. Seine schadhafte Galle hatte in seinen Augen den Charakter einer Wunde angenommen, glorreich empfangen im Dienst seines Vaterlandes.
Er erinnerte sich an das Krankenhaus, die Atmosphäre funktionaler Leistungsfähigkeit, wirbelnde Ventilatoren an der Decke, um die träge Luft aufzupeitschen, die besorgte Fröhlichkeit der Ärzte, die ab und zu einen freundlichen Blick übrig hatten, das stumme Dahingleiten der Nonnen und ihr Ausdruck direkter Verbindung mit dem Himmel. Es hatte ihm Mut gemacht, dieses Gefühl, Teil einer Heilungsfabrik zu sein, und er hatte sich unter das Messer gelegt, überzeugt, daß seine Kooperation entscheidend sei, wenn die Sache gut abgehen sollte.
Was ist der Tod anderes, fragte er sich, als eine Operation, von der ein Mann nicht mehr aufsteht? Das entscheidende ist, sachlich zu bleiben und mit den Männern zu kooperieren, die diese Pflicht erledigen. Bei jeder Hinrichtung hat das Opfer eine Rolle zu spielen. Es ist weniger ein tragischer Vorgang als vielmehr ein Ritual mit eigenen vorgeschriebenen Regeln und Gesetzen, eine Art Gottesdienst. Nonnen sterben ab für die Welt, indem sie sich hilflos auf den Boden strecken und mit einem symbolischen Leichentuch zugedeckt werden, bevor sie in den eifersüchtigen Schoß der Mutter Kirche einziehen. Das

Hinrichtungskommando ist nichts anderes. Voraussetzung für den Novizen ist ein Gefühl für die Würde des Augenblicks sowie Entsagung; zu allen Zeiten Entsagung.
Beim großen Totentanz durfte er nicht vergessen, das Taschentuch zurückzuweisen, wenn es ihm angeboten wurde. Diese Ablehnung ist die einzig erlaubte Auflehnung, die der Zeremonie ihre profane Qualität verleiht. Ganz sinnlos, Unschuld zu beteuern, sinnlos auch, irgendwelche Plattitüden über die Nation zu brüllen. Es beunruhigt nur das Erschießungskommando, die Männer, die nicht aus eigenen Stücken hier stehen und anschließend weiterleben müssen. Es ist eine Frage des Anstands, den Tröstungen des Priesters zu lauschen, als wäre er wirklich ein Überbringer höherer Labsal. Er hätte es unerträglich gefunden, wenn der Priester auch nur einen Moment lang glauben könnte, daß seine freundlich melancholischen Phrasen auf taube Ohren stießen. Es wäre ebenso ungezogen, als erlaubte man sich, in Gedanken abzuschweifen, während ein gutwilliger Langweiler einem eine Geschichte erzählt, die man schon einmal gehört hat.
Endlos träumte Gargaglia, und endlos war es der immer gleiche Tagtraum. Er sah sein eigenes edles Profil und seinen vornehmen Kopf, einen Kopf, der seltsamerweise durch seine Kahlheit noch vornehmer wirkte. Ohne mit der Wimper zu zucken, hörte er zu, wie der Kommandant des Hinrichtungskommandos sein vom Volksgericht getroffenes Urteil verlas. Er gestattete sich sogar ein unmerkliches Lächeln, und auch ein knappes Kopfnicken. Seine gekräuselten Lippen verrieten sogar auf distanzierte, keinen Widerspruch duldende Art, welch geringe Meinung er über den Volksgerichtshof hegte. Auf jeden Fall schien der Kommandant des Erschießungskommandos für einen Moment verblüfft über soviel *Kaltblütigkeit*. Er sah den Priester und hörte sein rasches Gemurmel. Es waren so viele heilige Texte, die in so kurzer Zeit durchgehechelt werden mußten. Man band ihn an den Pflock. Das Taschentuch wurde hochgehalten. Seine schwarzen Augen

wurden hart. »Nein«, sagte er laut und klar. Vielleicht, wenn man's recht überlegte, wäre es besser, nichts zu sagen, nur verneinend den Kopf zu schütteln. Der Film seiner Phantasie lief rückwärts. Wieder wurde das Taschentuch hochgehalten. Diesmal schüttelte er den Kopf. Der Kommandant schien Mut zu schöpfen aus solchem Beispiel und starrte ihn einen Augenblick in stiller Bewunderung an. Der Degen fuhr hoch. Nein, nein, er durfte vorher nicht vergessen, dem Priester zu danken. Er dankte dem Priester mit größter Schlichtheit. Der Priester war verwundert über solche Geistesgegenwart, und auch in seinem Glauben bestärkt, da er die Magie seiner Worte wirken sah. Wieder wurde der Degen erhoben. Die vordere Reihe der Soldaten sank auf die Knie. Er blickte über sie hinweg, in den strotzenden Himmel Italiens, und dachte beinah beglückt an seine Ehre. Irgendwo glaubte er einen Ruf zu hören, und dann wurde alles rot hinter seinen Augenlidern, wie es geschieht, wenn man in der Mittagssonne zu schlafen versucht. Erst rot, dann schwarz. Die Soldaten schauten einander an und murmelten: »Das war ein tapferer Mann.«
Gerade begann er seinen Tagtraum von neuem, als Arnaldo mit einem Becher Wasser zurückkehrte. »Tut mir leid, daß es so lange dauerte«, sagte er, »aber im Hauptquartier herrscht große Aufregung. Man hat General Zaleschi gefangen und den Bankpräsidenten Mora. Auch Gozzi-Parella, den Herausgeber der Faschistischen Jugendzeitschrift.«
»Was hat man mit ihnen gemacht?«
»Ich weiß nicht – noch nichts. Zaleschi und Mora waren als Bauern verkleidet – aber als Männer.«
Gargaglia zuckte zusammen. Diese Bemerkung war überflüssig. Immerhin, von einem gemeinen Soldaten kann man nicht viel Takt erwarten.
»Gozzi-Parella spazierte einfach ins Hauptquartier«, fuhr Arnaldo fort, »und sagte, es würde allen Beteiligten viel Mühe ersparen, wenn er sich einfach stellte. Ja, ja, der Bursche hat Schneid, auch wenn er die Jugend verdorben hat.«

»Ich glaube, man wird die meisten von uns erschießen«, sagte Gargaglia.
»Kann ich nicht sagen«, erwiderte Arnaldo. »Da müßten Sie jemand mit größeren Vollmachten fragen. Bis gestern haben wir ohne langen Prozeß erschossen, aber heute scheinen sie hinterherzuhinken.«
»Was passierte mit Colonnello Gasparone?« fragte Gargaglia, obwohl er es sehr gut wußte.
»Oh, er kam gestern morgen vor das Tribunal – den Volksgerichtshof, oder wie auch immer sie das nennen. Der Prozeß war sehr kurz. Zehn Minuten, nicht mehr. Dann brachten sie ihn hinaus und erschossen ihn.«
»Wie werden diese kleinen Zeremonien durchgeführt?« Das war's, was Gargaglia wissen wollte.
»Oh.« Arnaldo wurde verlegen. »Sind Sie sicher, daß Sie darüber sprechen wollen?«
»Selbstverständlich«, sagte Gargaglia knapp. Zu diesem Zeitpunkt war es noch leicht, Bravour zu beweisen. Er glaubte, einen Funken Bewunderung in Arnaldos Augen blitzen zu sehen, und es freute ihn.
»Nun, man bringt das Opfer hinaus, man verbindet ihm die Augen –«
»Das wird nicht nötig sein.«
»Dann setzt man es auf einen Stuhl, bindet ihm die Hände hinter den Rücken und erschießt es.«
»Ein Stuhl? Steht selbstverständlich frontal zum Hinrichtungskommando.«
»O nein. Die Exekutionen, die ich gesehen habe, da erschießt man die Leute immer von hinten.«
Gargaglia wurde blaß. »Das ist abstoßend«, sagte er.
»Vielleicht gelingt es Ihnen, dieses in Ihrem Fall zu ändern, falls es soweit kommen sollte. Ich meine, fragen schadet ja nichts; sie können nur nein sagen.«
»Aber, sagen Sie mir, amtiert da ein Priester?«
»Nicht im Fall Colonnello Casparones. Es war keine Zeit,

einen aufzutreiben. Sie müssen bedenken, wir sind nicht wie eine reguläre Armee organisiert. Wir sind nur Partisanen. Unsere Gerechtigkeit muß sich nach den Umständen richten. Ich glaube, wir würden Ihnen den Priester nicht verweigern, falls einer verfügbar wäre; aber wir würden die Exekution kaum aufschieben, um einen zu suchen.«
Gargaglia hörte nicht mehr zu. Durch den Wunsch nach Rache waren die Chancen, Heldentum oder auch nur Würde zu beweisen, stark eingeschränkt worden. Man hatte das Ritual verändert, und es war beinah eine Blasphemie, diese Verweigerung althergebrachter Höflichkeitsformen. Nur Feiglinge wurden von hinten erschossen. In ihrem finsteren Haß wußten die Veränderer der Regeln, daß keine großen Gesten möglich waren, wenn man, wie das Opfer eines Raubüberfalls, auf einem vulgären Küchenstuhl kauerte. Und kein Priester! Keiner, der Geist genug gehabt hätte, um die Qualität eines stolzen Schweigens zu würdigen!
Gargaglia nahm Zuflucht zum Zorn und stampfte auf.
»Ich sagte Ihnen doch, wir hätten nicht darüber sprechen sollen«, sagte Arnaldo. »Es ist kein guter Gesprächsstoff.«
»Ruhe!« brüllte Gargaglia. »Sollte mir ein letzter Wunsch gewährt werden, wird es Ihr Schweigen sein.«
»Sie haben Ihr Wasser noch nicht getrunken«, sagte Arnaldo sanft. »Wollten Sie es nicht?«

Die Zellentür ging auf, und Quattrospille trat ein. Er war der örtliche Kommandeur der Partisanen, ein kettenrauchender Intellektueller mit einem ewigen Stirnrunzeln, und Augen, die in die Ferne zu blicken schienen. Gargaglia geriet einen Moment in Panik, als er ihn sah, klammerte sich dann aber an seinen Zorn, wie an ein Rednerpult. »Na?« bellte er und gab zu verstehen, daß es gut wäre, das Schreckliche, falls es getan werden mußte, rasch hinter sich zu bringen.
Quattrospille steckte sich eine neue Zigarette am Stummel der letzten an und lehnte sich an die gekalkte Wand.

Gargaglia empfand die Pause als Kränkung.
»Was ist los mit Ihnen?« fragte Quattrospille. »Sie haben doch keine anderen Probleme, als zu warten.«
»Warten, warten. Worauf?«
»Ah«, antwortete Quattrospille seufzend, »ich wollte, ich wüßte es. Wenn es nach mir ginge, hätte ich Sie auf der Stelle erschossen, sofort, als wir Ihnen die Frauenkleider vom Leib rissen. Es hätte mir Kopfzerbrechen erspart, und ich bin sicher, auch Sie wären glücklicher dabei gewesen.«
»Versuchen Sie etwa zu scherzen?« fragte Gargaglia und holte Luft.
Quattrospille blickte gequält. Die Müdigkeit hatte seine Reflexe verlangsamt. »Nein. Ich sage nur, was ich denke. Immerhin sind dies bewegte Tage, und jeder scheint eine Woche zu dauern. Wir zerstören mit der einen Hand, und versuchen mit der anderen, mühsam wiederaufzubauen. Das ist schwer. Während der Schlacht sind die Probleme so einfach. Dann, wenn der Frieden kommt, fangen die alten Schwierigkeiten von vorne an.«
Gargaglia räusperte sich. »Sind Sie gekommen, um mir etwas zu sagen, oder vertreiben Sie sich nur die Zeit auf Kosten meiner Nerven?«
»Ich?« antwortete Quattrospille. »Ich lege meine Karten auf den Tisch. Ich erzähle Ihnen von meinen Problemen, von Verwaltungsproblemen, weil Sie selbst einmal ein hoher Verwaltungsbeamter waren und vielleicht in der Lage sind, sie zu begreifen.«
»Ich habe stets auf einer klaren Sprache bestanden.«
Quattrospille lächelte, und während er lächelte, gähnte er. »Wirklich?« antwortete er. »Na, was könnte klarer sein, als wenn ich Ihnen sage, daß Sie, wäre es nach mir gegangen, auf der Stelle erschossen worden wären.«
»Aber was versuchen Sie mir jetzt zu sagen?« schrie Gargaglia. »Daß es nach Ihnen geht und ich erschossen werde – oder daß es nicht nach Ihnen geht und ich nicht erschossen werde?«

Quattrospille nahm einen tiefen Zug und beobachtete, wie der Rauch langsam im Raum aufstieg und sich in trägen Kringeln ausbreitete. »Die Situation ist noch nicht klar«, sagte er.

Amateure! dachte Gargaglia. Kaum sind sie an der Macht, funktioniert nichts mehr, Eisenbahn, elektrisches Licht, Rechtsprechung. Nichts. Doch er gestand Quattrospille den Luxus weiteren Grübelns zu.

»Sehen Sie«, fuhr Quattrospille fort, »in den ersten Tagen waren wir auf uns selbst gestellt. Verbrecher, die wir fingen, wurden erschossen. Und keine Fragen wurden gestellt. Dies gab uns die Möglichkeit, schnelle und gute Arbeit zu leisten. Jetzt ist die Hauptmacht der alliierten Streitkräfte gekommen, nicht nur Soldaten, sondern auch die Verwaltung, nicht nur Anglo-Amerikaner, sondern auch Italiener. Dies kompliziert die Dinge unvermeidlich. Wenn ich Sie jetzt erschieße, wird man wissen wollen, warum Sie nicht der schwerfälligen Justiz eines höheren Gerichts übergeben wurden. Ich könnte immer sagen, daß Sie auf der Flucht erschossen wurden, doch dann besteht die Gefahr, daß irgendein ehrgeiziger Trottel das Gegenteil bezeugt, und ich sitze in der Tinte.« Er warf einen Seitenblick auf Arnaldo, hielt inne und zündete sich eine neue Zigarette an, obwohl die zwischen seinen Lippen kaum zur Hälfte geraucht war.

»Ich bin nicht in der Verfassung, mich für Ihre Probleme zu interessieren«, sagte Gargaglia steif. »Ich kann mich nur für Ihre Entscheidung interessieren. Ich wäre dankbar zu erfahren, wie sie ausfällt.«

Quattrospille lachte leise und humorlos. Dann forderte er Arnaldo auf, die Zelle zu verlassen. Als sie allein waren, fuhr er fort: »Sie sind völlig im Irrtum. Ich bin gekommen, um Sie zur Kooperation zu ersuchen, um Ihnen ein Angebot zu machen, wenn Sie so wollen. Falls ich Ihnen die Flucht ermögliche, könnte ich Sie erschießen und mich vor jeder nachträglichen Anschuldigung schützen.«

»Sie sind völlig verrückt!« platzte Gargaglia heraus.
»Wieso? Es gibt immer noch die schwache Chance, daß unsere Kugeln Sie verfehlen; es ist die Art Chance, die die Engländer als ›sportlich‹ bezeichnen. Und bevor Sie übereilte Schlüsse ziehen, denken Sie an die Alternative. Wenn Sie nicht heute erschossen werden, jetzt, diese Minute, werden Sie höheren Instanzen ausgeliefert und vor Gericht gestellt. Sie waren ein hoher faschistischer Funktionär. Man wird Sie für ein paar Verbrechen in Äthiopien verantwortlich machen, wie auch für Ihre Restriktionen gegen die Juden, ganz zu schweigen vom Tod zahlreicher Partisanen und Geiseln. Das bedeutet auf jeden Fall das Hinrichtungskommando. Überlegen Sie also, was vorzuziehen ist – ein sauberer Schuß, jetzt, wo Sie auf das Schlimmste vorbereitet sind, oder eine feierliche Exekution zu einem späteren Datum, nach unzähligen Aufschüben, wenn Sie sich an die Hoffnung gewöhnt haben.«
Gargaglia blickte in Quattrospilles Augen und sah dort keine Menschlichkeit, nur Neugier.
»Arnaldo!« rief Gargaglia.
»Sie werden es noch erleben, daß Sie Ihre Entscheidung bedauern«, sagte Quattrospille, »aber schließlich waren die meisten Ihrer Entscheidungen idiotisch.«
»Während der ganzen faschistischen Ära«, stammelte Gargaglia, sein Gesicht gerötet vor Zorn und Angst, »ist mir nie solcher Haß begegnet.«
Quattrospille schien überrascht. »Ich bin doch sehr barmherzig. Eines Tages werden Sie vielleicht das Ausmaß meiner Barmherzigkeit erkennen. Da war kein Haß in meinem Angebot, nur Verständnis.«

Arnaldo kam wieder herein und begann Quattrospilles Waffenrock abzuklopfen. »Ganz weiß«, sagte er, »von der Mauer«, und dann flüsterte er seinem Chef irgendeine Nachricht ins Ohr.
Quattrospille schloß vor Erbitterung die Augen. Als er sie

wieder aufschlug, sah er Gargaglia direkt an. »Sie haben Besuch«, sagte er und ging.
»Besuch?« Gargaglia zitterte. In der melodramatischen Sprache, die die Partisanen gebrauchten, konnte dies alles mögliche bedeuten. Er krümmte sich in der Ecke zusammen. Es konnte nichts weiter besagen als einen anderen Gefangenen, der seine Zelle teilen sollte, oder es konnte den Lauf einer Maschinenpistole durch die Gitterstäbe bedeuten.
Die Zellentür ging knarrend auf, und ein Mann trat langsam ein, blinzelnd, als sei er nicht an das Licht gewöhnt. Er war ziemlich groß und von der Natur offenbar zur Korpulenz bestimmt, aber im Augenblick war er mager und blaß, vielleicht von langer Krankheit genesen. Sein Hals war viel zu dünn für seinen Kragen, und lockere Haut hing in Falten von einem energischen Kinn herab, die leise zitterte, wenn er den Kopf drehte. Die Kleidung, die er trug, war so spartanisch, daß sie beinah eine Art Uniform bildete. Mit der Hand umklammerte er einen steifen schwarzen Hut und eine Ebenholzkrücke, auf die er sich stützte.
»Signor Gargaglia? Darf ich eintreten?« keuchte er mit asthmatischer Stimme.
»Wer ist da?«
»Guido Manasse.«
Gargaglia war es, als explodiere Eis in seinem Innern. Er konnte es nicht glauben, und er fürchtete sich. Professor Manasse war einer der größten Strafverteidiger vor italienischen Gerichten gewesen, ein Anwalt mit einer Rhetorik von so elementarer Gewalt, daß unter ihrem Trommelfeuer kein Richter noch seinem eigenen Urteil trauen konnte. Er hatte nichts als seinen Verstand; seine Stimme war uninteressant und klanglos, seine Gebärden steif, und seine zwei Reihen von Zähnen hatten sich nie recht einigen können, welche nun vor der anderen stehen sollte. Wenn er den Mund schloß, wirkte es immer noch, als stünde er halb offen. Doch sein Verstand war außerordentlich, nicht nur kraft seines Einfallsreichtums,

sondern auch auf Grund seiner unglaublichen Disziplin und Schärfe. Er erinnerte sich an alles, was er je gehört hatte, und konnte die Fakten filtern, sie nach Bedeutsamem und Wertlosem sortieren, während er sprach, und wenn er sprach, waren die aus solchen Denkprozessen geborenen Worte stets originell, eindringlich und präzise.
»Warum sind Sie gekommen?«
»Hmm. Sie haben es offenbar ganz angenehm hier, Exzellenz.«
Gargaglia war unfähig, sich zu bewegen, während Manasse langsam in die Mitte der Zelle trat. »Sind Sie gekommen, um mich zu verhöhnen?«
»Ganz und gar nicht« sagte Manasse verbindlich. »Sie scheinen zu vergessen, daß ich die letzten drei Jahre in Zellen verbracht habe. Wenn ich also die Annehmlichkeit der Ihren bemerke, vergleiche ich sie nicht mit einem Zimmer, sondern mit einer Reihe anderer Zellen. Wie Sie vielleicht wissen, bin ich ein Connaisseur.« Er betrachtete einen Moment das Arrangement der Möbel. »Wie ich sehe, haben Sie einen Stuhl und eine Kiste. Darf ich mich setzen?«
»Was könnte Sie daran hindern?«
Manasse lächelte, und seine blaßblauen Augen funkelten vor Belustigung, die allem Anschein nach echt war. »Sie waren immer ein so guter Gastgeber, in alten Tagen«, sagte er aufmunternd. »Möchten Sie nicht, bitte, aus Ihrer Ecke kommen, damit ich mich hier wie zu Hause fühle?«
Gargaglia rührte sich nicht.
»Ich bin unfähig, Ihnen physisch Gewalt anzutun, selbst wenn ich es wollte, denn ich bin schwer krank, und jedenfalls habe ich immer die häßlicheren Seiten des Lebens verabscheut«, fuhr er fort. »Die Ärzte sagen mir, ich muß mich möglichst schonen. Es wäre höflich von Ihnen, wenn Sie mich, aus rein medizinischen Gründen, aufforderten, Platz zu nehmen.«
»Bitte, setzen Sie sich«, knurrte Gargaglia. Er argwöhnte Ironie in jedem Satz.

»Danke. Nun, nachdem dies Ihre Zelle ist, werden Sie doch eine Vorliebe haben für eine dieser zwei Sitzgelegenheiten. Für mich ist es unerheblich, denn ich lebe nicht hier. Möchten Sie mir vielleicht andeuten, wo ich mich setzen soll?«
»Mir egal.«
»Das kommt wahrscheinlich daher, daß Sie noch nicht lange genug hier sind. Nach ein paar Monaten entwickelt ein Mann Eigenheiten. Nun, falls Sie nichts dagegen haben, werde ich diese hier wählen. Sie erinnert mich ...« Er setzte sich auf die Kiste. »Aber, bitte, gesellen Sie sich doch zu mir, in die Mitte der Zelle. Ich verhöre Sie nicht für eine Ermittlung. Ich bin nur zu Besuch.«
»Ich ziehe es vor zu stehen.«

Gargaglia sah, daß Manasses Augen unter einem bestimmten Blickwinkel sich voneinander trennten und in verschiedene Richtungen starrten, was ihm vor Gericht den nützlichen Anschein gab, alles zu sehen. Dann wieder waren seine Augen en miniature durch die dicken Gläser seines randlosen Kneifers zu sehen, so daß es schien, als stünden ihm vier Augen zu Gebote.
»Sie benehmen sich sehr kindisch, falls Sie mir diese Feststellung erlauben. Ich hätte nie erwartet, daß ein hoher Staatsfunktionär mich mit so jugendlichem Trotz begrüßen würde.« Manasse lachte.
Gargaglia setzte sich, aber um seine Verlegenheit zu verbergen, fragte er: »Kommen Sie in amtlicher Eigenschaft?«
»Könnte ich schwerlich, da ich kein Beamter bin.«
»Aber Sie wollen mich doch nicht glauben machen wollen, Sie hätten die Reise nur zum Vergnügen unternommen?«
Manasse lachte laut. »Das ist schon besser«, kicherte er. »Der alte Gargaglia, der Journalist mit der ätzenden Feder. Wir sind zusammen zur Schule gegangen, erinnern Sie sich?«
»Natürlich erinnere ich mich«, erwiderte Gargaglia kurz angebunden.

»Ja, ich hatte eine rote Haarmähne damals. Sehen Sie nur, was davon übriggeblieben ist – weiß, ein paar Strähnen, aber sie wollen noch immer nicht liegenbleiben, wenn ich sie kämme. Damals habe ich mich immer leicht verliebt, das war, bevor ich lernte, meine Gedanken und meine Gefühle zu organisieren. Der liebeskranke Jude, so nannten sie mich. Und ich erinnere mich an eine ganz zauberhafte Gelegenheit, bei der Sie meinetwegen sehr wütend wurden. Ich war immer ziemlich schüchtern. Sie drohten einem Jungen, ihn zusammenzuschlagen, wenn er es noch einmal sagte – der liebeskranke Jude. Erinnern Sie sich? Ja, das Leben ist voll kleiner Ironien.«

»Hat Ihr Besuch etwas mit meiner mißlichen Lage zu tun?« forschte Gargaglia.

»Ah, Gargaglia der Praktiker, der Administrator, der Mann aus Stahl. Ein weiteres Symptom einer komplexen Persönlichkeit.« Manasse tätschelte dem Gefangenen das Knie. »Verzeihen Sie mir, falls es Ihnen scheint, als spotte ich ihrer. Es ist mein Überschwang, da ich Sie nach so langer Zeit wiedersehe, und ganz ehrlich, ich habe im Gefängnis manchmal gedacht, die Gelegenheit, unsere Bekanntschaft zu erneuern, würde sich nie mehr ergeben.«

»Genug davon«, sagte Gargaglia schroff. »Sie mögen alle Zeit der Welt für solche Neckereien haben, ich nicht. Jeden Moment kann man kommen, um mich zu erschießen.«

»Das hat keine Eile«, sagte Manasse. »Ich habe darum gebeten zu warten.«

»Dann kommen Sie also mit einem offiziellen Anliegen. Ich verlange zu erfahren, um was es sich handelt.«

»Mein Anliegen ist keineswegs offizieller Natur«, erwiderte Manasse geduldig. »Es ist nur so, daß mit dem Zusammenbruch des Faschismus mein guter Ruf wiederhergestellt ist. Plötzlich weiß jedermann, wer ich bin. Ich bat die derzeitigen Machthaber, in Ihrer Sache nichts zu unternehmen, bevor ich nicht mein Gespräch mit Ihnen beendet hätte. Sie waren sofort einverstanden. Solange ich hier bin, können Sie sich sicher fühlen.«

Gargaglia runzelte die Stirn. »Ich weiß nicht, was Sie von mir wollen«, sagte er zögernd, »aber es wäre nicht menschlich, wenn Ihre Einstellung zu mir nicht von Rachegefühlen diktiert wäre.«

»Es wäre nicht menschlich? Wieso?« Manasse schien erstaunt; dann kam ihm plötzlich die Erleuchtung. »Ah, weil Sie es waren, der die Unterdrückungsmaßnahmen gegen die Juden veranlaßte. Ja, ja, ja. Daran habe ich gar nicht gedacht.« Sein Ton wurde plötzlich äußerst verständnisvoll. »Was hätten Sie dagegen tun können? Es war sehr wichtig für uns, das Bündnis mit den Deutschen zu pflegen, um, wie ich vermute, die Mängel unserer eigenen Streitkräfte zu verbergen. Es war unerläßlich für Sie, sich der Linie zu unterwerfen, die die Deutschen Ihnen vorschrieben, wann und auf welchem Gebiet auch immer. Falls Sie Wert darauf legen – ich persönlich verurteile Sie nicht für die plötzliche Welle des staatlich geschürten Antisemitismus oder für meine Verhaftung. Sie werden Ihre Gründe gehabt haben. Ich bin geneigt, die Gründe für Ihr Verhalten im voraus zu akzeptieren.«

Gargaglia war bemüht, sich verständig zu geben. »Gewiß, der Druck der Deutschen war beträchtlich –«

»Beträchtlich? Ich bin sicher, er war übermenschlich.«

»Es gab keinen Druck von deutscher Seite, dem wir uns nicht hätten widersetzen können. Es wäre falsch, anzunehmen, daß wir eine einzige Entscheidung unter Zwang getroffen hätten. Wir waren absolut verantwortlich für jede einzelne Aktion, die im Namen der italienischen Regierung durchgeführt wurde.«

Oh, Gargaglia war kein Narr. Er sah die Falle, die ihm gestellt war, doch er nahm an, daß ein Mann von Manasses Temperament offenherzige Ehrlichkeit höher schätzen würde als versuchte Spitzfindigkeiten.

»Mit anderen Worten, Sie sagen mir nun, daß die plötzliche

Verfolgung unserer jüdischen Bevölkerung eine ausschließlich italienische Initiative war?«
»Ja«, antwortete Gargaglia.
»Aber sind Sie aufrichtig überzeugt, daß Sie ohne das Beispiel Deutschlands auf diese Idee verfallen wären?«
»Das ist eine akademische Frage, Professor.«
»Wäre Italien je in den Krieg eingetreten, ohne ein Zeichen von seinem großen Bruder – oder sagen wir, Halbbruder?«
»Auch dies ist eine akademische Frage. Tatsache ist, daß diese Vorgänge aus bestimmten Gründen stattfanden. Es ist sinnlos, darüber zu spekulieren, was sie veranlaßte oder was hätte sein können.«
»Sinnlos, aber faszinierend«, sagte Manasse lächelnd. Eine Zeitlang musterte er Gargaglia, der hastig Geistesabwesenheit vortäuschte. Diese vier blauen Augen, deren jedes seine eigene Richtung verfolgte, waren mehr, als er ertragen konnte. Gargaglia fühlte sich in die Enge getrieben.
»Sagen Sie mir noch, nachdem Sie sich alles auf die eigene Schulter zu laden wünschen – was haben Sie gegen die Juden?« säuselte Manasse sanft.
»Die Juden? Sie sind ... verschieden.«
»Verschieden wovon?«
Gargaglia verriet seine Gereiztheit durch eine rasche Gebärde. »Das wissen Sie sehr gut.«
»Nun, ich weiß sehr gut, daß wir verschieden voneinander sind. Ein schockierender Gedanke, nicht wahr? Ein Gedanke, der Ihnen vielleicht nie gekommen ist. Wenn die Leute über ›die Juden‹ reden, sehen sie vor ihrem inneren Auge meist eine amorphe Masse, eine Menge, aber niemals eine Menge von Individuen, einen Mikrokosmos von Mängeln und Tugenden, wie sie sich im gesamten Menschengeschlecht finden.«
»Die Juden waren und sind verschieden von den Italienern.«
Gargaglias Taktik war die der Unverbindlichkeit, der einsilbigen Antworten, wo ihm dies möglich schien. Manasse behielt

bei diesem rätselhaften Gespräch die Initiative. Er allein mochte wissen, wo ihre Debatte hinführte. Gargaglia hielt sich zurück, um seine Bewegungsfreiheit möglichst lange zu wahren und um seine Reserven an Energie und Logik zu schonen.

»Auch die Italiener sind verschieden voneinander«, mutmaßte Manasse. »Und selbst wenn Sie dem absurden Traum anhängen, daß die Rasse sich seit Römertagen überhaupt nicht verändert hätte, dürfen Sie nicht vergessen, daß auch Rom selbst seine Juden hatte, und welch ein Ärgernis, verdammt, waren sie mit ihrer Hitzköpfigkeit und Hartnäckigkeit und ihrem Klagen in den Katakomben.« Er lachte knapp und lautlos über das Bild, das er entworfen hatte. »Verschiedenheit an sich ist gewiß kein Anlaß zu Verfolgung. Ich würde meinen, daß Wehrlosigkeit vielleicht ein stichhaltigerer Antrieb ist. Die Deutschen sind verschieden von den Italienern, aber nie haben die Italiener die Deutschen verfolgt. Sie waren nicht in der Lage dazu. Die Juden sind viel leichter zu verfolgen. Ist das nicht der wahre Grund – die leichte Gelegenheit? Wenn man wütend auf seine Vorgesetzten ist, brüllt man seine Frau an. Ist es nicht so? Wenn eine Nation frustriert und ohnmächtig ist, hat sie immer die Juden, an die sie sich halten kann, wie ein Mann an seine Frau. Werfen Sie doch einen Blick auf die Geschichte, und Sie werden feststellen, daß die Juden in Zeiten des Wohlstands und der nationalen Zufriedenheit meist in Ruhe gelassen werden.«

»Ich persönlich habe nichts gegen die Juden.«

»Aah –«

»Ihr Urteil über die Ursachen der Verfolgung ist äußerst bestechend. Es gibt selbstverständlich Ausnahmen.«

»Selbstverständlich. Bei den meisten Verallgemeinerungen gibt es Ausnahmen.«

»Ein Idiot müßte sein, wer nicht zugeben wollte, daß der Beitrag einzelner Juden zum Fortschritt der Menschheit« –, sagte Gargaglia –, »in keinem Verhältnis zur Größe der jüdischen

Bevölkerung steht. Einstein, Spinoza, Ehrlich; man kann ohne weiteres eine glänzende Schar von Namen aufzählen, die zur Bereicherung von Philosophie, Musik oder Wissenschaft beigetragen haben. Ich bin kein Idiot; daher erkenne ich das an. Dennoch gibt es einen Unterschied zwischen einzelnen Juden und den Juden in der Masse.«

»Wenn Juden in einer Masse sind, sind sie mehr sie selbst«, sagte Manasse. »Dasselbe gilt für die Italiener. Dies mag eine der wenigen Regeln sein, von der es keine Ausnahme gibt.«

Der Ton sanften Spotts hemmte Gargaglia, der einen Moment ins Wanken geriet. »Damals schien es mir, daß eine beschränkte Verfolgung gerechtfertigt sei, als Instrument nationaler Politik.«

»Damals?« hakte Manasse ein. »Sie denken heute nicht mehr so?«

»Ich – ich könnte mich geirrt haben.«

»Als Politiker, oder als Mensch?«

»Als Politiker.«

»Und als Mensch?«

»Als Mensch – könnte ich mich ebenfalls geirrt haben.«

Manasse lehnte sich zurück und kratzte seinen fast unsichtbaren weißen Schnurrbart mit dem Zeigefinger. »Lassen wir das Thema Juden«, sagte er. »Ich bin Jude, aber ich bin kein Zionist, kein Fanatiker. Warum? Weil ich Italiener bin, und man kann nicht beides sein, Italiener und ein zionistischer Fanatiker. Ich sprach lediglich von der Verfolgung der Juden, weil ich Verfolgung ablehne, nicht etwa, weil ich meine eigene Rasse mit unvernünftiger Leidenschaft liebte. Die Drangsalierung eines Pferdes durch einen Bauern ist auf ihre Art ebenso abscheulich wie die Drangsalierung einer Minderheit durch eine Mehrheit. Das Böse an sich sollte nicht nach Quantität, sondern nach Qualität beurteilt werden.« Manasse blickte auf den Boden. Plötzlich deutete er auf einen Spalt zwischen den Fliesen. »Sehen Sie«, sagte er. »Da ist eine Spinne. Töten Sie sie!«

»Warum?« fragte Gargaglia. »Fürchten Sie sich vor Ihr?«
»Nicht im mindesten. Sie ist ganz harmlos.«
»Warum sollte ich sie also töten?«
»Warum sollten Sie sie nicht töten?« fragte Manasse. »Sie sind stärker als sie. Es kostet nicht viel Mühe, sie zu zertreten.«
»Das ist noch kein Grund, sie zu töten!« brüllte Gargaglia unvermittelt.
»Finden Sie Gründe. Sie sind ein intelligenter Mann«, krächzte Manasse. »Die Spinne lebt in einer grausamen Welt, in einer Welt ohne Sprache, ohne Verständigung, ohne Gespräch, einer Welt der Jäger und der Gejagten, einer unsentimentalen Welt. Fragen Sie sich doch selbst: Wenn Sie die Größe einer Spinne hätten, und diese die Größe eines Menschen, würde sie zögern, Sie zu töten?«
»Nein.«
»Darum töten Sie sie.«
»Nein!«
Manasse entspannte sich. »Warum haben wir den Krieg erklärt?« sagte er leise. »Es gab keinen Grund, diese Männer zu töten. Der Gedanke, eine Spinne zu töten, stößt Sie nicht ab, Gargaglia; nur weil ich Sie aufforderte, diese eine zu töten, scheuten Sie davor zurück. Sie sahen sie harmlos herumspazieren; sie hatten Zeit nachzudenken. Von Ihrem hohen Balkon herab sahen Sie die intakten Divisionen der italienischen Armee vor sich aufmarschieren, die Bajonette blitzend in einer Sonne, die offenbar nur für Sie alleine schien. Sie sahen nur die Uniformen, nicht die Männer; und da Sie die Männer nicht sahen, sahen Sie auch nicht die Frauen, die zukünftigen Witwen, und die Kinder, die Waisen von morgen. Sie sahen die goldenen Hüllen, aber nicht das verheißene Elend, das sie enthielten. Sie hatten keine Vorstellungskraft, Gargaglia. Bei all Ihrer oberflächlichen Intelligenz, bei all Ihrer Klugheit waren Sie unverantwortlich wie ein Kind, das man mit den unbezahlbaren Schätzen einer Kathedrale spielen läßt. Ihre Schuld ist gewaltig, unermeßlich, erschreckend.«

Heftig trat Gargaglia mit dem Fuß auf die Spinne.
»Bravo!« Manasse klatschte sarkastisch in die Hände. »Welch ein Mut! Ich hatte Sie unterschätzt. Sie sind doch ein Mann von Charakter, ein Staatsmann bis zum Schluß!«
Gargaglia brach in Tränen der Demütigung aus.
»Warum weinen Sie?« fragte Manasse leise. »Gelten diese Tränen vielleicht der letzten Witwe, die Sie zu einer solchen machten?«
Gargaglia hämmerte sich mit den Fäusten auf die Knie. Sein Zorn war der eines Kindes, und dennoch flossen seine Tränen nicht aus seinem Verstand.
Manasse wurde sanft und zartfühlend. »Es ist furchtbar, auf die Entscheidung von Leuten zu warten, denen Sie weder Vertrauen noch Bewunderung entgegenbringen, nicht wahr? Sie erleben es erst ein paar Stunden; ich erlebte es drei Jahre lang. Aber ich kann Ihnen verraten, die ersten Stunden sind die schlimmsten. Ich weiß nicht, wie es Ihnen ergeht, aber ich war ein Feigling. Ich stellte mir nur vor, wie ich mich verhalten würde, wenn es zum Schlimmsten käme. Nie sah ich mich meine Beredsamkeit unter Kontrolle halten. Ich war mir immer sicher, ich würde sterben und dabei Reden halten, mich rechtfertigen vor einem Gericht von Gewehrläufen.« Er machte ein Pause. »Ich bin sicher, es ist schwerer, wenn man begabt ist. Ein einfacher Mann kann mit Würde sterben, weil ihm letzten Endes nichts anderes übrigbleibt. Würde ist ja nichts anderes als Schweigsamkeit, und was führt eher zu Schweigsamkeit als Unwissenheit? Bei uns ist es anders. Haben Sie nicht das Gefühl, Sie hätten noch so viel zu geben, so viel zu tun? Erscheint Ihnen das Leben, selbst wenn es bis an sein natürliches Ende währte, nicht fürchterlich kurz?«
»Warum quälen Sie mich?« kreischte Gargaglia. »Sind Sie nicht zufrieden, mich so zu sehen?«
Manasse zog überrascht die Augenbrauen hoch. »Solch ein Wutanfall«, sagte er, »und dabei bin ich gekommen, um Ihnen gute Nachricht zu bringen.«

Der schluchzende Gargaglia sah seinen Peiniger an, und sein Atem ging merklich langsamer. »Gute Nachricht?«

Manasse grinste gewinnend. »Sie werden nicht erschossen.«

»Nicht –?«

»Sie werden vor Gericht gestellt.«

Gargaglia gelang ein bitteres Auflachen. »In diesem Fall werde ich nicht jetzt erschossen. Später.«

»Sie werden überhaupt nicht erschossen.«

»Wie – woher wissen Sie das?«

»Weil ich Sie verteidigen werde.«

»Sie?«

Es entstand ein langes Schweigen, während Gargaglia das Gesicht des Anwalts studierte.

Plötzlich sprang Gargaglia auf. »Das also ist Ihre Rache?« schrie er. »Sie werden mich verteidigen. Sie werden mich auf solche Art verteidigen, daß ich verurteilt sein werde, noch bevor ich den Fuß in den Gerichtssaal gesetzt habe. Sie werden alle Ihre juristischen Tricks einsetzen, um klarzustellen, daß Sie nicht an meine mögliche Unschuld glauben. Nein, vielen Dank. Ich habe bessere Chancen, wenn ich mich selbst verteidige. Aber vielen Dank für Ihre Großzügigkeit!«

Manasse wartete geduldig das Ende des Ausbruchs ab. Dann sprach er mit großer Aufrichtigkeit zu der Kreatur, die nun in ihrer Wut durch die Zelle strich. »Ich bin zu stolz auf meine Laufbahn, als daß ich so handeln würde, wie Sie vermuten. Ich habe es mir zur Gewohnheit gemacht, meine Prozesse zu gewinnen. Glauben Sie, ich als menschliches Wesen könnte es ertragen, wenn meine Kollegen anfangen würden zu sagen: ›Der alte Manasse läßt nach.‹? Schon jetzt setze ich mich unfreundlichen Kommentaren von einigen meiner besten Freunde aus, indem ich diesen Fall übernehme. Glauben Sie, es fällt einem Juden leicht, seinen Verfolger zu verteidigen? Welche Motive werden die Leute womöglich meiner Entscheidung unterstellen? Sie wissen, ich bin anders. Es ist mir wirklich egal, ob sie mich für verrückt halten, aber ich könnte es nicht ertragen, wenn man mich als unfähig ansähe.«

Gargaglia hielt inne in seinem Umherlaufen und hörte zu.

»Die Wahrheit ist, daß Gerechtigkeit mich nie so sehr interessierte wie die Toleranz. Ich habe immer verteidigt, falls Sie sich erinnern, und niemals angeklagt. Ich bin von meiner Veranlagung her unfähig anzuklagen. Dafür braucht ein Mann ein hochentwickeltes Gerechtigkeitsgefühl. Ich bin dafür zu emotional. Ich glaube, daß das Recht in allen Ländern ein viel zu grobes Werkzeug ist, um wirkliche Gerechtigkeit herzustellen. Ich hasse das Recht als die kalte, fühllose, unmenschliche Institution, die es ist, immer nur Schwarz und Weiß und ohne Raum für die unendlichen Schattierungen in Grau, die menschliches Verhalten motivieren und gute Menschen dazu bringen, böse Taten zu begehen, und intelligente Menschen zu unglaublicher Dummheit treiben. Aus diesem Grund habe ich oft einen Mann verteidigt, von dem ich wußte, daß er ein Verbrecher war, und ihm mit meiner Begabung die Freiheit geschenkt. Als Jurist bin ich schlecht, aber brillant. Es ist mir gleichgültig, solange ich mir die Qualitäten bewahre, die ich als Mensch besitze, der unter Menschen lebt. Das ist das einzig Wichtige für mich.«

Es herrschte Stille in der Zelle.

»Wenn Sie wollen, werde ich Sie freibekommen.«

»Warum?« fragte Gargaglia betäubt.

Manasse lächelte. »Es gibt noch Hoffnung für Sie«, sagte er. »Einen Augenblick fürchtete ich, Sie würden mich fragen, ›wie‹, und nicht, ›warum‹.«

Manasse erhob sich. »Ich bin gekommen«, fuhr er fort, »um zu sehen, ob Sie verletzlich wären, ob Sie menschlich wären, ob Sie leiden könnten, und ich bin befriedigt. Sie kauerten in einer Ecke, als ich eintrat. Sie hatten Angst. Das war ein gutes Zeichen. Sie versuchten, Ihre Taten zu rechtfertigen, und fanden es unmöglich. Sie haben ein Gewissen, das wieder anfangen wird zu funktionieren, langsam und mühselig, wie ein

Kind laufen lernt. Sie weinten, und es geschah nicht nur aus Erschöpfung. Sie sind besserungsfähig, und insofern haben Sie meinen Glauben an die Menschheit ein wenig bestätigt. In diesen Zeiten brauche ich wenigstens jeden Tag eine Bestätigung, bis auch ich anfangen kann, Güte wieder für selbstverständlich zu halten.«

Manasse bewegte sich zur Tür. »Wollen Sie, daß ich Sie verteidige?«

Gargaglia blickte auf den Boden. »Warum machen Sie sich die Mühe?« flüsterte er.

»Warum?« antwortete Manasse. Seine blauen Augen waren jetzt kalt und klar und völlig gefühllos. »Weil es die furchtbarste Rache ist, die ich mir vorstellen konnte – Sie erfolgreich zu verteidigen, und kostenlos.«

Die Zelle war leer. Gargaglia sah sein Leben vor sich ausgebreitet, bis ins Unendliche, jeder Tag eine Zelle, so leer wie diese, in der er sich befand. Er sank auf die Knie, nicht um zu beten, sondern weil das Gewicht seiner Demütigung ihn niederdrückte. Er versuchte wieder zu weinen, aber es waren ihm keine Tränen geblieben. In diesem Moment hätte er jedem Befehl gehorcht, von jedem. Die Salve des Hinrichtungskommandos wäre ein menschenfreundlicher Akt gewesen; aber andererseits ist das Leben häufig grausamer als der Tod, denn es ist reich an Zeit, der Tod nur reich an Schweigen.

Die Einsamkeit von Billiwoonga

Europa besetzt den gleichen Platz im Herzen mancher Europäer wie eine Schule. Geliebt und gleichzeitig gehaßt. Seine Gewohnheiten sind unersetzbar, seine Geheimnisse und verborgenen Freuden können in anderen, offeneren Gegenden nicht in vergleichbarer Art entstehen, und doch scheinen seine strengen Regeln auf festen Fundamenten der Bigotterie erbaut und seine Handlungsweisen einer uralten Dummheit zu gehorchen. Alle zwanzig Jahre etwa, auf einen Trompetenstoß hin, der so beiläufig ertönt wie das Schlagen einer Uhr, will es der Brauch, daß gesunde Männer zum Bahnhof ziehen und dann, inmitten eines Meeres trauriger weißer Taschentücher und beim Schmettern martialischer Musik aus krächzenden Lautsprechern, zur Grenze aufbrechen. Welche Grenze? Jede Grenze, denn sie wechseln wie die Gezeiten; Politiker nennen sie historisch, Generale nennen sie strategisch, einfache Menschen nennen sie ein verdammtes Ärgernis.

Jiři Polovička war es leid. Er war es 1939 leid gewesen, und jetzt war er es erst recht. Geboren 1904 als Sohn eines tschechischen Vaters und einer slowakischen Mutter, hatte er sich nach Ende des Ersten Weltkriegs als ungarischer Staatsbürger wiedergefunden – aus keinem anderen Grund als jenem, daß sein Vater sich auf der falschen Seite eines Flusses niedergelassen hatte. Schließlich beschloß der alte Herr Polovička, in sein Mutterland zurückzukehren, denn Minderheiten haben ihre Probleme in Mitteleuropa. Von dem Wunsch geleitet, sich so weit von Ungarn zu entfernen, wie es die etwas sonderbare

Geographie der Tschechoslowakei erlaubte, eröffnete er ein kleines Lebensmittelgeschäft in Teschen, einer Bergwerkstadt an der polnischen Grenze. Das Leben war relativ ruhig, bis zu den Unruhen der späten Dreißiger, als die ganze Familie Polovička über Nacht polnisch wurde. Da ihr ganzes Kapital in der fraglichen Stadt investiert war, war es ihnen wirtschaftlich unmöglich, erneut auszuwandern. Was Patrioten auch immer sagen mögen bei der Enthüllung von Statuen – die Drohung des Hungers ist ein stärkeres Argument als abstrakte Gefühle der Zugehörigkeit. Alsbald hatte Hitler ohnehin all diese höheren Gefühle zu einem Unfug gemacht, und Jiři war noch keine zwei Tage in der polnischen Armee gewesen, als er sich schon als Kriegsgefangener inmitten von Leuten wiederfand, deren Sprache er nur mühsam verstand, und wo er reichliche Unannehmlichkeiten unter der Willkür der Herrenrasse auszustehen hatte.

Ein Arbeitseinsatz zum Kartoffelbuddeln für einen freundlichen schlesischen Bauern wurde durch das Angebot unterbrochen, in eine böhmisch-mährische Brigade einzutreten, dazu bestimmt, die Lücken der Ostfront aufzufüllen, wenn die Stunde dazu käme. Als er dieses Angebot mit großer Höflichkeit ablehnte, faßte die deutsche Regierung dies als persönlichen Affront auf, und Jiři wurde auf einen Besuch nach Ravensburg geschickt, der nach nur sechs Monaten endete, als er nach Auschwitz überstellt wurde. Die Gestapo gab ihm zu verstehen, daß sie seine Maskerade als Pole für einen vorsätzlichen Täuschungsversuch ansah, und erklärte, daß er als Tscheche nunmehr unter dem Protektorat des Reiches stünde und seine Meldung bei einem ausländischen Heer nichts anderes gewesen sei als Verrat.

Zu seinem Glück brauchte man mehrere Jahre, um das genaue Ausmaß seines Verrats zu bestimmen, und so überlebte er, mehrfach verlegt von einem Lager in das nächste. Die Russen waren es schließlich, die ihn befreiten, und wieder verbrachte er einige Zeit in einem Lager und beantwortete

endlose Fragen mit dem letzten Rest seiner erschöpften Kräfte. Sie hatten Mühe, zu entscheiden, ob er nun Pole, Ungar oder Tscheche sei, und reagierten skeptisch auf alles, was er ihnen erzählte. Schließlich gaben sie es auf, und Ende 1946 kehrte er heim in eine graue, unruhige Tschechoslowakei.
Sein Vater war spurlos verschwunden; ebenso seine Mutter. Der Laden war nicht mehr da. Er war zweiundvierzig Jahre alt und fühlte sich wie eine Waise, aller Gefühle beraubt, hart, leer, ohne die nötige Kraft zum Selbstmord. Selbstmitleid wäre unter solchen Umständen lächerlich gewesen. Der Winterschlaf hatte zu lange gedauert, die Wunde war zu tief, zu scharf. Er wollte sich endlich frei bewegen, seine Beine gebrauchen, wieder bewußt atmen – ein, aus, ein, aus.
Einige Zeit arbeitete er als Nachtwächter in einer Wurstfabrik. An Einsamkeit war er gewöhnt; ohne sie fühlte er sich sogar verloren. Doch die Freiheit war ihm noch ungewohnt, und er kochte sich jede Nacht einen scheußlichen Kaffee, und jede Nacht schien es ihm eine Art Wunder, daß so etwas möglich sei: Kaffee zu wollen und ihn sich machen zu können. Dies waren die Nächte des langsamen Auftauens. Allmählich wagte er zu denken. Irgendwann wagte er sogar zu zweifeln. Es war wie die langsame, schmerzhafte Genesung nach einem Unfall, einem Unfall des Gemüts.

Eines Tages, als er bereit war, zog er Bilanz. Er glaubte einen entfernten Vetter in Amerika zu haben. Amerika – die Symphonie *Aus der Neuen Welt*, Dvořak –, wo Tschechen nach der Verfassung Tschechen sein durften. Bei genauerer Betrachtung war es ihm gleich, ob er Tscheche war oder nicht. Er wollte nur leben und vielleicht einen Grund dafür finden, kein Pessimist zu sein. Er sehnte sich nach einem Ort völlig ohne Traditionen, nach einem Ausbruch aus dem Tollhaus Mitteleuropa.
Eine zufällig bei der Arbeit aufgeschnappte Bemerkung brachte ihn auf die Idee mit Australien. Es gab eine Landkarte

an der Wand im Büro des Direktors, übersät mit kleinen Fähnchen, die solche Gebiete kennzeichneten, wo die Würste sich gut verkauften.

Bulgarien schien ausschließlich von Wurst zu leben, falls man der Landkarte trauen konnte. Ungarn machte eher seine eigenen Würste, aber Griechenland und die Türkei mußten überraschend gute Absatzmärkte sein. Unten rechts, in eine Ecke gequetscht, lag Australien, jungfräuliches Land, ohne tschechische Wurst innerhalb seiner Grenzen, geheimnisvoll und weit entfernt von dem Alptraum. In seiner Mitte schien es meilenweit keine Stadt zu geben. Dies war der Platz für ihn. Nachts pflegte er im Büro des Direktors zu sitzen, diese riesige Insel auf der Landkarte anzustarren und sich die Gegend im Innern vorzustellen, unerschlossen, brach. Dort, wo es keine Menschen gab, würde es auch keine Unmenschlichkeit geben.

Eines Tages wußte er instinktiv, daß der Augenblick für die große Wanderung gekommen war. Es wäre unnatürlich gewesen, hätte er nach seinen Erfahrungen nicht ein Gefühl für drohende Katastrophen entwickelt, und jetzt erkannte er, daß es keine Zeit zu verlieren gab. Vier Tage nachdem er die österreichische Grenze überschritten hatte, kamen die Kommunisten in der Tschechoslowakei an die Macht, und wieder traten Parolen an die Stelle von Gesprächen.

Vom Internationalen Flüchtlingskomitee in Wien erfuhr Jiři, daß bei mehreren Wasserkraftwerken im Hochland von South New Wales dringend Arbeiter benötigt wurden. Binnen zwei Wochen befand er sich an Bord des italienischen Dampfers *Salvatore Rosa*, mit Kurs auf Suez und die Freiheit. Die See war ruhig und freundlich, und er stand an Deck, eine etwas lächerliche Erscheinung in einem unförmigen Hemd ohne Kragen, die auf das goldene Wasser starrte, als sei es ein Feuer, der passende Hintergrund für seine Phantasie. Aber er träumte gar nicht, denn er hatte nichts, wovon er träumen konnte. Er besaß keinerlei Vorstellung von dem Unbekannten. Selbst in jenem Büro, als er die leere Landkarte anstarrte, hatte er nur an die Leere gedacht, nicht an vorstellbare Landschaften. Die Realität war zu grausam gewesen, als daß er sie je hätte ignorieren können, selbst wenn er ihr entfloh. Die Sonne hatte noch nie so heiß geschienen, und sie bewirkte eine köstliche Schläfrigkeit, ein sinnliches Gefühl des Wohlbefindens, wie Hunde es zum Ausdruck bringen, wenn sie eine besonders gemütliche Vertiefung am Boden finden und müde blinzelnd darauf warten, daß der Schlaf sie überwältigt. Jiři war glücklicher als jemals zuvor. Gleichzeitig konnte er nie seine Ärmel aufkrempeln, wegen dieser auf seinen Arm eingebrannten Nummer, einem Überbleibsel der vergangenen Nazi-Herrschaft.

Er sprach nicht mit den anderen Auswanderern. Es gab Italiener, Ungarn, Deutsche, man konnte nie wissen, wer nun wer sei. Besser, den Mund halten. Wenn er mit jemandem zusammenstieß, entschuldigte er sich unhörbar, oder wenn ein Passagier ihm eine der schweren Türen aufhielt, murmelte er tonlos seinen Dank. Am allerwenigsten wünschte er mit anderen Tschechen zusammenzutreffen und sich in all dem öden Jammer zu ergehen, dem verfrühten Heimweh schwächerer Naturen, die das Gewohnte hinter sich lassen. Er wollte allein sein.

In Aden kaufte er sich ein albernes schwarzes Kissen, sein erster Kauf seit Jahren. Aufgestickt waren, in abwechselnd irisierenden oder gelbstichigen Farben, ein schneebedeckter Berggipfel und sein Spiegelbild in einem unbestimmbaren Gewässer, ein Minarett und eine Fichte auf einem Hügel. »Souvenir aus Aden«. Er hatte angefangen, sich ein Zuhause aufzubauen.

Sydney war viel größer, als er gedacht hatte, und er war enttäuscht und verängstigt zugleich. Einsamkeit packte ihn, während sein Auge die Skyline aufnahm, sein Ohr den Verkehrslärm, das Summen industrieller Geschäftigkeit. Nun, er blieb nicht lange dort, sondern war bald in einem großen modernen Bus unterwegs in die Stadt Billiwoonga. Seine neue Heimat war seltsam in ihrer unbekümmerten Majestät, ihrer ungeheuren grünen Weite, mit Licht und Schatten gesprenkelt, während die trächtigen Wolken in endloser Prozession von Horizont zu Horizont zogen.

Auch wenn die Landschaft unbelebt war, schien sie in dauernder Bewegung. Billiwoonga, auf der Landkarte stolz mit etwas fetteren Buchstaben markiert als manche der umliegenden Städte, erwies sich als zufällige Ansammlung von Häusern im modernen Vorortstil, die an die Wohnquartiere verheirateter Offiziere in einem entlegenen Luftwaffenstützpunkt erinnerte. Es gab eine gotische Kirche, die direkt aus einem trostlosen, nebligen Stadtteil Londons eingewandert sein konnte; ein spärliches kleines Kriegerdenkmal, mit ein paar Namen darauf, an die einige winzige Blumensträußchen in seinem Schatten erinnerten; eine Reihe von Geschäften; ein langes, flaches Gebäude, das einen schmiedeeisernen Laubengang mit geriffelten Pfosten vorzeigen konnte und sich stolz als Royal Antipodes Hotel bezeichnete; und ein sehr neues Bauwerk in zeitgenössischer Bushaltestellenbauweise, wo Exsoldaten zusammenkommen, Bier trinken, Tischtennis spielen und sich erinnern konnten. Nur die Hauptstraße war geteert, und dies auch nur etwa hundert Meter auf beiden Seiten jenseits der Stadtgrenzen.

Die Arbeit an dem geplanten Wasserkraftwerk war schwer, aber der Lohn dafür in jeder Hinsicht gut. Er war vielleicht ein bißchen alt für solche Schwerstarbeit, aber die körperliche Anstrengung ließ ihn seine Probleme vergessen, und es tat gut, aus schierer Erschöpfung einzuschlafen. Was er fürchtete, waren die Wochenenden. Hier war es nicht wie auf dem Schiff; hier gab es keine Chance, sich der Geselligkeit zu entziehen. Es gab nicht einmal die Möglichkeit, andere Tschechen zu meiden, und bald begann ihn ein irrationales Heimweh zu plagen, die Sehnsucht nach einem Land, das nur auf unbestimmte Art seine Heimat gewesen war, und auch dies nur unter bedrückenden Umständen.

Es war ein Zusammenprall von Einsamkeiten, der ihn mit Ida zusammenbrachte. Sie war ein blondes Mädchen, hoch in den Jahren endgültiger Altjungfernschaft, die starken Tee aus nicht allzu sauberen Tassen im Café Anzac servierte, einem hölzernen Schuppen, dessen Inneres auf eine leicht verzweifelte Art fröhlich genug war, um die Trostlosigkeit draußen noch zu unterstreichen. Idas Blondheit war keine, mit der Menschen zur Welt kommen, und ihre Haut war von Puder verstopft, was eine entschlossene Gegenwehr gegen die Gleichgültigkeit der Zeit und die Roheit der Natur verriet. Ihre kräftige Adlernase und die wäßrigen blauen Augen, komisch tief eingebettet, gaben ihr das Aussehen eines deutschen, mit internationalem Hochadel entfernt verwandtem Fürsten um die Wende des neunzehnten Jahrhunderts. Andererseits, und abgesehen von ihrem Kopf und ihrer schneidend unmusikalischen Stimme, war ihr Körper voll und verschwenderisch, wie Jiři jedesmal feststellen konnte, wenn der üppige Busen über seinem Tisch bebte. Es fiel ihm immer schwerer, sich auf das karge Menü zu konzentrieren.

Sie blieb nicht unberührt von seinen Aufmerksamkeiten. Oft warf sie Blicke voll beflissener Nachlässigkeit in die Richtung dieses erbärmlichen kleinen Burschen mit Augen von der Farbe trockener Steine, der zu schüchtern war, um seine Stimme zu erheben und Tee zu bestellen. Sein Lächeln allerdings war angenehm, und ihr gefiel sein Gang, wenn er hereinkam, dieser vorgeneigte, wiegende Gang eines leichtgewichtigen Mannes von unerwarteter Körperkraft. Sein Nacken war nie erwachsen geworden. Er war jung und wehrlos und unterernährt.

Nach einer Weile wurden das kleine Lächeln, das Zögern bei der Wahl des Essens, die linkischen Späße über sein schlechtes Englisch zur Gewohnheit, und es dauerte auch nicht lange, und sie verließen das Café gemeinsam. Aus Erfahrung wußte er, wann das Lokal schloß, und folglich ging er immer später zum Abendessen. Eines Tages fanden sie sich Seite an Seite auf dem Bürgersteig. Es war dunkel, und sie hakte sich bei ihm unter. Nach ein paar Metern küßten sie sich, beide mehr erstaunt als leidenschaftlich. Sie hatten beide die Hoffnung schon vor langer Zeit aufgegeben.

Sie lag neben ihm in ihrem schmalen Bett, und ihr ganzes Wesen war lebendig, voll Sehnsucht und warm. Als er die Augen schloß, wußte er, daß die schönste Frau der Welt die seine geworden war und er zum begehrenswertesten aller Männer. Die Illusion der Vollkommenheit hat viele Ebenen, und da sie eine Illusion ist, gehorcht sie dem Geist.

Die Verliebtheit dauerte nicht lange. Sie waren zu alt, um allzuviel Zeit damit zu verlieren, ein Quantum konventioneller Poesie aus dem Anblick des Mondes zu ziehen, in einer Nacht, die zu kalt war zum Küssen. Es war für beide zu spät im Leben, um sich gegenseitig mit vielsagenden Textstellen aus populären Schlagern zu erregen, diesen vorgefertigten Stückchen schneller Verführung, die rund um die Uhr aus dem Radio strömten, diesem Casanova der kleinen Leute. Für sie beide waren es die Augenblicke wohligen Nichtstuns vor einem Kaminfeuer, das Klirren einer Teetasse auf dem Unterteller, das Summen des Wasserkessels, das Gefühl, einander schon lange zu kennen, vielleicht schon von Jugend an, die Geborgenheit boten. Aber als Frau, und als kräftige Frau zumal, begann Ida bald jene drängenden und manchmal unheilvollen Eigenschaften zu entwickeln, die ihre Schwestern Messalina und Delila und Lady Macbeth in großzügigeren Zeiten der Geschichte so wirksam eingesetzt hatten. Obwohl sie und Jiři noch vor kurzem, und gezwungenermaßen, mit dem bloßen Überleben zufrieden gewesen waren, nahm Ida ihr neu gefundenes Glück viel rascher, als er es wagte, für selbstverständlich und begann ihm einzureden, daß die Arbeit an dem Wasserkraftwerk unter seiner Würde sei.

»Aber Geld gut«, wandte er dann ein, »sechzig australische Pfund pro Woche!«

»Du bist was Besseres als ein einfacher Arbeiter«, lautete ihre Antwort, die sie stets mit absurder, doch gefährlicher Leidenschaft vorbrachte. »Du hast Klasse. Sieh dir deine sensiblen Hände an. Willst du dein Leben in diesem lausigen Tunnel verbringen, jetzt, wo du mich gefunden hast? Erst letzten Freitag flog wieder ein Itaker in die Luft, netter Junge, mit wunderbarer Singstimme. Kein Wunder, daß das Geld gut ist – die Arbeit ist gefährlich. Nein, Georgie, du hast jetzt Verantwortung, und es ist Zeit, daß du dein eigener Herr wirst.«
Was meinte sie damit? Er starrte seine Hände an und sah dort nichts besonders Sensibles – zehn spachtelförmige Finger, die in rissigen Nägeln endeten. Er durfte nicht vergessen, sie zu reinigen. Ohne Gegenargumente konnte er nur wiederholen: »Geld gut.«
»Hör zu«, sagte sie leise, indem sie ihre weibliche Taktik mit der Grazie einer Lokomotive änderte, »du kennst doch Aldo Zenoni. Er arbeitete damals auch zuerst im Tunnel, wie alle anderen neuaustralischen Jungs. Dann fing er an, zerrissene Arbeitsklamotten zu flicken. Alle kamen sie zu ihm. Er machte gute Arbeit, weißt du. Dann heiratete er eines Tages eine Irin, ein Mädchen aus dieser Stadt. Sie gab ihm das Selbstvertrauen, das ihm fehlte. Das ist's, wozu Frauen da sind. Er verließ den Tunnel und eröffnete ein Geschäft. Jetzt besitzt er das Venezia-Herren-und-Damen-Bekleidungsgeschäft in Billiwoonga, mit einer Filiale in Canberra, die Pullover an die Botschaften verkauft.«
»Ja, das ist ein Einzelfall«, erwiderte Jiři kläglich.
»Ein Einzelfall? Hast du diese dreiachsigen Lastwagen rumfahren sehen, mit dem Namen dieses Mannes an der Tür, diese Polen, dessen Namen niemand aussprechen kann? Der größte Fuhrunternehmer weit und breit. Wie hat er angefangen? Im Tunnel. Hielt die Augen offen. Merkte, daß es einen Mangel an Transportmöglichkeiten gab. Fing mit einem Vorkriegskarren an. Jetzt hat er dreißig, funkelnagelneu. Oder nimm die Deutschen. Sie halten zusammen wie die Juden. Alt-Hei-

delberger Likörfabrik, Ottos Delikatessenladen, K.K.'s Chemische Reinigung, die neue Garage an der Ecke River Street und Imperial Way, die mit Volkswagen handelt – alles gehört Deutschen, und die Besitzer kamen zuerst alle hierher, um im Tunnel zu arbeiten. Nur die Hoffnungslosen bleiben bei der Arbeit in den Bergen. Weil sie gutes Geld machen. Aber was tun sie damit? Sie kommen am Wochenende herunter, mit fünfzig, sechzig, siebzig Pfund in der Tasche, und sie suchen nach Frauen. Es gibt keine. Hier in Billiwoonga kommen zehn Männer auf eine Frau. Du hast Glück, mich gefunden zu haben, hast du wirklich. Dann beschickern sie sich, fangen an zu prügeln und kehren montags total pleite in den Tunnel zurück. Ich sage dir, Georgie, diese Idioten aus dem Tunnel haben 'ne Menge Geld auszugeben. Das ist der Grund, warum die hellen Köppe in der Stadt bleiben und ein Geschäft aufmachen. Denn das bringt Wohlstand, wenn man 'ne Menge Männer hat, die Taschen voll Geld und nichts, um es auszugeben.«

Darauf gab es keine Antwort. Es war die Wahrheit.

Eines Tages fügte sie ihrer langen Liste von Versuchungen eine sonderbare Fußnote an und sagte: »Ich muß dich mit den Deutschen zusammenbringen, die arbeiten am härtesten.«

Jiři war bereits mit den Deutschen zusammengetroffen und hatte nicht das Bedürfnis, die Erfahrung zu wiederholen, doch als er den Mund aufmachte, hörte sie nicht mehr zu. Sie hatte eine Freundin, etwas jünger als sie selbst, aber genauso reizlos, ein Mädchen, das sich ebenfalls in die fernen Provinzen gewagt hatte, unbewußt auf der Suche nach Männern mit weniger anspruchsvollem Geschmack. Diese Person, sie hieß Floss, hatte einen aus der deutschen Kolonie von Billiwoonga geheiratet, einen Herrn Willi Schumacher, jetzt Mr. Bill Shoemaker, ein unternehmungslustiger Einwanderer, der eine Radioreparaturwerkstatt eröffnet hatte, wozu noch ein Sportartikelgeschäft kam, und sogar eine kleine Fabrik, die kohlensäurehaltige Getränke produzierte.

Die ehrgeizige Ida hatte ihre Freundin Floss schon lange beschwatzt und es sogar geschafft, die mißtrauische Abwehr Bill Shoemakers zu überwinden. Ihre Idee war ein Restaurant, das von Jiři und ihr auf partnerschaftlicher Basis mit den Shoemakers betrieben werden sollte.

»Ich hab' keine Lust, meine Nase in ein Geschäft zu stecken, von dem ich nichts verstehe«, sagte Bill mit seinem seltsamen Akzent, halb australisch, halb norddeutsch.

»Hast du etwas vom Radioreparieren verstanden, als du damit anfingst?« fragte Ida mit ihrem gewohnten Feuer.

»Ich verstand es, ein Radio irgendwie auseinanderzunehmen und wieder zusammenzubauen.«

»Hast du was verstanden von Jagdflinten und Scrabble-Spielen und Plastikbooten?«

»Von Gewehren, ja.«

»Und hast du etwas verstanden von prickelnden Limonaden und all diesen lausigen Drinks, die du unter die Leute bringst? Nun, ich allerdings verstehe etwas von Gastronomie, und was Georgie betrifft, arbeitete er in einer Wurstfabrik, drüben in der Tschechoslowakei, wo er herstammt. Wir haben ein syrisches Café in Billiwoonga, ein jugoslawisches, ein italienisches, und kein einziges deutsches, obwohl ihr Deutschen die größte Gruppe von Neu-Australiern in der Stadt seid. Eine Schande nenne ich das.«

»Was für eine Frau!« rief Bill kichernd, während Floss ihre Freundin mit mehr als einer Spur von Eifersucht ansah.

Als Jiři und Ida heirateten, war Bill Trauzeuge, und der anschließende Empfang fand im frischgestrichenen Rohbau des Rhinegold Restaurant statt. Es war ein stolzer Tag, obwohl Jiři, immer wenn er Bill anschaute, überzeugt war, ihn schon einmal irgendwo gesehen zu haben. Die Erinnerung war nicht unangenehm. Im Gegenteil, Bill hatte ein recht sympathisches Gesicht, eine lange, aufwärts geschwungene Nase, strahlende blaue Augen, leicht gewelltes Haar und einen riesigen Mund, der immer zu einem Lächeln bereit war. Er hatte ein Sprichwort für jede Lebenslage parat, aber er wählte sorgsam aus seinem unerschöpflichen Schatz von Plattitüden, und seine ungeheure Schlagfertigkeit mit passenden Volksweisheiten verlieh seiner Persönlichkeit einen Stich ins Ironische, was ihn ein wenig aus der Masse der sich abrackernden Menschheit heraushob. Es war, als betrachtete und studierte er die Paradoxien des Lebens aus höherer Warte, und diese weckte Vertrauen. Jiři bewunderte einen solchen Mann.

»Ich trinke auf unsere neuen Partner, George und Ida, oder sollte ich sagen, Ida und George Pollen«, sagte Bill und hob sein Glas australischen Champagners; und mit erhobener Hand das begeisterte Beifallklatschen dämpfend, fuhr er fort: »Ich begrüße die Tatsache, daß Billiwoonga, das zur Heimat für so viele von uns geworden ist, endlich ein echtes deutsch-tschechisch-mitteleuropäisches Restaurant von gehobenem Niveau haben wird, wo ihr am Abend zusammenkommen und Bratwurst, Königsberger Klopse, Kasseler Rippenspeer und all die anderen Köstlichkeiten genießen könnt, an die wir uns liebevoll aus unseren Heimatstädten erinnern. Wir werden euch Qualität zu angemessenem Preis bieten, dazu Service mit einem Lächeln, und ich weiß zuversichtlich, daß ihr unsere treuen Gäste sein werdet. Und jetzt fordere ich Mr. Victor Ludlow auf, einen Toast auf die Jungvermählten auszubringen.«

Mr. Victor Ludlow, der als Witold Lumbomirski aus Lwów in Sidney angekommen war, hielt eine wortreiche Rede auf Mr. und Mrs. George Pollen und schilderte sie als Symbole des neuen Australien, das im Begriff sei, sich wie ein Phönix aus der verzweifelten Feuersbrunst Europas zu erheben, und dann wurden ausgiebig Photos geschossen, von einem Mr. Bernie Peters, der als Bratislav Petrosevic in Zagreb zur Welt gekommen war. Ida fand es ungeheuer romantisch, als Einwanderin behandelt zu werden, und spät am Abend versuchte sie einen trunkenen serbischen Volkstanz, begleitet von einem

Akkordeon, einer Querpfeife und zwei Suppenlöffeln als Kastagnetten. Tränen standen in manchen Augen, als die Party auseinanderging. Sie hatte ein wenig Intimität geschaffen, ein wenig Nähe, in einem Land, wo beides so auffällig fehlte.
Das Geschäft ging gut. Es konnte kaum anders sein. Die einzige Schwierigkeit bildeten die Wochenendsäufer und die Lizenzbestimmungen. Bill hatte eine Lizenz für Bier und Wein bekommen, doch der Verkauf harter Spirituosen war im Rhinegold verboten. Dennoch verschafften die Einsamen sich samstags und sonntags Zutritt und bettelten in ihren verschiedenen Sprachen um Drinks, und es war nicht immer einfach, sie abzuweisen. Nicht gegen das Gesetz zu verstoßen konnte schlecht sein für das Geschäft. Niemand, außer der Polizei, liebt einen Spielverderber. Das Rhinegold konnte sich bald eine dreiköpfige Kapelle leisten, die das Geklapper der Bestecke übertönte, wie Kapellen dies überall auf der Welt tun, indem sie jenen, die sich etwas zu sagen haben, die Unterhaltung unmöglich machen, und den anderen das Reden ersparen.
Da Montag ein freier Tag war, gingen Bill und George öfter auf die Jagd, wie feine Herrn in der Alten Welt. Und bei einem dieser Ausflüge erzählte George Bill von seinem Gefühl, daß sie einander schon mal begegnet seien.
»Komisch, daß du es sagst«, antwortete Bill. »Ich hatte dasselbe Gefühl. Warst du lange in Sydney?«
»Einen Tag.«
»Nun, ja, dann kann es dort nicht gewesen sein.«
Es entstand eine Pause, während sie den Horizont nach Enten absuchten.
»In Europa vielleicht?« spekulierte George.
»Möchte ich bezweifeln. Ich bin nicht viel herumgekommen. Kaum war der Krieg vorbei, packte ich meine Koffer und kam hierher.«
»Während des Krieges?«
»Nein. Nein, kann nicht sein. Wieso, wo warst du damals?«

»Ich? Oh.« George seufzte. »Willst du das wirklich wissen?«
»Mein Motto ist: Stell keine Fragen, dann hörst du keine Lügen.«
»Ich habe nichts zu verbergen«, sagte George. »Ich war in Auschwitz, Belsen, Dachau, Mauthausen und ein paar anderen Orten.«
»Du bist doch nicht Jude, oder?« fragte Bill und hob das Gewehr an die Schulter.
»Nein, wieso?«
»Die meisten dieser armen Schweine endeten in den Lagern, wenigstens hat man mir das erzählt.«
»Oh, nicht nur Juden.«
»Nein? Nun, ich sage ja nur, was man mir erzählt hat. Die ganze Zeit damals, da kann ich drauf verzichten. Wie Schweine haben sich alle benommen – wir, die Alliierten ... Ich will nicht daran denken.«
»Wo warst du damals?«
Bill ließ sein Gewehr sinken. »Ich? Wo glaubst du wohl? In der Wehrmacht. Sanitäter. Nach Griechenland schickten sie mich. Und Nordafrika. Die Fliegen waren schlimmer als der Feind. Dann setzte ich mich ab.«
»Wie?«
»Magengeschwüre.«
»Du hattest Magengeschwüre?«
Bill lächelte. »Nein.«
George betrachtete seinen Freund mit glühender Bewunderung. Selbst jetzt hatte er die Haltung eines Großindustriellen.
Bill sagte leise: »Man verbringt nicht die Jahre als Helfer eines Doktors, ohne selbst etwas zu lernen.«

Ein Freitag war es, als Ida verkündete, daß sie schwanger sei. Es war kaum zu glauben, und doch war Dr. Chalkburner, der als Dr. Kalkbrunner ein führender Spezialist in Szeged gewesen war, seiner Sache sicher. Wieder einmal wurde Champagner getrunken, und George leistete eine Anzahlung auf ein kleines, modernes Haus. Er kaufte auch ein amerikanisches Auto, alt, aber sehr geräumig. Sein Freund Bill schenkte ihm eine herrliche Jagdflinte, als er die Neuigkeit hörte. Während George das Geschenk sprachlos entgegennahm, zermarterte er sich das Hirn nach all den Wohltaten, die ihm je erwiesen worden waren, und versuchte sich zu erinnern, versuchte seinen Freund einzuordnen.

Das Rhinegold expandierte. Es hatte jetzt beinah dreißig Tische. Als Idas Stunde näher rückte, wurde zusätzliches Personal eingestellt. Das Niveau sank ein wenig, aber die Leute merkten es nicht. Das Lokal hatte sich als eleganter Treffpunkt in Billiwoonga etabliert.

Dann, eines Morgens, als George bereits an der Arbeit war und die Bestände aufnahm, klingelte das Telephon. Es war Dr. Chalkburner, der ihm mitteilte, daß Ida ins örtliche Krankenhaus geschafft worden sei und daß man nichts zu befürchten habe. George rief sofort Bill an. Bill sagte ihm, er solle das Lokal schließen und ihn im Krankenhaus erwarten.

»Wir können uns nicht leisten, das Restaurant nur wegen so was zu schließen«, sagte George im Wartezimmer, als Bill eintraf. »Es ist Samstag, bester Tag der Woche.«

»Hör mal, du wirst nicht jeden Tag Vater«, erwiderte Bill. »Ich erinnere mich, als der kleine John zur Welt kam, war ich beinah pleite. Ich hatte damals nur das Radiogeschäft, und wir hatten keinen so guten Start gehabt, aber ich schloß den Laden. Als ich aufbrechen wollte, um ins Krankenhaus zu gehen, kam eine Kundin. Ich habe sie abgewiesen.«

»Trotzdem – Sonnabend.«

Bill lachte freundlich. »Falls das Kind in den nächsten Minuten geboren wird, können wir das Lokal heute abend aufmachen. Mach dir keine Sorgen deshalb. Hier, ich habe eine Flasche Schnaps mitgebracht, echten deutschen Schnaps. Das ist's, was wir brauchen.« Während sie tranken, wurde George von widersprüchlichen Gefühlen überwältigt, von Freude und einer starken, unerklärlichen Sorge. Er hatte Angst um seine Frau. Alles in diesem Wartezimmer war so funktional, so alltäglich; das Wetter war unbestimmbar. Es war kaum ein passender Hintergrund für ein großes, beängstigendes Ereignis.

»Wie wirst du es nennen?« fragte Bill.

George war ihm dankbar für seinen Takt. Bill schien die Qual im Herzen seines Freundes zu verstehen, und seine Worte waren wie Trittsteine über einen Abgrund.

»Wenn es ein Mädchen ist, Ida. Wenn es ein Junge ist, Malcolm.«

»Wieso Malcolm?« fragte Bill, echt überrascht.

»Ich weiß nicht. Ist ein guter Name. So fern von den Namen, die wir kennen. Wenn ich über mein Leben nachdenke, verstehe ich nicht, wie ich in diese Situation gekommen bin – beinahe Vater, verheiratet, mit einem Auto und einem Haus und einem Geschäft. Diese Lager, das war das Ende der Welt –«

»Ja, ja«, unterbrach Bill, beinah schroff. »Aber denke jetzt nicht an so was. In diesem unserem Australien hat niemand eine Vergangenheit, jeder hat eine Zukunft. Ich möchte Europa nicht wiedersehen. Ich weiß, das Essen ist besser, die Arbeitsmoral ist besser. Er gibt mehr Unterhaltung, es gibt keine Lizenzbestimmungen, aber ich wünsche für meine Kinder eine Zukunft, die anders ist als das, was ich kannte. Bis sie einmal in meinem Alter sind, wird dies ein Ort sein, wo es sich lohnt zu leben, und Gott allein weiß, was mit Europa sein wird.«

»Ich frage mich, warum wir immer Englisch zusammen sprechen«, sagte George. »Wir sprechen beide Deutsch besser.«

Bill weigerte sich, zu Mittag nach Hause zu gehen, und während der Nachmittag verstrich und der Schnaps dahinschwand, wurde die Beziehung zwischen den beiden Männern warmherziger, als sie es je gewesen war.

»Ich weiß nicht, wie ich dir danken soll, Bill.«

»Ich brauche keinen Dank. Du bist ein guter Arbeiter, und ein guter Arbeiter ist ein guter Partner, und wenn man beides hat, ist es ein gutes Geschäft. Wir haben gute Frauen. Sie sind nicht schön, aber schöne Frauen bedeuten Schwierigkeiten. Frauen sollten gute Köchinnen sein, gute Haushälterinnen, gute Mütter, gut im Bett. Das ist alles, was ich verlange.«

»Alles gut.«

»Alles gut«, echote Bill.

Gerade in diesem Moment kam die Schwester herein und verkündete mit der beherrschten Stimme einer Stewardeß, daß es ein Junge sei. Malcolm Pollen hatte die Welt betreten, genauer gesagt, Australien.

George wollte nichts davon hören, das Restaurant zu schließen, und um sieben Uhr war es zur Dinnerzeit offen und überfüllt. Während der Abend fortschritt, kamen die üblichen Trunkenbolde herein und bettelten um Alkohol. Zwei wurden besonders unangenehm. Einer war Deutscher, der andere Tescheche. Sie schlugen auf den Tisch und drohten zu singen. Sie verlangten, die dreiköpfige Kapelle solle *Lili Marleen* spielen.

George versuchte, den einen auf tschechisch zur Vernunft zu bringen. Es half nichts. Der Tscheche fing an zu weinen und sagte, er sei so weit weg von zu Hause. Was wollte er denn? Slivovitz – zur Erinnerung. Bill kam an den Tisch. Der Deutsche fing an, Australien besoffen herunterzumachen, und verlangte Schnaps. Irgend etwas, was immer da sei.

»Gib ihnen lieber Slivovitz in einer Kaffeetasse, damit sie ruhig bleiben«, sagte Bill leise.

»Wenn wir sie bedienen, und sie fangen an, die Kneipe zu demolieren, können wir nicht die Polizei rufen. Wir haben keine Lizenz«, sagte George.

»Wir werden sagen, sie sind schon besoffen hereingekommen.«

»Okay, wenn du es sagst.«

Einen Augenblick später warf Bill von seinem Platz hinter der Registrierkasse einen Blick nach den Betrunkenen. Sie waren nicht mehr betrunken, sondern notierten verstohlen etwas auf Zettel. Er schaute zur Durchreiche und sah, daß der Kellner mit zwei Kaffeetassen auf einem Tablett losging. Er rannte zwischen den Tischen hindurch, um den Kellner abzufangen, und gerade bevor dieser bei den Betrunkenen anlangte, stieß er das Tablett zu Boden und brüllte: »Du ungeschickter Idiot, kannst du nicht aufpassen?«

George kam hinzu, als er den Lärm hörte, und sah, wie Bill sich bei den Betrunkenen entschuldigte.

»Die Tasse am Boden sicherstellen«, sagte der eine Betrunkene zu dem anderen, jetzt stocknüchtern.

Bill trampelte auf die Tassen.

George wußte sofort, daß die Betrunkenen Inspektoren von der Abteilung Einundzwanzig waren, einem sonderbaren fliegenden Kommando von *Agents provocateurs*, die von der Regierung in New South Wales eingesetzt wurden, um Gastwirte zu einem Verstoß gegen die Lizenzbestimmungen zu verführen. Sich betrunken zu stellen war eine ihrer erfolgreichsten Strategien, und man war sich nicht zu gut, Agenten verschiedener Nationalitätengruppen einzusetzen, um den Patiotismus und das Heimweh, und schlimmer noch, die Gutmütigkeit der eingewanderten Kneipenwirte auszunützen.

George konnte sich diesen Typ des Deutschen oder Tschechen gut vorstellen, der seine Heimat verließ, nur um anderswo Polizist zu werden. Für ihn war dies kaum der Sinn eines freiwilligen Exils, aber er wußte, es gab Leute auf dieser Welt, die sich außerhalb einer Uniform, oder wenigstens außerhalb der Zwangsjacke einer Autorität, verloren fühlten.

Der deutsche Inspektor wies sich brüsk aus und verlangte auf deutsch, die zerbrochene Kaffeetasse zu untersuchen. Bill wurde weiß vor Zorn. Er fing an, Beleidigungen zu brüllen, ebenfalls auf deutsch. Eine dicke Ader, verzweigt wie ein Baum, zeichnete sich ab und pochte an seiner Schläfe. Einen

Augenblick schien seine Wut in Epilepsie überzuborden. Die zwei Inspektoren brüllten zurück, und ein paar Abendgäste sprangen auf, um den Zank durch das Gewicht ihrer Meinungen zu bereichern.
George hatte Bill noch nie Deutsch sprechen, geschweige denn brüllen hören. Sanitäter? Er sah plötzlich einen Raum voll nackter Menschen, Männer und Frauen, manche von durchsichtiger Magerkeit, manche aufgebläht vor Hunger, und er roch den Verwesungsgeruch. Die Stimme trug ihn zurück in das Halbdunkel, zu den weißen Kitteln der Ärzte, dem pergamentenen Gelb nackten Fleisches, dem Blitzen von Gläsern, der Routine des Alptraums. Und dann der stämmige Dr. Tichte, der gelassen die Spritze aufzog, mit einem Wattebausch tupfte und seine plumpe Hand nach Instrumenten ausstreckte.
Husten. Husten. Einatmen. Tiefer. Schafft ihn fort. Untauglich. Eine ruhige, rationale Stimme. Und hinter ihm, in Braun und mit einer braunen Kappe, hysterisch brüllend, während eine dicke Ader, wie ein Baum, an seiner Schläfe pochte, ein anderer Mann: *Stillgestanden! Ihr Schweine! Schweine! Jüdische Rassenschänder!*

Während das Gebrüll anschwoll, wankte George in die Küche und erbrach sich auf den Boden. Jetzt erinnerte er sich an seinen Freund. Als er nach Hause kam, war das Haus leer. Ida war im Krankenhaus und überschlief Schmerz und Zufriedenheit. Er machte Licht. Es war zu hell. Er machte es wieder aus. Es war zu dunkel. Er machte das Fenster auf. Es war zu kalt. Er machte ein anderes auf und starrte in die Nacht. Er glühte vor Fieber. Er mußte seinen Partner töten. Zum Gedenken an jene, die sinnlos gestorben waren. Zuerst mußte er ihn foltern. An die hundertmal spielte er sich die Szene im Geist vor, perfektionierte sie, feilte sie aus. Auf hundert verschiedene Arten sah er Bill schreien, sich zusammenkrümmen, um Gnade flehen. Es würde keine Gnade geben. Er würde ihn mit

seinem eigenen Gewehr erschießen, mit seinem Geschenk. Das ist Ironie.
Aber warum all diese Geschenke? Warum war dieser Barbar so freundlich zu ihm gewesen? Konnte es sein, daß er eine Art Gewissen entwickelt hatte? Hatte sich Bill an ihn erinnert, als sie sich in Australien zum ersten Mal trafen? Einer von Millionen, die in Mauthausen durch seine Hände gegangen waren? Schwerlich. Doch selbst wenn er nur symbolischer Gegenstand der Reue wäre – konnte es denn sein, daß Gut und Böse nicht ausgewogen waren in diesem unseligen Herz und daß er, George Pollen, zum Werkzeug erkoren worden war, das Bill befähigen sollte, den Menschen wieder ins Gesicht zu sehen? Unsinn. Bill hatte seit langem, und ohne solche Hilfe, angenehm und kommerziell erfolgreich in Billiwoonga gelebt.
In diesem unserem Australien hat kein Mann eine Vergangenheit, jeder Mann hat eine Zukunft. Ach, wie bequem. Von den Australiern selbst wurde es so bequem gemacht. Er erinnerte sich an Gerüchte aus dem Umkreis des Internationalen Flüchtlingskomitees in Wien. Nach Amerika war schwer hineinzukommen, sogar Kanada bestand auf einer gründlichen Überprüfung, doch Australien nahm all jene, die von den anderen beiden abgelehnt wurden. Wer konnte sagen, welch giftige Saat in der Wildnis ausgestreut worden war?
Der Gedanke an Mord gab ihm Zuversicht, und er versuchte, auf dem Sofa zu schlafen. Er träumte, und sein eigener Schrei weckte ihn. Er sah auf die Uhr. Er hatte zehn Minuten geschlafen.
Ein ferner Hahn krähte, und ein Hund bellte irgendwo. Er ging hinaus in die Dunkelheit und lief. Er hatte keine Ahnung, auf welcher der Schotterstraßen er sich befand, als die Dämmerung anbrach, aber plötzlich, nach ein paar Augenblicken schiefergrauer Trostlosigkeit, explodierte eine riesige, posaunenschallende Sonne über den schwarzen Bäumen, und ein Jahrmarkt von Vögeln wurde zwischen den Ästen eingeläutet. Die Erde schien sich in ihrem leichten Schlaf herumgewälzt

zu haben, und die Nacht starb schmerzlos binnen einer Sekunde.
Fast sofort war es heiß in der Sonne, aber noch kalt im Schatten. Er starrte auf dieses seltsame Land, auf die ulkigen Felsbrocken, die durch irgendeine prähistorische Flatulenz der Erde über die Landschaft verstreut worden waren. Die sterbenden Gummibäume standen zwischen den toten, weißen, unbeerdigten Leichen, der Ernte der Schlacht. Wieder Mauthausen. Die Leichenhaufen. Er wollte sich mit den Fäusten schlagen. Das war Selbstmitleid, Überdramatisierung. Die Bäume waren nicht durch Bosheit gestorben, sondern auf Grund von Nachlässigkeit, was beinah noch schlimmer war. Man hatte sie sterben lassen; die Erlaubnis zu sterben war ihnen garantiert. Und die noch lebten, warteten nur.
Er schauderte. Das Leben war kostbar, und alles war von Bedeutung. Neben seinem Fuß baute eine Ameisenzivilisation ihr Imperium auf, Stück für Stück so wichtig wie Australien, die Tschechoslowakei, ein Mikrokosmos, aber nichtsdestoweniger eine Welt. Der Weg ihrer Mühen führte sie über einen großen Stein. Sie bauten ihr Wasserkraftwerk. Er lächelte innerlich bei der Vorstellung, und runzelte dann die Stirn, als ihm klar wurde, daß er mit einem Fuß eine ganze Kompanie von ihnen töten konnte. Er könnte es mit Leichtigkeit tun, ohne Reue, weil er sich nicht mit ihnen verständigen konnte. Ein Mann kann keine Liebe empfinden zu einer Ameise. Das Leben ist unvollkommen.
Stillgestanden! Schweine!
Er war Vater, zum ersten und zweifellos einzigen Mal im Leben, ein Vater mit Ende Vierzig. Es war ein Tag von erheblicher Bedeutung, ein Tag der Freude. Und doch stand er hier und dachte an Rache. Oh, was tun? Er hielt sich den Kopf mit beiden Händen und gähnte plötzlich. Er war müde. Wenn man am Ende ist, setzt die Natur sich durch, respektlos und spöttisch. Er wanderte zurück zur Stadt, die Hände in den Hosentaschen.

Wenn er die Partnerschaft kündigte, würde er das Haus aufgeben müssen. Aber nun war er wahrscheinlich zu alt für den Tunnel. Es würde bedeuten, wieder von vorn anzufangen. War das fair gegenüber Ida oder Malcolm? Ein neuer Gedanke kam ihm in den Sinn. Konnte er sich geirrt haben, was Bill betraf? Es war so lange her. Er hatte damals so viel Brüllen gehört. Stimmen ähneln einander. Müssen sie zwangsläufig. Stimmbänder haben ein schmaleres Spektrum als Gesichter, weniger Unterscheidungsmerkmale. In seinem Herzen wußte er, daß er sich nicht geirrt hatte.

Er würde ihm das Gewehr zurückgeben. Ausgerechnet ein Gewehr! Wie sollte er es anstellen, ohne Erklärung? Daran würde die Partnerschaft zerbrechen. Er mußte entweder alles zerstören oder alles so lassen, wie es war. Ameisen.

Zehn Minuten später war er zu Hause. Er schaute sein Haus an, etwas, wo nichts gewesen war. Durchs Fenster sah er das Kissen auf dem Sofa liegen, noch eingedrückt, wo sein Kopf gewesen war. »Souvenir aus Aden«. Damit hatte er angefangen. Er schloß die Haustür auf. Ein Kinderwagen stand in der Eingangshalle, neu und blitzend. Ein Preisschild war noch an der Achse befestigt. Er hörte hinter sich ein Geräusch. Dort vor der Tür, schwanzwedelnd und mit gespitzten Ohren, die Augen großmütig und fiebrig zugleich, stand ein roter Kelpie, einer der zahllosen streunenden Köter, die Billiwoonga verseuchten und auf der Hauptstraße den Autos nachliefen.

George hielt diese Hunde für eine Plage.

»Lauf nicht weg«, sagte er und brachte ihm eine große Mahlzeit aus der Küche.

Um elf Uhr ging er zum Restaurant, gefolgt von dem Kelpie. Kurz darauf kam Bill, verstört und unsicher.

»Es wird eine Buße von dreißig Pfund geben«, sagte er, »und vielleicht eine Anklage wegen Beleidigung. Macht nichts, wenn es mir wieder passierte, würde ich die gleiche Sprache reden zu diesen Hunden.«

»Diesen *Schweinen*«, sagte George auf deutsch.

»Ja, ja. Schweine, Schweinehunde«, erwiderte Bill geistesabwesend.
George sprach weiter deutsch. »Wie die Gestapo«, sagte er.
»Genau. Dieselbe Mentalität. Daß die australische Regierung hier so etwas erlaubt!«
»Die gibt es überall«, sagte George, immer noch auf deutsch, »die Polizei, und andere. Es ist keine Frage der Uniform, es ist eine Frage der Mentalität. Schöpfer und Zerstörer. Herren und Sklaven. Ein Angestellter kann Herr sein, ein Arbeitgeber Sklave, genau wie ein Polizist ein Mensch sein kann, und ein Mensch, von dem man es nie vermuten würde, ein Polizist. Es ist eine Frage der Mentalität.«
»Ich glaube, das hat was für sich«, murmelte Bill, und dann blickte er plötzlich mit einem gehetzten Ausdruck auf und fragte: »Wieso sprechen wir Deutsch?«
»Oh, ich weiß nicht. Macht der Gewohnheit, nehme ich an«, antwortete George.
»Macht der Gewohnheit?« Bill zwinkerte nervös und suchte Georges Gesicht. Plötzlich wurde Bill pathetisch, so groß war sein Bedürfnis, geliebt zu werden. Jede Geste war eine Bestechung – das Gewehr, der Schnaps ... Zahlungen einer Schuld nach einem Ratensystem.
»Macht der Gewohnheit. Ich bin gleich zurück. Ich gehe kurz auf die Bank.«
»Auf die Bank?«
George ließ Bill stehen, der ihm durch das Fenster des Restaurants nachschaute, und nach einem kurzen Besuch in der Bank kaufte er einen Blumenstrauß und ging ins Krankenhaus, noch immer gefolgt von dem Hund.

Peter Ustinov

In seinen liebenswerten und amüsanten Werken voller hintergründigem schwarzen Humor greift Sir Peter Ustinov immer wieder menschliche Schwächen und Eigenarten auf, die er mit spitzer Feder treffend karikiert. Dabei macht er weder vor sich selbst noch vor Gott und dem Teufel halt.
Hier eine Auswahl der im ECON Verlag erscheinenden Titel, die entweder als Taschenbuch oder gebunden, mit Schutzumschlag, erhältlich sind:

Der Alte Mann und Mr. Smith
Wenn Gott und Teufel sich zusammentun.
320 Seiten

Gott und die Staatlichen Eisenbahnen
Ein Wiedersehen mit dem Alten Mann.
264 Seiten

Ich und ich
Die Memoiren eines außergewöhnlichen Künstlers.
368 Seiten

Der Intrigant
Zwei Geschichten voll hintergründigem schwarzen Humor.
176 Seiten
mit Zeichnungen von Peter Ustinov

ECON Taschenbuch Verlag
Postfach 4 04 03 · 40474 Düsseldorf

Kirk Douglas

Ein Vogel mit eisernen Schwingen

480 Seiten

Zwei zunächst unabhängig voneinander erzählte Geschichten treffen aufeinander: die von Danny Dennison, einem erfolgreichen amerikanischen Regisseur, der seine grausame Jugend als jüdischer Gefangener in einem Konzentrationslager bislang erfolgreich verdrängt hat, und die Geschichte von Luba, einer Hure aus Not, die 1980 mit ihrer Mutter aus Krakau nach England flieht und dort ein armseliges Leben führt, bis sie sich bei Danny Dennison für eine kleine Filmrolle bewirbt. Lubas Unverblümtheit bricht Dannys mühsam aufrechterhaltene Fassade auf. Der Erstlingsroman des berühmten amerikanischen Schauspielers bietet den Stoff, aus dem Filme sind: eine klare, deutliche Sprache und eine packende Handlung.

»Von der ersten Seite an bringt Mr. Douglas die Geschichte zum Kochen und läßt sie niemals abkühlen ... Dieser Roman rangiert mit den besten von Sidney Sheldon, Judith Krantz und Harold Robbins auf einer Stufe.«
New York Times

»Ein Hollywoodroman mit Stil, Biß und Tiefe ... Kirk Douglas hat einen Trumpf in seinen Händen.«
Washington Post

Eine Tour de Force – ein Roman voller Spannung, bemerkenswerten Charakteren und rauhem Sex.
Sidney Sheldon

John Welter

Bis hierhin und dann weiter

304 Seiten

Kurt Clausen ist Journalist und bisher noch von jeder Zeitung gefeuert worden. Er kann zwar schreiben, aber seinen Mund nicht halten. Schließlich aber scheint es doch aufwärtszugehen. Kurt wird Redakteur bei der Lokalzeitung von St. Beaujolais, und er lernt Janice kenne, seine große Liebe. Wer allerdings jetzt mit ihm hofft, seine Probleme seien nun endgültig vorbei, ist schief gewickelt . . .
»Ein Erstlingsroman, über den Sie Tränen lachen werden.« (Kirkus Review)

Julia Alvarez

Wie die Garcia Girls ihren Akzent verloren

400 Seiten

Dr. Carlos Garcia muß aus politischen Gründen seine Heimat, die Karibik, verlassen und geht nach New York ins Exil. Seine Familie, und vor allem die vier Töchter, nun mit der neuen Welt, der Lebensweise und dem Lebensgefühl des modernen Nordamerikas konfrontiert, findet sich auf der Schwelle zwischen Anpassung und Isolation wieder.
»Einfach wundervoll geschrieben.« Los Angeles Times

Anne Tyler
Dinner im Heimweh-Restaurant
336 Seiten

»›Wir miteinander ist alles, was wir haben‹, pflegte Ezra zu sagen, um eines seiner ewigen Essen zu rechtfertigen.«
Eine Familie, deren Vater sie verlassen hat, deren zähe und widerborstige Mutter Pearl so tut, als sei nichts vorgefallen, und deren Kinder das Spiel mitspielen. Doch die Streitereien am Ende eines jeden von Lieblingssohn Ezra inszenierten Sippentreffens im »Heimweh-Restaurant« demonstrieren regelmäßig die brüchige Fassade, bis hin zum letzten, dem Leichenschmaus nach Pearls Tod, dem ein überraschender Gast beiwohnt ...
Ein Roman voller Humor und Melancholie, voller Menschlichkeit und Wärme aus der Hand einer großen Schriftstellerin.

Audrey Slaughter
Kein Mann fürs Leben
416 Seiten

Der Toast, den Kates Mann an ihrem 35. Geburtstag ausspricht, gilt einer jungen Fernsehmoderatorin. Das ist das Ende ihrer Ehe und der Anfang eines neuen Lebens mit zwei halbwüchsigen Kindern und ohne Beruf. Doch durch ihr künstlerisches Talent befindet sie sich bald im Sog einer aufreibenden, sie geradezu verschlingenden Karriere. Bis ein Unfall sie zur Besinnung bringt ... Intelligente und humorvolle Unterhaltung mit Esprit.

ECON Taschenbuch Verlag
Postfach 4 04 03 · 40474 Düsseldorf